MARIA MASELLA

Blumen für die Toten

Buch

Als Commissario Mariani von einem anonymen Absender eine Buchsendung erhält, denkt er sich noch nichts dabei. Als er jedoch genauer nachsieht, entdeckt Mariani, dass in dem Päckchen noch eine weiße Blume und eine Perücke stecken. Kurz zuvor wurde die Prostituierte Gina ermordet. Die Polizei fand neben ihrer Leiche eine rote Perücke und eine weiße Blume. Steht das seltsame Päckchen mit den Morden in Verbindung?

Als auch seine Mutter ein anonymes Päckchen mit Pralinen und einer ominösen Botschaft erhält, wird der Commissario hellhörig. Tatsächlich findet die Polizei wenige Tage später die Leiche der allein lebenden, erstickten Jolanda Lotti, die eine weiße Blume in der Hand hält.

Die nächsten Botschaften des Serienkillers bringen jedoch selbst den hartgesottenen Ermittler Mariani aus der Fassung, denn es steht zu befürchten, dass der Killer es auf seine Mutter und seine Frau Francesca abgesehen hat …

Autorin

Maria Masella, 1948 geboren, lebt und arbeitet in Genua. Bevor sie sich ganz dem Schreiben widmete, war sie viele Jahre als Mathematiklehrerin tätig. Ihre Kurzgeschichten und Erzählungen wurden mehrfach ausgezeichnet, u. a. gewann sie den italienischen Krimipreis »Gran Giallo Città di Cattolica«. Mit ihrer Krimiserie um den Genueser Commissario Antonio Mariani gelang Maria Masella der Durchbruch in Italien: Alle sechs Bände stehen auf den Bestsellerlisten und werden demnächst verfilmt.

Maria Masella

Blumen für die Toten

Ein Fall für Commissario Mariani

Roman

Aus dem Italienischen
von Birgitta Höpken

GOLDMANN

Die italienische Originalausgabe erschien 2005
unter dem Titel »Morte a domicilio«
bei Fratelli Frilli Editori, Genua, Italien

FSC
Mix
Produktgruppe aus vorbildlich
bewirtschafteten Wäldern und
anderen kontrollierten Herkünften

Zert.-Nr. SGS-COC-1940
www.fsc.org
© 1996 Forest Stewardship Council

Verlagsgruppe Random House FSC-DEU-0100
Das für dieses Buch verwendete FSC-zertifizierte Papier
Holmen Book Cream liefert Holmen Paper, Hallstavik, Schweden.

1. Auflage
Deutsche Erstveröffentlichung Februar 2009

First published by Fratelli Frilli Editori, Genua, Italien.
Umschlaggestaltung: Design Team München
Umschlagmotiv: Getty Images / Peter Adams
Satz: DTP Verlagsservice Apel, Hannover
Druck und Einband: GGP Media GmbH, Pößneck
AM · Herstellung: MW
Printed in Germany
ISBN 978-3-442-46775-4

www.goldmann-verlag.de

KAPITEL 1

Freitag

Ein reines Gewissen ist ein sanftes Ruhekissen.

Mein Ruhekissen ist hart, und so sind auch meine Tage.

Die Nachricht steht in roten Buchstaben auf der Tafel in der Küche.

IM ARBEITSZIMMER LIEGT EIN PÄCKCHEN FÜR DICH.

Ohne Gruß und Unterschrift.

Ich setze einen Espresso auf, und als er durchzulaufen beginnt, gehe ich hinüber, um nachzuschauen. Neugierig bin ich nicht, denn ich erwarte kein Päckchen und noch viel weniger einen Gruß von meiner Frau.

Hin und wieder treffen wir uns und wahren dann förmliche Distanz wie zwei Unbekannte. Mittlerweile weiß jeder von uns, was er vom anderen zu erwarten hat. Doch da ist noch Manu.

DOTT. ANTONIO MARIANI, dann die Adresse, mit Schreibmaschine auf einen hübschen Aufkleber geschrieben. Wieder so ein Versandhandel, der versucht, etwas an den Mann zu bringen.

Ich trage das Päckchen in die Küche und mache es auf. In der Zwischenzeit brodelt mein Espresso. Eine zweite Verpackung aus Seidenpapier. Erst einmal eine Tasse Kaffee eingießen, dann entferne ich die dünne Papierschicht. Ein Buch kommt zum Vorschein: *Eine Privatsache* von Beppe Fenoglio, erschienen bei Garzanti. Keine der neueren Ausgaben, das sieht sogar jemand wie ich, der nichts von Büchern versteht. Dafür kenne ich mich bei anderen Dingen aus. Ich hole eine Spaghettizange aus der Schublade, damit ich das Päckchen umdrehen kann, ohne Fingerabdrücke zu hinterlassen und ohne eventuelle Spuren zu verwischen. Davon verstehe ich nämlich etwas.

Beim Umdrehen rutscht mir das Buch weg, schlägt auf, und etwas fällt auf den Küchentisch. Eine weiße, angewelkte Blüte und ein durchsichtiges Plastiktütchen. Ich lege das Buch zur Seite und schaue genauer hin.

Mit einem Schlag sieht die Sache ganz anders aus.

Fluchend renne ich zum Telefon. Während ich warte, dass man mir Anselmi an den Apparat holt, lege ich den Hörer zur Seite und greife nach der Tasse – der Kaffee ist zwar bereits kalt, aber vielleicht macht er mich ein bisschen munterer. Ich habe weniger als fünf Stunden geschlafen und hatte kein sanftes Ruhekissen.

»Anselmi? Ich bin's, Mariani.«

»Anselmi am Apparat, Commissario. Es gibt nichts Neues im Fall …«

»Ich rufe nicht deswegen an. Schicken Sie mir die Spurensicherung, und zwar sofort.«

»Wohin denn, Commissario?«

»Zu mir, Anselmi, zu mir nach Hause. Muss ich Ihnen vielleicht noch die Adresse diktieren?«

»Nein, nein. Geht in Ordnung, Commissario. Ist denn was passiert?«

»Schicken Sie mir die Spurensicherung.« Ich zögere einen Augenblick, doch Aufschieben ist zwecklos, also frage ich: »Ist Dottor Serra schon da?«

»Ja, Commissario, seit etwa einer halben Stunde.«

»Wenn er frei ist, müsste ich ihn sprechen.« Während ich das sage, frage ich mich, warum ich mir das antue. »Nein, lassen Sie, Anselmi, ich spreche mit ihm, wenn ich im Büro bin.« Ich lege auf.

Dann schenke ich mir noch eine Tasse Kaffee ein und wende mich wieder dem Tisch zu.

Das Buch wurde sorgfältig ausgehöhlt, so dass es als Behältnis dienen kann. Eine weiße Blüte, eine wunderschöne weiße Blüte. Was für eine Sorte das wohl ist? Ich kenne Rosen, Nelken, Margeriten und noch ein paar andere. Ein Plastiktütchen mit einem rotbraunen, vertrockneten, möglicherweise klebrigen Ding. Das scheint mir die fehlende Fingerkuppe der im Corso Torino erstickten Frau zu sein, obgleich ich doch nichts mit dem Fall zu tun habe.

Warum ist das Päckchen dann an mich adressiert?

Das Wichtigste ist jetzt aber, dass die Spurensicherung es so bald wie möglich wegschafft. Mir bleibt nichts weiter übrig, als zu hoffen, dass sie bald eintrifft, und in der Zwischenzeit zu duschen und mich anzuziehen, damit ich dann sofort in die Questura fahren kann.

Im Büro angekommen, teilt man mir mit: »Vicequestore Serra will, dass Sie gleich zu ihm kommen.«

Also setze ich mich in Bewegung. Im Flur stoße ich auf Leandri, der mit dem Fall Gualtieri befasst ist. Hoffentlich hat man mich nur gerufen, um einen Bericht aus erster Hand zu bekommen. Pustekuchen: Sie drehen mir den Fall an.

Ich hasse es, eine Ermittlung zu übernehmen, die ein anderer schon begonnen hat. »Damit lassen wir uns aber auf das Spiel des Päckchenversenders ein.« Sinnloser Einwand.

»Wir können uns hier nicht mit Details aufhalten, Mariani. Es ist nur wichtig, dass der Fall bald und gründlich aufgeklärt wird.«

»Dann lasse ich mal die ganzen Unterlagen zu Anselmi bringen.« So einfach entledigt sich Leandri also seiner Probleme.

Ich nicke und wage zu fragen, ob die Spurensicherung schon Ergebnisse geschickt hat.

»Die Leiche wurde gestern gefunden.«

»Die Spurensicherung müsste aber doch …«

»Ja, die Ergebnisse sind da, in der Akte.«

Von all denen, die mir hätten einen Fall aufhalsen können, ausgerechnet Leandri!

Anselmi gibt mir die Akte, ich blättere: Todesursache vermutlich Ersticken (um sicher zu sein, muss noch die Autopsie abgewartet werden). Sie war offenbar schon zwei oder drei Tage tot, was wohl deutlich zu riechen war.

Wie auch immer, es fehlte die Kuppe des rechten Zeigefingers.

»Die hat er abgeschnitten und dann an Sie geschickt, Commissario.«

Bei Anselmis Worten zucke ich die Schultern, diese Idee ist mir auch schon gekommen.

»Wer hat sie gefunden?«

»Wen?«

»Die … die …« Ich brauche einen Moment, um mir den Namen, den man mir schon genannt hat, in Erinnerung zu rufen. »Gualtieri, ja, Gina Gualtieri.«

»Es steht alles im Bericht, Commissario. Gestern Nachmittag kam der Anruf …« Ja, da war ich in meinem Büro und habe die Kollegen davon sprechen hören. »Aber im Bericht steht alles drin.«

Ich nehme also das Blatt und lese. Keine neue Geschichte: Eine alleinstehende Frau um die dreißig, die Schwester verheiratet. Jede lebt ihr eigenes Leben, doch telefonieren sie jeden Tag miteinander, um zu hören, wie es so geht. Maura Gualtieri, verheiratete Pongiu, versucht drei Tage lang vergeblich, ihre Schwester anzurufen. Sie ist in Sorge. Obwohl sie ihre Schwester normalerweise nicht besucht und schon gar nicht unangemeldet, beschließt sie, hinzufahren und nachzusehen. Sie hat einen Schlüssel, öffnet die Tür und findet ihre Schwester tot vor.

Es bedarf keiner Erfahrung, um sofort zu sehen, dass sie keines natürlichen Todes gestorben ist und dass es sich nicht um einen Unfall handelte. Kaum jemand wird sich selbst eine Plastiktüte über den Kopf ziehen und sorgfältig zubinden. Selbstmord vielleicht ... Aber das Stück vom Finger ... Ich bin kein Gerichtsmediziner, weiß aber genug, um zu erkennen, dass es erst abgetrennt wurde, als die Frau schon tot war.

»Neben der Leiche lag eine rote Lockenperücke.« Anselmi betont den Satz mit einer Geste, als würde er sich das Haar ordnen. Wie das wohl aussähe: eine schöne rote Perücke über seinem grauen Gesicht?

Das wird kein einfacher Fall, ich spüre es genau.

Wie auch immer, man wird sehen, ob der Inhalt des Plastiktütchens wirklich das fehlende Fingerstück ist. Das Tütchen wird untersucht werden, und auch die Blüte.

Eine Blüte.

Auf alle Fälle muss ich auch mit Francesca sprechen, um zu erfahren, wie das Päckchen zugestellt wurde. Es sind keine Stempel drauf, das heißt, es wurde persönlich abgegeben.

Warum ausgerechnet bei mir?

Als hätte ich nicht schon Ärger und Sorgen genug.

Gleich ist es eins, um diese Uhrzeit macht Francesca für gewöhnlich Mittagspause. Ich wähle die Nummer, die Sekretärin ist dran und sagt: »Die Chefin ist in einer Besprechung.« Ich glaube, dass ich der einzige Kommissar bin, dessen Frau Ingenieurin ist und besser verdient als er.

»Ich muss mit ihr sprechen. Es ist dringend.«

»Einen Augenblick, bitte.« Warteschleifenmusik, Gott, wie ich die hasse.

»Pronto.«

»Ich bin's, Antonio.«

»Was ist los?« Kein Anzeichen von Sorge in der Stimme – wenn etwas mit Manu wäre, dann würde man sie auch als Erste benachrichtigen.

»Ich muss mit dir sprechen.«

»Dann sprich.« Ich sehe sie vor mir, wie sie das Telefonkabel um die Finger wickelt und aus einem Schuh schlüpft, dabei auf einem Bein balancierend wie ein Flamingo. Vom Flamingo hat sie die langen Beine, nur ist sie nicht so dünn.

»Das geht nicht am Telefon.«

»Ich habe zu tun.«

»Es ist dringend, beruflich. Ich könnte dich auch ganz offiziell in die Questura bestellen, aber ich dachte an ein freundschaftliches Gespräch, schließlich bist du meine Frau ...«

»Oh, ich dachte, du hättest das vergessen.« Ich will gerade entgegnen, dass sie es war, die dem ehelichen Bett den Rücken gekehrt hat, da spricht sie schon weiter.

»In einer halben Stunde etwa bin ich hier fertig. Soll ich zu dir kommen oder kommst du zu mir? Da es dringend ist, komm du doch, dann gewinnst du Zeit.«

Die Aufforderung, zu ihr zu kommen, muss sie einiges gekostet haben, denn eigentlich hat sie es gar nicht gern, wenn ich in ihr Revier eindringe. »Ich komme«, sage ich.

Ich informiere Anselmi, dass ich weggehe, ohne ihm zu sagen, dass ich meine Frau befragen werde. Bin ja bald zurück.

Die Sekretärin lässt mich in Francescas Büro Platz nehmen. Zwei Computer, ein Drucker und anderes Teufelszeug. Ein Poster von einer Kunstausstellung, eines von *Amnesty International* und ein Bild, das Manu gemalt hat, als sie drei war. Überall stapeln sich Bücher und Karteikästen.

Gerade habe ich mich in ihren Lieblingssessel aus rotem

Leder gesetzt, da kommt sie hereingeeilt. Zur Begrüßung sagt sie: »Schieß los.« Dann zieht sie sich die Schuhe aus, es sind flache rote Mokassins.

»Das geht nicht so schnell.«

»Wenn du nicht anfängst, dauert es noch länger.« Sie bleibt stehen und lehnt sich mit ihrem schönen und straffen Hintern an die Schreibtischkante, die Schuhe in der Hand.

»Willst du dich nicht setzen?«

»Das ist meine Mittagspause. Himmel, Antonio, wenn ich jetzt nicht sofort eine Kleinigkeit zu essen kriege, sterbe ich.« Sie beugt sich herunter, schwänzelt mir mit dem sehr kurzen Rock ihres Businesskostüms vor der Nase herum, zieht sich die Schuhe wieder an und nimmt ihre Tasche.

»Also auf eine Kleinigkeit«, sage ich und stehe auf.

Beim Hinausgehen lege ich ihr automatisch eine Hand an den Arm, da dreht sie den Kopf, und es ist, als schaute sie durch mich hindurch. Ein böser Blick oder eine Szene wären mir lieber gewesen. Die anderen Frauen beherrsche ich von meinen Einsachtzig aus, doch sie geht mit ihren Einssiebzig durch die Welt, und wenn sie das Kinn hebt, dann sind unsere Augen fast auf gleicher Höhe: »Ach, spielen wir heute den Gentleman?«

Blöde Kuh, Miststück, meine Frau ist wirklich ein verfluchtes Miststück. Und sie hat allen Grund dazu.

»Also, was gibt es so Dringendes?«

Wie immer genügt ihre Gegenwart, um mich alles vergessen zu lassen: absolute Leere im Hirn. Ich muss mir einen Ruck geben, um mich wieder an das Päckchen zu erinnern. »Wer hat eigentlich das Päckchen abgegeben?«

»Woher soll ich das wissen? Ist das denn wichtig?«

»Vielleicht. Aber warum weißt du nicht, wer es gebracht hat?«

»Himmel nochmal! Es kommen immer so viele Päckchen, von all den Idioten, die nicht wissen, dass ich ein Büro habe ... Dann klingelt es, wenn ich unter der Dusche stehe oder gerade Manu fertig mache, und ich brauche eine Weile, bis ich aufmachen kann. Manchmal lassen sie dann das Zeug einfach vor der Tür liegen, wenn sie wahrscheinlich den Roller in zweiter Reihe geparkt oder viel auszutragen haben.«

»Das heißt, jemand hat das Päckchen vor die Tür gelegt.«

»Ich habe die Tür aufgemacht, und da lag es. Dein Name stand drauf, also habe ich es ins Arbeitszimmer gebracht.«

»Was hat die Person gesagt, nachdem sie geklingelt hat? Hat sie nach mir oder nach dir gefragt?«

»Sie hat gesagt: Paket für Nummer dreizehn.«

»Mann oder Frau?«

»Du weißt doch, dass vor dem Haus die Baustelle der Telecom ist. Es hätte Mann oder Frau sein können, an der Stimme war das nicht zu erkennen.« Sie dreht sich zu mir um und sagt: »Meistens esse ich hier.«

Man kennt sie hier tatsächlich, ich merke es dran, wie sie gegrüßt wird und wie sie sich ganz zielstrebig zu einem bestimmten Tisch durchschlängelt. Ich will gerade fragen, was sie möchte, da kommt mir der Kellner zuvor: »Das Übliche, Signora? Schnell oder normal?«

Sie sieht mich an und antwortet lächelnd: »Normal. Zweimal.«

Keiner, der nicht von Natur aus neugierig ist, macht meinen Job, doch eher würde ich mir die Zunge abbeißen, als dass ich jetzt Erklärungen verlangte.

»Also, Antonio, könnte ich ein bisschen mehr erfahren oder ist das ein Berufsgeheimnis?«

Sie hat den linken Ellbogen auf den Tisch und das Kinn auf den Handrücken gestützt und sieht mich an, als sähe sie mich nun wirklich. Ich erzähle ihr alles, von der Ankunft des Päckchens bis zu der Frau, die ermordet aufgefunden wurde.

Gerade als ich alles rekapituliert habe, was im Grunde nicht viel war, kommt der Kellner mit zwei Tellern: »Hier, Signora, einmal normal. Griechischer Salat, dasselbe für den Herrn. Und eine halbe Karaffe Pinot. Als Nachtisch Fruchtsalat oder Ananas?«

»Ananas. Natur«, antworte ich. Nicht weil ich Ananas so mag oder etwa Fruchtsalat verabscheue, sondern weil ich nicht gerne im Kielwasser von jemand anderem schwimme.

Francescas belustigter Blick sagt mir, dass sie begriffen hat. Eifrig macht sie sich jetzt über ihren Salat her, doch nach einigen Bissen hält sie inne: »Du hast gesagt, dass ein Buch in dem Päckchen war. Was für ein Buch?«

»*Eine Privatsache*.«

»Von Fenoglio?«

Ich nicke und kann dann geradezu sehen, wie ihr Hirn die Informationen aufzeichnet, katalogisiert und vergleicht. Sie ist gewissermaßen die Blume am Revers einer Consulting-Agentur. Blume, Blüte. »Die Blüte ist weiß und hat eine schöne Form.«

»Sicher weiß jemand bei euch in der Questura, was für eine Blüte das ist«, sagt sie, aber sie denkt nach, das merke ich. Planmäßig isst sie ihren griechischen Salat, den Reis, die Oliven und so weiter und denkt nach. Als der Teller leer ist, legt sie die Gabel weg.

»Sie hat einen ganz schönen Mut, deine Freundin. Sie fordert dich heraus, sie will, dass du sie findest. Wenn ich du wäre, dann würde ich mir eine Liste von all den Frauen machen, mit denen du in der letzten Zeit geschlafen hast. Eine ganz schöne Arbeit, das ist mir klar. Die Liste muss ja so lang sein.« Sie streckt den linken Arm aus und führt die rechte Hand zur Schulter. »Nicht leicht, aber Mamas Liebling hat sich ja sicherlich auch nicht geschont.«

»Warum sprichst du von einer Frau?«, frage ich, als der Nachtisch kommt.

»Ich habe gar nicht gewusst, dass du es auch mit Männern treibst.« Sie hebt eine Augenbraue. »O Gott, das hat mir gerade noch gefehlt.«

Anstatt das Besteck aufzunehmen, berühre ich ihre Hand: »Warum sprichst du von einer Frau?«

»Jemand bringt jemand anderen um und schickt dir ein Stück von der Leiche, da habe ich eben eine Frau vor Augen. Ihr Motiv ist Hass oder Liebe oder beides. Nur bei einer Frau kannst du so extreme Gefühle auslösen.«

Ich nehme das Besteck und schneide ein Stück Ananas ab, sie ist sauer. Francesca muss mein Gesicht gesehen haben, denn sie sagt: »Der Fruchtsalat ist besser.« Ich kaue das Zeug kaum und schlucke es gleich runter (habe schon Schlechteres gegessen und bin nicht daran gestorben), während ich über das nachgrüble, was Francesca gerade gesagt hat.

»Sonst noch was? Ich muss zur nächsten Besprechung.«

Ich schüttle den Kopf. »Nein, nichts weiter, aber komm doch im Lauf des Tages auf einen Sprung in die Questura, wenn du kannst, wegen der Fingerabdrücke. Nicht, dass ich mir viel davon erhoffe, aber um deine zumindest auszuschließen, verstehst du?«

»Natürlich.« Sie steht auf, nimmt ihren roten Mantel, ich kann mir nie merken, wie sie das Ding nennt, hebt kurz die Hand zum Gruß, eilt nach draußen und lässt mich einfach wie einen Idioten sitzen. Sie hat sogar auf den Kaffee verzichtet, nur um möglichst schnell von hier wegzukommen.

Als ich an ihrem Büro vorbeigehe, sehe ich sie mit einem Mann aus der Bar kommen, die direkt neben dem Eingang zu ihrer Agentur liegt. Sie hat sich freundschaftlich bei ihm eingehängt und drückt sich an ihn. Ihre Gesichter sind auf gleicher Höhe, und sie lachen. Sie sieht mich nicht.

Klar, dass die Tote jetzt das Letzte ist, woran ich denke.

Als ich in die Questura komme, bin ich ruhiger, habe meine eigenen Probleme zurückgestellt und kümmere mich jetzt um die von anderen Leuten.

Der Bericht der Spurensicherung ist noch nicht fertig, im Augenblick bleibt mir nur, den Tatort in Augenschein zu nehmen, mit allem drum und dran (die Schwester und die Nachbarn befragen und so weiter). Ich beschließe, zu Fuß zum Corso Torino zu gehen, das dauert höchstens zehn Minuten, mit dem Auto bräuchte ich länger.

Früher war dies ein herrschaftliches Haus mit Concierge, mittlerweile ist es ein solides Haus mit Gegensprechanlage.

Wo die Leiche gelegen hat, sind jetzt Kreidestriche auf dem Fußboden.

Hier die Leiche und gleich daneben die rote Perücke, die Anselmi so beeindruckt hat. Ich schaue mich um. Nicht, dass ich glaube, noch irgendwelche Indizien zu finden. Doch es hilft mir, das Opfer besser zu begreifen. Das Opfer ist das einzig Sichere bei einem Mord.

Die Wohnung ist sauber und ordentlich, vielmehr, sie wäre es, hätten nicht Polizisten und ihresgleichen hier stundenlang alles auf den Kopf gestellt. Große Diele, typisch für Genueser Wohnungen, Wohnzimmer mit dreisitzigem Sofa und zwei Sesseln, bezogen mit goldfarbenem Samt, Glastisch. Schwere weiße Vorhänge mit Spitzendekor. Lampen im Muranostil.

Die Wand gegenüber dem Sofa wird von einem riesigen Spiegel eingenommen.

Ein ebensolcher Spiegel vor dem Bett. Ein großes Ehebett, dessen Kopfteil mit roter Seide bezogen ist, die Tagesdecke aus dem gleichen Material ist auf der einen Seite zurückgeschoben, als hätte sich jemand kurz auf dem Bett ausgestreckt, um sich ein wenig auszuruhen.

Das Opfer lebte allein.

Doch das Bett war offensichtlich nicht für eine Person allein gedacht.

Als ich Anselmi, der ja die ganze Akte gelesen hat, fragte, ob in der Wohnung irgendwelche Indizien oder sonst etwas Ungewöhnliches gefunden wurde, hat er nur die Perücke genannt, nichts weiter.

Ich habe auch nach der Schwester gefragt. »Sie hat sich gar nicht gut gefühlt, also hat der Arzt ihr ein Beruhigungsmittel gegeben und sie nach Hause geschickt. Sie muss noch offiziell vernommen werden.«

»Bitten Sie sie her, damit wir sie befragen können. Was ist mit den Nachbarn?«

»Es scheint, als hätte niemand etwas gehört.«

Ich weiß aber, dass Nachbarn immer etwas hören. Sie wissen immer etwas, aber sie sagen nichts, weil sie nicht mit hineingezogen werden wollen, doch sie ersticken fast daran, eigentlich wollen sie alles erzählen, was sie – richtigerweise oder auch nicht – wissen, ahnen oder vermuten.

Auf dem Stockwerk befinden sich noch drei andere Wohnungen.

Ich gehe ins Treppenhaus und klingle bei Bonacelli. Die Tür geht einen Spalt auf, ich weise mich aus, sie wird wieder geschlossen, ein Rasseln von Ketten, als würde hier ein wertvoller Schatz gehütet.

Dann stehen sie vor mir: er und sie. Schwarz der Mann, so schwarz, dass ihn die Hölle ausgespuckt zu haben scheint. Nicht dass er dunkelhäutig wäre, nein, es sind vielmehr die dichten Augenbrauen, die das eingefallene und verhärmte Gesicht beherrschen. Sie bunt wie ein Schmetterling, vielleicht Ende sechzig oder in den Siebzigern, wenn sie sich gut gehalten hat. Ein Spatz, wie mein Vater gesagt hätte. Man glaubt, dass der erste Windhauch sie umpustet, dabei sind es immer diese Menschen, die sogar einem Tornado standhalten.

»Sind Sie das Ehepaar Bonacelli?«

»Ja, das sind wir«, wispert sie. Er legt ihr die Hand auf die Schulter.

»Darf ich hereinkommen?«

»Wir haben schon alles gesagt«, posaunt er, doch sie legt ihre Hand auf die seine und korrigiert: »Wir wissen nichts.« Sie bleibt hartnäckig in der Tür stehen und verstellt so den Zugang zum Schloss Bonacelli.

»Ich muss Ihnen noch einige Fragen stellen und würde das ungern im Treppenhaus tun. Wenn Sie aber lieber in die Questura kommen wollen …«

Er schiebt sie mit einer bestimmten, aber freundlichen Geste beiseite.

Ich trete ein.

Dieselbe Diele, doch ohne Teppich und Nippes, nur ein billiges Telefontischchen, auf dem als einziger Staubfänger eine Puppe im Prinzessinnenkleid steht. Die Gardine am Fenster zum Innenhof ist in die Jahre gekommen, aber sauber.

Da sie mich nicht hereinbitten, bleiben wir in der Diele stehen. Ich bin nur wenige Meter in ihr Reich eingedrungen.

»Wir wissen nichts«, sagt sie, bevor ich überhaupt eine Frage stellen kann. »Guten Tag und guten Abend, wenn wir uns begegnet sind. Reine Höflichkeit.«

»Ich verstehe.«

»Wir wissen nichts, wir stecken unsere Nase nicht in anderer Leute Angelegenheiten«, sagt jetzt der schwarze Mann.

»Aber Sie kennen die Signora …«, ich zögere, als suchte ich nach dem Namen und hoffte, dass sie mir beispringen würden. Doch keiner von beiden beißt an, also vervollständige ich den Satz selbst: »… Gina Gualtieri schon lange.«

»Kennen ist da zu viel gesagt, wie gesagt: Guten Tag und guten Abend.«

»Wie steht es mit ihren Gewohnheiten? Auch ohne neugierig zu sein, bekommt man doch etwas von den Gewohnheiten seiner Nachbarn mit.« Ich halte einen Moment inne und blicke dem Mann fest in die Augen. »Eine angenehme Frau, wie man mir gesagt hat, wie kommt es, dass man da nicht ein paar Worte mehr wechselt?«

»Wir haben keine Zeit zu vergeuden, Commissario«, erwidert sie.

»Sie arbeiten also. Alle beide?«

Keine Antwort, dann teilt er mit, dass er in Rente ist.

In diesem Augenblick klingelt es an der Tür, und die beiden zucken zusammen. Die Signora öffnet, nachdem sie zuerst einen Blick auf die Uhr geworfen hat. Nur das ausdruckslose Gesicht einer Frau mittleren Alters ist zu sehen. Die Bonacelli sagt rasch: »Könnten Sie später wiederkommen? Ich bin fertig, aber im Augenblick geht es nicht.«

»Heute Nachmittag?«

»Ja, in Ordnung.« Sie verabschiedet sich und schließt die Tür.

Dann steht sie wieder vor mir. »Ich war früher Schneiderin in einer Schneiderei und jetzt mache ich noch manchmal Änderungen.«

»Das Geld reicht nie«, fügt der Mann hinzu. »Ich helfe hin und wieder einem Freund bei der Buchhaltung. Keine richtige Anstellung, nur ab und zu zur Aushilfe.«

»Ja, ja, die Mieten werden immer teurer«, werfe ich hin.

Sie sehen sich an, bevor sie erklären, die Wohnung gehöre ihnen, sie hätten aber so viele Unkosten, und außerdem sei da noch Nando. Pause. »Aber Nando hat nichts mit dem Ganzen zu tun. Nando ist ein guter Junge, er könnte keiner Fliege was zuleide tun.«

Ich frage nicht nach, wer Nando ist, bin ich mir doch sicher, dass sie es mir von selbst sagen werden.

»Unser Enkel. Er ist neunzehn. Mein Sohn und seine Frau … ein Unfall vor fünf Jahren, da haben wir ihn zu uns genommen.«

»Ja, Kinder sind teuer. Ich habe auch eine Tochter, sie ist erst sechs, aber das Geldausgeben nimmt kein Ende.«

Als sie hören, dass ich Vater bin, werde ich in ihren Augen plötzlich zum Menschen. Sie geben ihre Wachsamkeit auf und treten so weit zur Seite, dass ich ins Wohnzimmer gehen kann (auch hier ein Spiegel, sie braucht das Wohnzimmer, um bei ihren Kunden Maß zu nehmen). Sie bietet mir einen Sessel an, und die beiden setzen sich gegenüber auf das Sofa. »Möchten Sie einen Kaffee? Entschuldigen Sie bitte, wir sind Ihnen gewiss ein wenig unfreundlich vorgekommen, weil wir Sie so in der Tür haben stehen lassen, aber wissen Sie, wir sind einfach so durcheinander.«

»Nein danke, keinen Kaffee.«

»Es macht bestimmt keine Umstände.«

»Danke, aber ich versuche gerade, es ein bisschen einzuschränken.« Ich sehe sie an. »Als ich klein war, hat mich meine Mutter mitgenommen, wenn sie zur Anprobe zur Schneiderin ging. Sie wollte mich nicht allein zu Hause lassen. Und diese Schneiderin hatte genauso einen Spiegel. Es kommt mir vor, als wäre es gestern gewesen.«

Sie nickt.

»Ist Ihre Nachbarin Gina Gualtieri auch Schneiderin gewesen? Bei ihr habe ich einen ähnlichen Spiegel im Wohnzimmer gesehen.«

Sie wird rot und sieht ihren Mann an, er ist also mit Antworten dran. Er schaut auf seine Füße und sagt: »Sie hat immer Besuch bekommen, Besuch von … Männern.«

»Es haben sich schon welche beim Hausverwalter beschwert, und es gab eine Unterschriftensammlung. Aber wir«, die Frau zuckt die Schultern, »wir hatten ganz andere

Sorgen.« Sie reibt sich die Arme. »Wer weiß, warum sie das getan hat. Das Leben ist nicht leicht, das lernt man, ob man will oder nicht.«

Alles hätte ich von einer Frau wie ihr erwartet, aber nicht, dass sie so modern sein und einfach akzeptieren könnte, Tür an Tür mit einer Nutte zu wohnen.

»Im Grunde hat sie keinen Ärger gemacht, und die Männer, die sie besucht haben, auch nicht. Außerdem liegen unsere Wohnungen nicht direkt nebeneinander, das Treppenhaus ist dazwischen. Ich habe sie eigentlich nie gehört, ich verbringe meine Zeit an der Nähmaschine und bin ein bisschen schwerhörig. Nur wegen Nando habe ich mir ein wenig Sorgen gemacht ...«

»Es ist bestimmt nicht leicht, einen Jungen in diesem Alter zu erziehen. Und dann noch Ihr Verlust ...« Ich sage das nicht nur so, um sie zum Sprechen zu bringen, ich denke das wirklich, das schwöre ich. Nun, Francesca sagt, dass ich nur als Vater einigermaßen menschlich bin.

»Früher oder später werden Sie es ja doch erfahren.« Sie hebt den Kopf und sieht mich mit den wässrigen Augen einer alten Frau an, die sich trotz allem ihren Stolz bewahrt hat. »Nando, mein Nando, hat Probleme mit Drogen gehabt. Jetzt ist er aus der Sache raus, er ist fast wie früher.« Ihr Mann legt ihr den Arm um die Schultern und sagt: »Wir hoffen nur, dass diese Geschichte ihn jetzt nicht aus der Bahn wirft. Er hat nichts damit zu tun, aber Sie wissen ja, wie das ist. Sie werden wieder gesund, behalten aber eine Schwachstelle.«

Ich nicke. »Kannte er Signora Gualtieri?«

»Sie war unsere Nachbarin. Vielleicht wusste er, wie sie sich ihren Lebensunterhalt verdient hat. Aber mehr auch nicht, glaube ich«, antwortet der Mann.

»Ich würde gerne mit ihm sprechen.« Ich mache eine vage

Geste mit der Hand, die beruhigend sein soll. »Nicht, dass ich glaube, dass er in irgendetwas verwickelt ist, sondern weil ich jede Hilfe brauche, die ich finden kann. Keine Sorge, Signora, ich werde ihn mit Samthandschuhen anfassen. Einverstanden?« Pause. »Könnten Sie ihm ausrichten, dass er bitte in die Questura kommen soll ... Nein, vielleicht ist es besser, wenn ich zu Hause mit ihm spreche.« Sie bejaht. »Oder ... wo kann ich ihn finden, wenn es dringend sein sollte?«

»Er hat eine Arbeit gefunden, er ist Gärtner bei einer Spezialfirma ... und wir haben gehofft, dass er auf die Universität geht«, seufzt sie. »Doch das Wichtigste ist, dass es ihm gut geht und dass er aus den ganzen Schwierigkeiten raus ist, nicht wahr?« Und er abschließend: »Er wird überall rumgeschickt, doch abends kommt er immer zum Essen nach Hause.«

»Könnten Sie mir den Namen der Firma geben?« Ich notiere mir Namen, Adresse und Telefonnummer. Ich gebe ihnen auch meine Privatnummer, das tue ich selten, aber bei so alten Leuten ... Was soll ich sagen?

Danke und auf Wiedersehen. Dann klingle ich an den anderen beiden Türen, aber niemand macht auf. Ein andermal. Ich darf nicht vergessen, Nando (Fernando) Bonacelli überprüfen zu lassen, er ist wegen möglicherweise schweren Drogendelikten vorbestraft und arbeitet als Gärtner (die weiße Blüte).

Draußen liegt Regen in der Luft, ein Schirokko-Sturm kündigt sich an. Gerade als die ersten Tropfen fallen, betrete ich die Questura.

Anselmi, begierig, mir die neusten Neuigkeiten zu überbringen, schiebt mich in mein Büro. »Wir haben den Namen Gina Gualtieri ins Elektronengehirn« – so nennt er die Datenbank – »eingegeben, dabei kam heraus, dass sie eine alte

Bekannte der Sitte ist.« Ich nehme am Schreibtisch Platz und bedeute ihm, sich zu setzen. Ich nicke.

»Sie wussten das schon?« Er ist enttäuscht.

»Die Wohnungseinrichtung und die Nachbarn …« Es tut mir leid, ihm die Überraschung verdorben zu haben. »Aber mir fehlen noch die Details.«

»Sie wurde bei einer Razzia in einem dieser Massagesalons bei der Arbeit erwischt, dann ist sie abgetaucht, ich habe bei der Sitte nachgefragt, dort meint man, dass sie sich selbstständig gemacht hat.«

»Wann wurde sie erwischt?« Anselmi gefällt sich darin, mir die Informationen scheibchenweise zu präsentieren.

»Vor drei Jahren.«

»Familienstand?«

»Geboren am 4.September 62, ledig. Seit 1977 in Genua wohnhaft. Lebende Verwandte: eine Schwester, drei Jahre älter, verheiratet, zwei Kinder.« Er reicht mir ein Blatt Papier, auf dem alles steht.

»Der Gerichtsmediziner?«

Das nächste Blatt. »Er war mit der Autopsie noch nicht ganz fertig, doch er hat schon ein paar Andeutungen gemacht.«

Ich kenne Torrazzi, er muss nur einen Blick auf eine Leiche werfen, und schon hat er einen Befund, aber um ihn niederzuschreiben, braucht er eine Ewigkeit. Er hat schon alle Techniken ausprobiert, per Hand, Schreibmaschine, Computer, Diktat …, aber ohne Erfolg. »Was sagt er?«

»Sie war von Medikamenten benebelt, der Mörder hat ihr eine Plastiktüte über den Kopf gezogen, gut zugebunden und gewartet, bis sie tot war.«

»Irgendwelche Spuren oder andere Auffälligkeiten?«, frage ich. In den Romanen haben sie immer Hautpartikel unter den Fingernägeln, mir ist das noch nie untergekommen.

»Nichts. Nur der abgeschnittene Finger.«

»Abgeschnittener Finger?«

»Die Fingerkuppe des rechten Zeigefingers fehlt. Sie wurde abgetrennt, nachdem der Tod eingetreten war, hat Torrazzi gesagt. Mit einem Fleischermesser, das dort herumlag.«

Ich stelle mir das Gespräch zwischen Anselmi und Torrazzi vor, wie sie sich zwischen Lachanfall und Würgereiz über Fleischermesser und abgeschnittene Fingerkuppen unterhalten.

»Was ist los, Commissario? Fühlen Sie sich nicht wohl?«

»Nein, nein, es ist nichts.«

»Soll ich Ihnen einen Kaffee holen?« Er steht auf.

»Nein, danke, ich gehe selbst.« Er ist enttäuscht; nichts hat er lieber, als sich nützlich machen zu können. Ich fasse ihn an den Ellbogen. »Kommen Sie, Anselmi, gehen wir zusammen einen Kaffee trinken, und dabei erzählen Sie mir den ganzen Rest.«

»Sie trinken zu viel Kaffee, Commissario.« Er ist mindestens fünfzehn Jahre älter als ich und glaubt, hin und wieder den Vater spielen zu müssen.

»Das meint meine Frau auch.«

Er bleibt stehen. »Ich habe ja ganz vergessen, Ihnen zu sagen, dass Ihre Frau wegen der Fingerabdrücke hier war. Wegen der Fingerabdrücke auf dem Päckchen. Sie hat es bestimmt sehr bedauert, dass Sie nicht da waren!«

Das bezweifle ich. Und der Espresso aus dem Kaffeeautomaten ist noch ungenießbarer als sonst.

»Sie ist immer so freundlich und nett«, fügt Anselmi hinzu. Verschweigt aber, dass er sich wie alle in Francescas Nähe unbehaglich fühlt, weil er nicht weiß, wie er sich ihr gegenüber verhalten soll.

»Wurden die Fingerabdrücke schon verglichen?«

»Nein, bis jetzt kam noch nichts.« Anselmi setzt plötzlich ein ganz zerknirschtes Gesicht auf.

»Was ist los, Anselmi?«

»Da ist die Schwester, Maura Gualtieri. Sie hat gesagt, sie würde wegen der Aussage kommen.« Er starrt über meine Schulter hinweg den Flur entlang.

Ich drehe mich um: Eine Frau Ende dreißig, vom Leben mitgenommen. Kamelfarbener Mantel, schwarze Handtasche. Als sie näher kommt, sehe ich, dass ihre Augen rot und geschwollen sind.

Ich gehe ihr entgegen. »Signora Gualtieri?« Sie nickt, und ich spreche weiter: »Commissario Mariani, ich leite die Ermittlungen.« Wir schütteln uns die Hände, der Druck ist zögerlich und kraftlos, ihre Hände sind kalt. Vielleicht hat sie Angst. Doch Angst ist auch bei Unschuldigen, wenn es sie denn gibt, eine häufige Reaktion. Ich gehe ihr voraus in mein Büro und zeige auf den Stuhl vor meinem Schreibtisch. Mit den Augen bedeute ich Anselmi, sich hinter sie zu setzen.

»Ich bin gekommen, sobald ich konnte.«

»Ich danke Ihnen, Signora Gualtieri.«

»Mein Name, seit ich verheiratet bin, ist Pongiu. Gualtieri benutze ich praktisch nicht mehr.«

Meine Frau heißt überall Francesca Lucas, sie führt immer nur ihren Mädchennamen. »Alle kennen mich unter dem Namen Pongiu«, sie sieht mich an, ihr Blick ist verloren. »Ich habe alles schon den Polizeibeamten gesagt, die zu mir gekommen sind. Dass sie nicht ans Telefon gegangen ist und dass ich mir Sorgen gemacht habe.« Sie sieht zu Boden. »Die Zeitungen … Na ja, für sie ist es ja jetzt egal, die arme Ginetta!«

»Welches Verhältnis hatten Sie zu Ihrer Schwester?«

»Verhältnis?«

»Ja, haben Sie sich häufig gesehen?«

»Ich hatte meine Schwester gern. Aber wir haben uns selten gesehen. Wir haben telefoniert. Frühnachmittags habe entweder ich sie angerufen oder sie mich. Nur so, um zu wissen, wie es der anderen ging.«

»Frühnachmittags?«

»Da war ich immer allein.«

Natürlich. Allein, um ungehindert die Schwester anrufen zu können. Das ist der richtige Aufhänger. »Was wussten Sie von Ihrer Schwester?«, frage ich.

Maura Pongiu sieht mich an, sie hat die Frage verstanden. Sie hat erkannt, dass ich Bescheid weiß und dass es sinnlos ist, die Unwissende zu spielen. »Ich wusste es«, gesteht sie, öffnet ihre Handtasche und holt ein bereits benutztes Papiertaschentuch heraus. »Wie oft habe ich sie angefleht, damit aufzuhören. Du hast doch noch Zeit, um dir ein neues Leben aufzubauen, Ginetta, habe ich ihr gesagt. Ich kann dir helfen, ich schwimme zwar auch nicht im Geld, aber ich kann dir helfen. Aber sie wollte nichts davon wissen. So ein Leben wie du und wie Mama. Als Sklavin von Mann und Kindern. Keine Befriedigung, gar nichts. Nein, nicht mit mir. Ich lege mir ein bisschen was zur Seite, und dann mache ich einen Laden auf.« Die Pongiu sieht mich an und wird rot: »Ich habe sie gefragt: Wie kannst du nur so leben, Ginetta, wie? Ich würde sterben. Und sie: Wenn du es mit Salvatore tust, hast du dann immer Lust? Nein, aber du tust es trotzdem. Aber er ist doch mein Mann! Dein Mann sorgt für deinen Unterhalt. Die Männer, die zu mir kommen, sorgen eben auch für meinen Unterhalt. Aber was ist mit den Krankheiten? Sei doch nicht blöd, ich treffe natürlich meine Vorkehrungen. Da habe ich es aufgegeben. Ich hätte hartnäckiger sein sollen.« Sie schaut mich an. Auch so eine, die sich, ließe man sie, alle Schuld der Welt auf ihre Schultern laden würde.

Den Worten Maura Pongius folgt ein langes Schweigen, es ist sinnlos, ihr zu sagen, dass sie mehr als ihre Pflicht getan hat. Ihre Schwester war eine erwachsene, freie und selbstständig denkende Frau. Ich tausche einen Blick mit Anselmi. Ich weiß, dass er die Befragung anders aufziehen würde und dass er deswegen ganz kribbelig ist.

»War Ihr Mann über alles im Bilde?«

»Lassen Sie ihn bitte aus dem Spiel.« Die Stimme der Frau schwillt an, und zum ersten Mal gleicht sie nicht mehr einem waidwunden Reh.

»Ich habe Sie nur gefragt, damit ich Ihren Mann nicht vernehmen muss.«

»Ja, er hat es gewusst. Als diese schlimme Geschichte passiert ist, hat er es herausgefunden, und von da an wollte er sie nicht mehr sehen, und ich durfte nicht mehr zu ihr. Er wusste, dass wir immer telefoniert haben, das ja, aber ich musste es tun, wenn er nicht da war. Als täte ich es heimlich.«

»Diese schlimme Geschichte …?«

Sie fragt sich jetzt, was ich schon alles über die Vergangenheit ihrer Schwester weiß oder was ich noch herausfinden kann. Soll sie es sagen oder nicht?

»Ein Massagesalon.« Sie stockt.

»Massagen?«

»Na ja, man hat es Massagen genannt. Das heißt dort so. Und deshalb ist sie in die Zeitung gekommen, als … als ihr gekommen seid und sie mit einem Mann erwischt habt.«

»Wussten Sie damals schon, was für ein Leben Ihre Schwester führte?«

»Vermutungen, nur Vermutungen.«

Sie hatte es gewusst und wollte es nicht wissen. Klassisch.

»Wissen Sie, ob Ihre Schwester eine rote Lockenperücke trug?«

»Sie war dunkelhaarig.«

»Vielleicht ...«, sage ich und sehe sie an, »wenn sie Männer bei sich hatte?«

»Ich weiß nicht, ich glaube nicht. Als ich sie angefleht habe aufzuhören, da sagte sie, dass ihr Typ – sie war eine aparte Dunkelhaarige – noch ihr Ruin sein würde, denn ihr – sie nannte es mediterraner – Typ würde den Männern gefallen.«

Also keine Gewissheit, weder ja noch nein.

»Hatte sie einen richtigen Freund? Hat sie je mit Ihnen über einen Mann geredet, über einen Freund?«

»Nein. Sie hatte kein Vertrauen zu Männern. Die seien für sie nur Arbeit, sagte sie.«

»Eine Frau, eine spezielle Freundin?«

»Sie war gerne allein.«

Da ist nicht mehr herauszuholen. Ich verabschiede Signora Pongiu und bleibe mit Anselmi allein. »Fragen Sie bitte bei der Sitte nach, vielleicht wissen die was.«

Als er zurückkommt, hat er die Mappe mit den Fotos. Die Leiche auf dem Boden der Diele, mit dem Gesicht nach oben, über dem Kopf noch die durchsichtige Plastiktüte. Eine Detailaufnahme der rechten Hand mit dem nicht allzu blutverschmierten Fingerstumpf. Die rote Perücke – auf dem Foto ist gut zu erkennen, dass es sich um einen Massenartikel aus dem Kaufhaus handelt.

Und dann etwas, von dem mir niemand erzählt hat und das auch nicht im Bericht steht: In der anderen, fast zur Faust geballten Hand steckt eine weiße Blüte, die herabzufallen droht.

Genauso eine Blüte wie die in meinem Päckchen.

»Warum stand im Bericht nichts von der Blüte?«

»Das war Ravazzi, Commissario. Ravazzi hat ihn geschrieben.«

Ich verstehe: Ravazzi ist der Neue, geradezu manisch übereifrig und gewissenhaft, wobei die Länge seiner Berichte immer gegen Unendlich tendiert. Noch vorgestern habe ich ihn deswegen zurechtgewiesen und ihm gesagt: Wenn der nächste Bericht länger als zwei Seiten ist, dann lasse ich dich alles immer wieder schreiben, bis deine Finger blutig sind. Prima, seine Schlussfolgerung war offenbar: weglassen. Was er sonst noch alles weggelassen haben mag? »Sagen Sie ihm, dass er zu mir kommen soll, sobald er kann.«

»Er ist weg.«

»Wie, weg?«

»Sie haben ihm höchstpersönlich zwei Tage Urlaub gegeben, Commissario.«

»Ist er erreichbar?«

»Seine Mutter ist krank, er wollte zu ihr fahren, in sein Heimatdorf.«

»Man kann vielleicht bei der Mutter anrufen. Hat er die Telefonnummer hinterlassen?«, frage ich.

Anselmi nickt.

»Also, dann rufen Sie ihn an.«

Während ich warte, schaue ich zum Fenster hinaus. Es ist schon nicht mehr hell. Francesca hat Manu vermutlich bereits von der Schule, einer Ganztagsschule, abgeholt, und die beiden sind jetzt zu Hause.

Ich bin müde. Am liebsten würde ich alles hinschmeißen.

»Man hat mir gesagt, dass er noch gar nicht angekommen ist, wenn er da ist, ruft er an, doch das wird vermutlich kaum vor morgen Vormittag sein. Soll ich ihn von der Verkehrspolizei suchen lassen?«

Ich schüttle den Kopf: »Nein, nicht nötig. Das kann bis morgen warten.« Ich stehe auf. »Ich gehe nach Hause, wenn man mich braucht ...« Der Satz bleibt offen, ich nehme meinen Regenmantel und verlasse das Büro.

Es ist dunkel. Ein feuchter Frühlingsabend, der Schirokko

zaust die Fahnen auf dem Piazzale delle Americhe in Richtung Hügel.

Der übliche Freitagabendstau. »Schwarzer Freitag« wird *Il Secolo XIX* schreiben, wie jeden Samstag.

Freitag. Morgen ist Samstag. Francesca geht samstags normalerweise nicht in ihr Büro in der Consulting-Agentur. Ich könnte mir ja einen Tag frei nehmen und ihn mit ihr verbringen.

Und mit Streiten. Nein danke.

Stau auf der Via Tomaso Invrea, Stau auf dem Corso Gastaldi, Stau auf dem Corso Europa. Eine Dreiviertelstunde von Foce nach Quinto.

Wenn ich nach Hause komme, hat Manu bestimmt schon gegessen und spielt schon wieder. Francesca hat mich wahrscheinlich nicht erwartet, sie weiß ja auch nie, ob ich komme oder nicht. Und wenn ja, wann.

Manu spielt im Gästebad. Sie ist sehr beschäftigt und will sich nach den üblichen Umarmungen und Küssen gleich wieder an die Arbeit machen. Vor einigen Monaten hat sie bei meiner Mutter zu Hause einem Klempner zugesehen, und das war Liebe auf den ersten Blick: Jetzt will sie Klempnerin werden. Daher übt sie schon mal und schraubt an Wasserhähnen und Duscharmaturen herum.

Francesca, in grauem Hausanzug und Turnschuhen, hat mich tatsächlich nicht erwartet. »Hast du schon gegessen?«, fragt sie. Ich bin versucht, Ja zu sagen, doch bei solch unbedeutenden Kleinigkeiten lüge ich sie nicht an: »Nein.«

»Kotelett?« Sie holt es schon aus dem Kühlschrank.

»Ich kann es mir auch selbst machen.«

»Lass nur.« Also gehe ich mich umziehen. Als ich in die Küche zurückkomme, lässt sie gerade das Kotelett auf den Teller gleiten und deutet auf die Salatschüssel. »Ist schon angemacht.«

Sie hat sogar den Tisch gedeckt. Als ich mich setze, bleibt sie in der Küche, was schon lange nicht mehr vorgekommen ist, schon seit Jahren nicht mehr. Sie sitzt da und sieht mir beim Essen zu. Sie fragt nicht, wie es mir geht, so weit treibt sie das Spiel der liebenden Ehefrau doch nicht.

Dann räumt sie den leeren Teller weg und stellt mir den Nachtisch hin. Es scheint wirklich ein besonderer Tag zu sein, ich muss, ohne es zu wissen, etwas Wunderbares getan haben, da ich mir offenbar eine *Torta di Panarello* verdient habe, eine Genueser Mandeltorte, die nur aus Butter und Cholesterin besteht. Doch ich sage und frage lieber nichts.

Sie schenkt mir einen Espresso ein und nimmt sich auch eine Tasse.

Als ich mir eine meiner drei täglichen Zigaretten anstecke, holt sie sich auch eine aus meinem Päckchen und zündet sie an. Wenn das kein offizielles Waffenstillstandsangebot ist, dann weiß ich auch nicht …

Sie steht auf, um den Aschenbecher zu holen, und als sie zurückkommt, legt sie auch ein Buch auf den Tisch. »*Eine Privatsache*, ist schon lange her, dass ich das gelesen habe.«

»Ich habe es als Junge gelesen.«

»Gehörte die Fingerkuppe der Toten?«, fragt sie unvermittelt.

Sie weiß eigentlich, dass ich zu Hause nicht gerne über meine Arbeit rede, in diesem Punkt waren wir uns immer einig, denn auch sie wollte nie etwas davon wissen. Warum gerade jetzt? »Ich habe keine Lust, darüber zu reden.«

»Sie haben das Päckchen zu uns nach Hause geschickt, Anto, nicht in dein verdammtes Scheißbüro. Zu uns nach Hause, und da wohnst nicht nur du, verehrter Commissario, sondern auch die hier anwesende Francesca Lucas und Manuela Mariani, sechs Jahre alt.«

»Toll, bravo, Zugabe.« Auch wenn Anto, diese Koseform aus unseren glücklichen Zeiten, mich durcheinanderbringt.

Sie nimmt meine Hand. »Heb dir deine dumme Ironie für deine Kollegen auf, ich habe nämlich ein Gehirn, das wirklich denken kann.«

»Jahrgangsbeste in Informatik, das ist allseits bekannt.«

Sie haut mir eine runter, und zwar richtig. »Hör auf, das Arschloch zu spielen, Anto. Es ist wegen Manu. Ihretwegen muss ich das wissen. Wenn sie in Gefahr ist …« Ich habe Francesca vorher nur zweimal weinen sehen: Als ihr Vater starb – die Mutter ist gestorben, bevor wir uns kennen lernten – und als sie herausfand, dass ich mit einer anderen im Bett gewesen war (beim ersten Mal, die anderen Male hat sie dann nicht mehr geweint). Und jetzt sitzt sie vor mir am Küchentisch und weint. Die Zigarette verglüht zwischen ihren Fingern, sie hat sie nur aus Solidarität angesteckt. Sie raucht eigentlich nie, nur früher nach dem Sex …

Tränen laufen ihr übers Gesicht, das Gesicht einer Filmdiva, hinter dem sich ein messerscharfer Verstand verbirgt. Sie wischt sich mit der Handfläche über die Wangen. »Du kannst mich nicht einfach abwimmeln.«

»Ich wimmle dich doch nicht ab. Aber dieser Fall betrifft meine Arbeit. Und meine Arbeit hat nichts mit meinem Privatleben zu tun. Auf der einen Seite die Arbeit, die Verbrechen, die Ermittlungen und auf der anderen du und Manu.«

»Genau, auf der anderen Seite und möglichst weit weg.«

Ich merke, dass wir wieder in den üblichen Streit geraten, und dabei bin ich so müde. Dann kann man die Dinge auch gleich beschleunigen und die Waffenruhe im Keim ersticken. »Ich habe dich auf der Straße Arm in Arm mit einem Mann gesehen.«

»Das war ein Kollege, Gabrieli.« Vielleicht hat sie auch

Gabriele gesagt. In ihrem Büro redet man sich manchmal mit dem Vornamen an.

»Aber auch ein Mann, und du hast dich eng an ihn geschmiegt.«

Sie steht auf. »Richtig, ein Mann. Das habe ich als Erstes überprüft, als er bei uns angefangen hat. Er ist ziemlich begabt und gar nicht schlecht, was seine Leistungen angeht.« Sie wirft die Kippe in die Spüle, sie zischt noch, dann geht sie aus. »Raus hier, damit ich aufräumen kann. Und geh unter die Dusche. Du stinkst nach Bulle und nach all den Weibern, die du seit heute Morgen gevögelt hast.«

Ich verlasse die Küche. Manu ist in ihr Zimmer gegangen, das Gästebad war wohl zu nah an unserem Streit. Sie muss etwas gehört haben, denn sie sieht mich verstört an und schiebt ihre Legosteine herum. Ich hasse mich, hasse Francesca, hasse unsere Ehe. Ich hasse alles und alle außer Manu.

Ich würde sie gerne drücken, so fest ich kann, doch das würde sie nur erschrecken. So sehe ich nur zu, wie sie ihren Kran baut. Seit wir mit Manu im Aquarium waren, ist sie in Kräne vernarrt. Kein Wort über die Fische.

Samstag

Ich schaue auf die Uhr: sieben. Alles ist still. Ich versuche ganz leise zu sein. Aufstehen, duschen, anziehen.

Manu hat samstags keine Schule, und Francesca geht nur ins Büro, wenn etwas Besonderes ansteht. Heute ist kein solcher Tag. Wenn dieser Fall aber eintritt, dann lädt sie meine Mutter für den Abend vorher ein, damit sie bei uns übernachtet, und sie schläft dann in meinem, vielmehr in unserem Bett anstatt im Gästezimmer.

Ich öffne die Tür und vor mir steht die stets auf der Lauer liegende Nachbarin: »Entschuldigen Sie, wenn ich Sie aufhalte ...«

»Kein Problem.« Ich trete zur Seite, um sie hereinzulassen.

»Ach, wissen Sie, ich weiß gar nicht, wie ich es Ihnen sagen soll, aber das hier ist vor ein paar Tagen angekommen, mein Sohn, Sie wissen schon, der, der studiert, hat es entgegengenommen. Dann hat er es irgendwo hingelegt und vergessen. Er hat immer so viel im Kopf.«

Ich kenne ihren Sohn. Wie in seiner Schulzeit kommt er auch jetzt noch zu meiner Frau, wenn er Probleme in Physik oder Mathematik hat, und verschlingt sie mit Blicken. Während ich das denke, habe ich plötzlich ein Päckchen in der Hand. So groß wie zwei übereinandergelegte Zigarettenschachteln.

»Mein Sohn hat gesagt, dass auf der Verpackung sein Name stand, deshalb hat er es aufgemacht, und drinnen war dann das hier mit Ihrem Namen: Antonio Mariani.«

»Haben Sie die ursprüngliche Verpackung noch?«

»Das habe ich ihn auch gefragt, aber er hat gesagt, dass er sie nach dem Öffnen weggeworfen hat – er hat ja nicht gedacht, dass es wichtig sein könnte.« In der Tat ist ihr Sohn keine Leuchte, vermutlich wendet er seine ganze Energie für das Glotzen auf.

»Ist er zu Hause?«

»Er ist mit seinen Freunden unterwegs an die Küste zu einer Party. Er hatte gestern eine Prüfung.«

»Wissen Sie, wann genau er das Päckchen bekommen hat?«

»An dem Tag, an dem ich beim Zahnarzt war, hat er gesagt. Also Montag.«

Und heute ist Samstag. Samstagmorgen.

Vielleicht hat sie meinen Gesichtsausdruck gesehen, denn sie fügt ein wenig gereizt hinzu: »Es hat unter einem Stapel Bücher gelegen. Er hat es erst gefunden, als er ihn weggeräumt hat.« Hätte der Junge also keine Prüfung gehabt, läge das Päckchen immer noch dort, vergessen unter den Büchern.

»Danke«, sage ich ein wenig gezwungen.

»Nichts für ungut.« Auch ihre Antwort ist nicht besonders freundlich. Als wir uns gegenseitig einen schönen Tag wünschen, klingt es teilnahmslos.

Braunes Packpapier, das gibt es an jeder Ecke zu kaufen. Ein aufgeklebtes Etikett mit meinem Vor- und Nachnamen aus Klebebuchstaben. Auch die bekommt man überall.

»Was ist los?«

Ich drehe mich um: Da steht Francesca in einem sehr kurzen Nachthemd und barfuß. Zerwühltes Haar und vom Schlaf verquollene Augen.

»Der Sohn der Nachbarn ...« »Paolo?« »Ja, Paolo – jemand hat ihm ein Päckchen geschickt und drin war das hier für mich.«

»Was ist es?«

»Das weiß ich erst, wenn ich es aufmache.«

»Dann mach es auf.«

»Ich will aber die Spuren nicht vernichten. Es lag schon zu lange unter einem Bücherstapel.«

Sie reibt sich die Augen, die dadurch noch röter werden: »Ich will aber jetzt wissen, was drin ist.«

»Sobald ich es aufgemacht habe, werde ich es wissen.«

»Ich will wissen, was da drin ist.« Sie lehnt mit dem Rücken am Rahmen der Schlafzimmertür. Unter dem Nachthemdchen sind ihre langen, braungebrannten Beine zu sehen (sie spielt auch im Winter Tennis). Ich wende meinen Blick ab, das ist nicht der richtige Augenblick, seltsame Vorstellungen in sich aufkommen zu lassen, die obendrein nicht realisierbar sind. Aber ich sehe aus den Augenwinkeln, wie sie sich umdreht und ins Schlafzimmer zurückgeht. »Sag mir dann Bescheid. Sag mir bitte Bescheid, Anto.«

Ich hole mir eine Plastiktüte und stecke das Päckchen hinein.

Sie nimmt nach dem ersten Läuten ab: »Pronto.«

»Ich bin's, Antonio.« Ich sehe sie vor mir, leicht nach vorn gebeugt, ihre freie Hand spielt mit dem Kabel. »Wir haben es geöffnet.« Stille. Sie ist keine Frau, die unnötige Fragen stellt. »Ein Gummifinger und eine Praline. Jetzt machen wir die üblichen Analysen.«

»Ja, Manu, es ist Papa. Nein, ich kann ihn dir nicht geben, aber ich richte ihm einen Gruß aus. Manu lässt dich grüßen.«

»Gib ihr einen Kuss von mir.«

»Jetzt geh rüber, Manu, fang schon mal mit den Legos an.« Pause. »Ein Gummifinger, was für eine Art Gummifinger?«

»So einer, wie man ihn in der Apotheke bekommt, wenn man sich verletzt hat und der Verband nicht nass werden soll.«

»Und die Praline?«

»Ein Gianduiotto. Wir untersuchen gerade, ob sich jemand daran zu schaffen gemacht hat.«

»Gibst du mir Bescheid? Ich bleibe zu Hause.«

»Das geht nicht so schnell. Jetzt muss ich aber aufhören, ich habe noch einiges zu tun.«

In Wahrheit habe ich kaum etwas zu tun. Anselmi hat meine Nachbarn, die Pallinis, angerufen, um ihnen mitzuteilen, dass wir mit ihrem Sohn Paolo sprechen müssen und dass er so bald wie möglich in die Questura kommen soll.

Und dann der Fall Gina Gualtieri. Die Nachbarn. Mit einer Familie habe ich gesprochen. Es fehlt also nur noch Nando. Die anderen Wohnungen sind leer, eine steht zum Verkauf, die andere soll vermietet werden, mit einem Vertrag ohne Mietpreisbindung.

Ich müsste mit den übrigen Hausbewohnern, mit den Geschäftsinhabern in der Gegend sprechen und bei der Sitte anrufen. Das will ich zuerst machen und wähle eine interne Nummer. »Mariani hier, ich wollte wissen, ob ihr etwas über die Gualtieri habt.«

»Sie war oft im Tropico.« Das kenne ich, kein besonders zwielichtiges Lokal, Männer und Frauen auf der Suche nach Sex oder nach Geld gehen dorthin, aber auch viele ganz normale Paare und Cliquen. Die Liköre sind kaum verwässert, und die Pianobar ist gar nicht mal schlecht. »Sie hat ihre Kunden mit zu sich nach Hause genommen. Höchstens einen oder zwei in der Nacht.«

»Hatte sie einen Zuhälter oder einen speziellen Freund?«

»Der Barkeeper sagt Nein, beschwören kann er es nicht, aber er meint Nein.«

»Und Freundinnen? Freundinnen in jeglicher Hinsicht?«

»Ist uns nicht bekannt, in keinerlei Hinsicht. Sie hat sich nur um ihren eigenen Kram gekümmert, eine Einzelgängerin. Die ist keine Bindungen eingegangen.«

»Und die rote Perücke? Hast du gefragt, ob sie die getragen hat?«

»Hab ich.« Als wolle er mir sagen, dass er kein Idiot ist, dass er weiß, wie er seine Arbeit machen muss, und dass ich ihm nicht jedes Wort in den Mund zu legen brauche. »Fehlanzeige. Keiner weiß etwas, weder der Barmann noch die Kellner und auch sonst niemand.«

»Mach weiter. Irgendetwas wird doch noch zu finden sein.«

Ich lege auf und gehe zum Kaffeeautomaten. Als ich gerade das Gebräu trinke, das dort als Espresso bezeichnet wird, kommt Anselmi atemlos angelaufen und ruft schon von weitem: »Ihre Frau, Commissario, Ihre Frau ist am Telefon.«

Manu, er hat Manu etwas angetan.

»Was ist passiert?«

»Nichts. Was sollte passiert sein?«

»Geht es Manu gut?«

»Aber sicher, warum sollte es ihr nicht gut gehen? Beruhige dich, ich höre dich ja bis hierher keuchen.«

»Du rufst sonst nie an. Ich hatte Angst, dass Manu etwas passiert ist.« »Und dir« sage ich nicht, aber ich schwöre, dass ich genau das in diesem Moment denke.

»Ich rufe nicht an, wenn ich nichts zu sagen habe.« Pause und dann: »Kann ich in Ruhe mit dir reden?«

»Ich höre.«

»Das Päckchen an dich wurde Paolo zugestellt, bevor sie mir das für dich gegeben haben – der Satz ist ein bisschen wirr, aber du verstehst, was ich meine?« »Ja.« »Es war allerdings nicht vorgesehen, dass Paolo es dir so spät geben würde, nach so vielen Tagen. Das Päckchen an Paolo sollte ein Hinweis auf das sein, was danach geschehen würde. Der Gummifinger sollte die Fingerkuppe ankündigen.«

»Bis hierhin kann ich dir folgen. Und die Praline?«

»Mein Vater hat in Turin gearbeitet. Die »Gianduiotti« kommen, wie die »Grissini« auch, aus Turin. Und wo hat er getötet? Am Corso Torino.«

Ja, das passt.

»Kommt dir das blöd vor? Ich verstehe ja nichts von Verbrechen und Mördern.«

»Nein, das ist gar nicht blöd. Es ist eine Möglichkeit. Doch die Fingerkuppe, warum ein Finger? Und die Blüte?«

»Was für eine Blüte ist es denn?«

Ich komme mir wie ein Idiot vor, weil ich das nicht geklärt habe.

»Nicht alle Blumen sind gleich, Antonio. Jetzt mache ich Schluss, Manu wartet mit den Legos auf mich.« Ende des Geprächs. Meine Frau ist der Typ »kein Wort zu viel und kein Wort zu wenig«.

Meine Frau: In enger Umarmung mit einem Mann. Ein Kollege, mit dem sie etwas gemeinsam hat. Doch wir haben Manu gemeinsam. Aber wie lange wird unsere Tochter noch dafür sorgen, dass Francesca bei mir bleibt, auch wenn diese Ehe nur noch Fiktion ist?

Ich sollte vielleicht versuchen, sie zurückzuerobern. Noch nie, nicht einmal am Anfang, habe ich ihr den Hof machen müssen. Vielleicht ist jetzt der richtige Augenblick dafür. Ihr Blumen schicken.

»Nicht alle Blumen sind gleich.« Ich sollte herausfinden, um welche Sorte es sich handelt. Hat die Blüte eine Bedeutung, eine erkennbare Bedeutung?

»Anselmi, weißt du, was das für eine Blüte war?«

»Welche Blüte?« Er stockt, dann spricht er weiter. »Die, die nicht in Ravazzis Bericht stand?«

»Genau.« Ist für Anselmi der unvollständige Bericht wichtiger als die ermordete Frau? Vielleicht. »Jemand soll herausfinden, was das für eine Sorte ist. Schon was Neues von Ravazzi?«

»Nichts. Soll ich eine Nachricht schicken?«

Ich zucke die Schultern und blicke auf die nackte Wand vor mir, meine Gedanken beginnen, den Rissen zu folgen … Ein Teil von mir registriert, dass Anselmi leise hinausgeht, der andere ist schon bei der Arbeit.

Zunächst einmal die zeitliche Abfolge:

1) Das Päckchen trifft am Montag bei Paolo ein, also wurde es mindestens drei oder vier Tage vorher abgeschickt.

2) Nur durch Zufall wurde es mir erst heute, am Samstag, ausgehändigt.

3) Gina Gualtieri wurde am Mittwoch ermordet und am Donnerstag gefunden.

4) Am Donnerstag kommt das Buch bei mir zu Hause an, aber ich bekomme es erst am Freitag.

Dann die gesicherten Fakten:

1) Gina Gualtieri wurde ermordet, indem man sie mit einer Plastiktüte erstickt hat. Die Fingerkuppe wurde erst nach Eintritt des Todes abgetrennt.

2) Die Analysen der Spurensicherung ergeben, dass das Stück Fleisch, das mit der Post kam, der abgetrennte Finger ist.

Francescas Vermutungen:

1) Der Mörder verfolgt einen Plan: der Gummifinger und die abgetrennte Fingerkuppe, Corso Torino und der Gianduiotto.

Meine Fragen:

1) Die Blüte?

2) Die Perücke?

»Commissario?« Ich lasse meine Augen von den Rissen in der Wand zu Anselmi schweifen. »Die Gerichtsmedizin«, sagt er und wedelt triumphierend mit einem Bündel Blätter.

Bei der Lektüre eines Berichtes von Torrazzi hat man immer das Gefühl, besoffen zu sein, doch zumindest ist aus diesem zu ersehen, dass sich der erste Eindruck bestätigt hat. Tod durch Ersticken, dann das Abtrennen der Fingerkuppe. Auf den ersten Blick keine Anzeichen von Sexualverkehr. Spuren eines starken Schmerzmittels und in einer Gesäßbacke der Einstich einer Spritze.

Ich denke an den Abdruck auf dem Bett. Sie könnte sich hingelegt haben, und eine andere Person hat ihr die Injektion verpasst. Wenn sie unter dem Einfluss von starken Medikamenten stand, war es natürlich nicht schwierig, ihr eine Plastiktüte über den Kopf zu ziehen.

Doch wie hat der Mörder es nur angestellt, dass sie sich nicht gewehrt hat?

Keiner lässt sich gerne eine Spritze verpassen. Ich lese noch einmal genau, nein, keine Anzeichen von Drogenmissbrauch. Und außerdem muss man den Fixer erst noch finden, der sich in den Hintern spritzt.

Ich suche mir die Telefonnummer der Schwester heraus. Nach drei- oder viermaligem Klingeln nimmt sie ab: »Pronto.«

»Hier spricht Commissario Mariani.«

»Was wollen Sie?«, fragt sie mit gesenkter Stimme.

»Hat sich Ihre Schwester irgendeiner Behandlung unterzogen?«

»Behandlung? Was für eine Behandlung? Sie war nicht krank.«

»Spritzen.«

»Nein. Manchmal hat sie davon gesprochen, dass sie gerne eine Aufbaukur machen würde, doch sie wollte nicht, dass jemand in ihre Wohnung kommt. Außerdem hatte sie Probleme mit der Halswirbelsäule, deswegen konnte sie oft nicht schlafen oder bekam manchmal sogar eine Blockade. Sie hat es mit Tabletten versucht, aber das hat nicht geholfen, davon sie hat nur Magenbeschwerden bekommen. Sie wollte aber auch keine Fremden in ihrer Wohnung.«

Ich danke ihr, lege auf und denke, dass, wenn ich richtig liege, die Gualtieri zu Recht keine Fremden in der Wohnung haben wollte.

Ich habe Frauen wie sie kennen gelernt, oft rutschen sie einfach nur so rein, dann machen sie weiter, weil sie nicht das Leben ihrer Mutter oder ihrer Schwester leben wollen. Ich mache einen Laden auf: Wie oft habe ich diesen Satz schon gehört. Sie können es schaffen, sofern sie dann nicht an einen Zuhälter geraten oder ihnen etwas anderes zustößt. Zunächst dem Kreislauf entronnen, werden sie wieder rückfällig, sobald das Geschäft schlechter zu gehen beginnt – Steuern, Rezession, Gewohnheit. Nein, ich bin kein Moralist, doch ich weiß, dass es schwieriger ist, aus der Scheiße herauszukommen als hineinzugeraten, und dann kennt man eben nur noch bestimmte Leute. Wie bei den Junkies.

Nando.

Ich habe noch nichts von Nando Bonacelli gehört. Die Nummer habe ich mir ja aufgeschrieben, nehme also das Telefon. Die Schmetterlingsfrau nimmt beim ersten Läuten ab, sie ist außer Atem. Ich frage nach ihrem Enkel. »Er ist gestern Abend erst spät nach Hause gekommen und vor ungefähr einer Stunde wieder gegangen. Er hat gesagt, dass er zur Questura will. Als das Telefon geklingelt hat, habe ich gehofft, dass er dran ist.«

Eine Stunde vom Corso Torino zur Via Diaz – ein bisschen lang. Ob er versucht hat, eine Dosis aufzutreiben, um sich Mut zu machen?

»Wann hat er mit den Drogen aufgehört?«

»Vor zwei Jahren.«

Zwei Jahre sind lang, vielleicht aber nicht lange genug.

»Er hat nicht wieder angefangen, das weiß ich«, sagt sie, als hätte sie meine Gedanken gelesen. Oder vielleicht war es ein Gebet. »Behandeln Sie meinen Jungen bloß gut.«

»Ja, natürlich.« Ich verabschiede mich.

Seit Jahren schon mache ich diesen Job und sollte daran gewöhnt sein. Leichen von Ermordeten habe ich schon reichlich und in großer Vielfalt gesehen, viel Blut und etliche Perversionen. Ich habe ein dickes Fell bekommen. Doch das Wissen, dass bei jedem Mord so viele Menschen leiden müssen, macht mir immer noch viel aus. Wie eine Kettenreaktion. So viele Unschuldige. Oder das Wort Unschuld hat seine ursprüngliche Bedeutung verloren, und wir sind alle in einer düsteren Vorhölle gefangen.

»Commissario!«

Ich fahre hoch. Es ist Anselmi.

»Ravazzi ist am Telefon.«

Kaum habe ich den Hörer ans Ohr genommen, geht die Salve schon los: »Commissario, als ich daheim angekommen bin, haben sie mir gesagt, dass Sie mit mir sprechen wollten, und ich habe sofort zurückgerufen, Commissario, gibt es denn ein Problem? Wissen Sie, bevor ich zu meiner Mutter gefahren bin, bin ich noch im Nachbardorf gewesen, da wohnt nämlich meine Freundin, Sie müssen wissen, meine Familie weiß nichts davon, es ist was Ernsthaftes, aber sie wollen sie nicht, weil sie schon zwei Jahre lang offiziell mit einem aus ihrem Dorf verlobt gewesen ist, und da habe ich die Gelegenheit genutzt, um sie zu besuchen. Ich bin weggefahren, weil Sie mir Urlaub ...« Die Leitung ist gestört, ein Brummen und Pfeifen, das Stakkato Ravazzis gepaart mit den anderen Hintergrundgeräuschen hört sich an wie die Geräuschkulisse bei der Landung in der Normandie.

»Kein Problem, Ravazzi«, unterbreche ich ihn, »ich brauchte ein paar genauere Angaben zum Fall Gualtieri. Erinnern Sie sich daran?«

»Ja, ich erinnere mich, Commissario. Die rote Perücke und die Schwester. Glauben Sie, die hat geweint? Nein, stumm wie ein Fisch war die, nichts hab ich aus ihr herausbekommen, gar nichts. Nur Nachname, Vorname, Adresse.«

Ravazzi spricht, wie er schreibt: wie ein Wasserfall. Ihn mit einer Frage zu unterbrechen, ist, wie den Corso Italia bei Sturzregen zu überqueren. »Haben Sie außer der roten Perücke noch etwas Ungewöhnliches bemerkt?«

»Was verstehen Sie unter ungewöhnlich, Commissario? Ungewöhnlich sind zwei so verschiedene Schwestern.«

Er hat Recht, jeder findet etwas anderes ungewöhnlich. Es hat keinen Zweck, lange um den heißen Brei herumzureden.

»Auf den Fotos habe ich gesehen, dass die Tote eine weiße Blüte in der Hand gehalten hat.«

»Wenn ich das in den Bericht geschrieben hätte, wäre er zu lang geworden. Wissen Sie, ich versuche, mich an die Anweisungen zu halten, und Sie haben mir gesagt, dass ich mich kurz fassen und nicht vom Thema abkommen soll …«

»Haben Sie noch etwas Anderes ausgelassen?«

»Ich verstehe nicht, Commissario.«

Will er nicht verstehen, oder liegt es an der Verbindung? »Gibt es noch irgendwelche Details, die Sie nicht in den Bericht geschrieben haben?«

Brummen und Pfeifen, bevor Ravazzi wieder zu hören ist: »Der Wattebausch, Commissario.«

Jetzt, wo er präzise sein soll, ist er plötzlich kurz angebunden. »Welcher Wattebausch?«

»Der Wattebausch, den sie auf der rechten Pobacke hatte, die Unterhose hat ihn gehalten, aber als wir sie angehoben haben, ist er dann runtergefallen. Ich habe geglaubt, dass das nicht wichtig ist, dass sie sich, bevor sie gestorben ist, nur eine Spritze gegeben hat, und das nicht einmal besonders gut.«

»Was ist mit dem Wattebausch passiert?«

»In eine Tüte gesteckt, beschriftet und der Spurensicherung übergeben, ganz nach Vorschrift.« Er schweigt einen Moment. »Commissario, ich habe diese Sachen nicht in den Bericht geschrieben, aber ich habe sie Commissario Leandri, der sich um den Fall kümmert, berichtet. Wissen Sie, zur Beruhigung.«

Leandri, faul und schlampig wie immer. »Gewiss. Jetzt hören Sie mir gut zu, Ravazzi. Sie schreiben die Ergänzungen zum Bericht auf und schicken mir das Ganze per Fax. Und wenn Ihnen noch etwas anderes einfällt, dann schreiben Sie auch das auf, verstanden?«

»Ja, Commissario.«

Ich wünsche ihm noch einen schönen Aufenthalt in seinem Heimatdorf und seiner Mutter gute Besserung. Dann überdenke ich das Gehörte noch einmal, nehme Torrazzis Befund zur Hand: rechte Gesäßbacke, das stimmt mit dem Wattebausch überein.

Wer sich selbst eine Spritze gibt, setzt sie sich in die rechte Gesäßbacke. Doch der Abdruck des Körpers auf dem Bett und die zurückgeschobene Tagesdecke ... Ich habe mir selbst schon Injektionen geben müssen, doch das habe ich immer im Stehen getan und bin dafür ins Badezimmer gegangen.

Ich nehme nochmals das Telefon zur Hand. »Signora Pongiu?«

»Ja, am Apparat, wer spricht da?«

»Commissario Mariani.«

»Was ist denn noch? Ich habe doch schon alles gesagt, was ich weiß.«

»Hat Ihre Schwester die rechte Hand benutzt?« Ich kann ihr Zögern durchs Telefon hören und werde deutlicher, indem ich die Frage anders stelle: »War sie Linkshänderin?«

»Woher wissen Sie das? Sie hat sich so dafür geschämt! Ist das denn wichtig?«

»Ich glaube schon. Vielen Dank, Signora.«

Ich lege auf.

Sie hat sich die Injektion nicht selbst gespritzt. Ob die Bonacellis wissen, dass jemand vorbeigekommen ist, um ihr die Spritze zu geben? Keine Ahnung, vielleicht eine Krankenschwester oder jemand aus der Nachbarschaft. Doch wenn ich noch einmal bei Signora Bonacelli anrufe, kriegt sie einen Herzanfall ... Ich muss es aber wissen.

Also: »Entschuldigen Sie, Signora, ich bin's schon wieder, Commissario Mariani. Nein, Ihr Enkel war noch nicht hier. Nein, machen Sie sich keine Sorgen, das ist zu früh. Sie werden sehen, es klärt sich alles.« Dann endlich scheint sie sich so weit beruhigt zu haben, dass sie meine Frage versteht: »Wenn Gina Gualtieri sich von jemandem Spritzen geben ließ, ich weiß nicht ... von einer Krankenschwester oder von jemandem, der das konnte, das gibt es ja, dass jemand das einmal gelernt hat ...«

»Sie hat mich vor einiger Zeit gefragt, ob ich so jemanden kenne. Sie hatte große Angst vor Spritzen und wollte jemanden mit viel Erfahrung, aber auch jemanden, der, wie soll ich sagen, diskret ist. Wenn wir so was brauchen, habe ich zu ihr gesagt, dann holen wir die Nonnen. Nicht, dass sie nicht gläubig wäre, hat sie geantwortet, aber sie war als Kind bei den Nonnen in der Schule und hatte schlechte Erinnerungen daran. Dann hat sie mir nichts mehr erzählt. Bestimmt hat sie jemanden gefunden, aber ich könnte nicht sagen, wen.«

Ich danke ihr nochmals und beruhige sie wegen ihres Enkels.

Keine Ahnung, wen ich fragen soll. Die Pongiu hat gesagt, dass sie von dem Vorhaben ihrer Schwester, eine Kur zu machen, wusste, aber nichts davon, dass sie das schon in Angriff genommen hatte.

Ein Blick auf die Uhr: Es ist fast eins, ich könnte vielleicht nach Hause fahren und einen Happen essen. Ich nehme meine Kopie der Akte und stecke sie in die Tasche, für den Fall, dass mir etwas einfällt, wenn ich im Stau stecke. Das kommt manchmal vor.

»Anselmi?« Er sieht von den Papieren auf, die er gerade liest. »Falls jemand etwas von mir will, ich bin zu Hause zu erreichen. Ich komme nach dem Essen wieder.«

»Und wenn der junge Bonacelli kommt?«

»Dann rufen Sie mich an, und ich mache mich sofort auf den Weg.« Es glaubt sowieso niemand mehr daran, dass er noch kommt. Er wird sich irgendwo verkrochen haben und sich irgendwas reinpfeifen.

Es ist weniger Verkehr als sonst, und ich bin schon nach einer knappen Viertelstunde zu Hause. Wir wohnen in einer der beiden Wohnungen im obersten Stockwerk eines Mehrfamilienhauses mit ein wenig Grün drumherum. Wir und die Palleris.

Der Versuch, den Schlüssel ins Schloss der Wohnungstür zu stecken, misslingt. Meine Frau hat ihren Schlüssel innen stecken lassen. Ein einfaches Mittel, um mich auszusperren. Sind wir schon so weit? Ich wusste, dass es zwischen uns nicht zum Besten steht, aber ich habe nicht geglaubt, dass wir schon an dem Punkt angelangt sind, dass sie mich nicht mehr in die Wohnung lässt.

Ich drücke den Klingelknopf.

Schritte, sie halten hinter der Tür inne; die Tür geht auf. Francesca hat den Finger auf die Lippen gelegt, als wolle sie mich bitten, zu schweigen. Sie kommt auf den Treppenabsatz heraus und zieht die Tür hinter sich heran. Eigenartiges Benehmen, ich beginne, mir Sorgen zu machen, doch andererseits könnte ich schreien vor lauter Erleichterung, dass sie mich nicht ausgesperrt hat.

»Da ist jemand, der mit dir reden will.« Sie spricht so leise, dass ich ihr die Worte fast von den Lippen ablesen muss. »Er wollte nicht in die Questura kommen.«

»Es war aber doch gar nicht klar, dass ich nach Hause komme, ich komme doch nie zum Mittagessen nach Hause. Ist ein Hellseher am Werk?« Beim letzten Satz werde ich lauter, und sie bedeutet mir mit einer Geste, meine Stimme zu senken.

»Er ist schon seit über einer Stunde hier. Ich habe ihm gesagt, dass du mittags normalerweise nicht nach Hause kommst, und habe ihn so weit gebracht, dass ich dich im Büro anrufen durfte. Dann hat Anselmi mir mitgeteilt, dass du gerade die Questura verlassen hättest, um hierherzukommen.« Sie lehnt mit dem Rücken am Türrahmen. Ich habe noch nie eine aufregendere Frau gesehen, auch wenn sie nur einen ausgeblichenen blauen Jogginganzug trägt. »Wie du siehst, ist es kein Hellseher, sondern nur ein verschreckter Junge.«

Ein verschreckter Junge: »Bonacelli?«

»Ja, Nando.«

»Und er ist hierhergekommen?«

»Du hattest unsere Telefonnummer bei den Großeltern hinterlassen, und er wusste deinen Namen. Er ist nicht dumm, er ist nur eben verschreckt.«

»Und drogenabhängig. Ich will keine Junkies in meiner Wohnung.«

»Er war drogenabhängig, jetzt ist er es nicht mehr. Und außerdem ist das noch immer unsere Wohnung.« Das Wort ›unsere‹ sagt sie ganz leise, aber wie sie es sagt, hört es sich an wie gebrüllt. »Komm rein und rede mit ihm, aber sei nett dabei.«

Ich betrete die Wohnung und folge ihr in die Küche. »Manu ist bei ihrer Freundin im ersten Stock«, beruhigt sie mich.

Auf dem Tisch zwei benutzte Espressotassen.

Der junge Mann steht auf und sieht mich unsicher an.

»Ferdinando Bonacelli?«

»Nur Nando, bitte. Alle nennen mich Nando.«

»Warum sind Sie hierhergekommen und nicht in die Questura, wie Sie es Ihrer Großmutter gesagt haben?«

»Ich war ja schon an der Tür, aber habe mich dann nicht getraut.«

»Hier ist aber nicht mein Büro.«

»Setzen wir uns doch«, schaltet sich Francesca ein. »Anto,

komm, setz dich und hör damit auf. Ob hier oder in der Questura ist doch egal.« Sie setzt sich, und ich würde mir wie ein Idiot vorkommen, wenn ich stehen bliebe, vor allem, da Nando es ihr gleich nachgetan hat.

Offenbar hat sie auch ihn in ihren Bann gezogen.

Statt einzuwenden, dass es nicht egal ist, ob wir hier oder in der Questura reden, höre ich mich fragen, was Nando über die Gualtieri weiß.

Er sieht mich mit den haselnussbraunen Augen eines wehrlosen Unschuldslamms an und schweigt. Da legt Francesca ihm die Hand auf den Arm. »Los, Nando, sag ihm alles, genau so, wie du es auch mir erzählt hast«, sie weist mit einer Kopfbewegung auf mich, »er wird schon verstehen, dass du nichts mit dieser Geschichte zu tun hast, er weiß, dass du allenfalls ein Zeuge bist.«

Ich weiß vor allem, dass das hier ganz und gar nicht vorschriftsmäßig ist. Jeder x-beliebige Anwalt, auch der allerunfähigste, würde eine Aussage Nandos in Grund und Boden stampfen, wenn er erführe, dass er zu mir nach Hause gekommen ist, und so weiter.

»Es tut mir leid, dass sie getötet wurde, dass sie so sterben musste. Sie war immer nett zu mir. Die Einzige, die mich nicht wie einen Leprakranken behandelt hat.«

»Wissen Sie ...«, ich zögere kurz, dann korrigiere ich mich, »weißt du eigentlich, wie sie sich ihren Lebensunterhalt verdient hat?«

Er schüttelt seine hellbraune Mähne: »Ich bin ja nicht blöd, und außerdem hat sie mir gegenüber nie ein Geheimnis daraus gemacht.«

Ich müsste ihn jetzt fragen, ob er etwas über den Mord weiß, doch ich lasse ihn einfach weiterreden.

»Wir hatten nie was miteinander, so war das nicht. Wir waren einfach Freunde. Die anständigen Leute wollten ja nichts mit unsereinem zu tun haben. Sie war einsam, viel einsamer als ich. Ich habe ja meine Großeltern, sie hatte niemanden.«

»Ist eine Schwester niemand? Standen sie nicht telefonisch in Kontakt?«

»Die hat sich doch nur geniert, zu Gina nach Hause zu kommen.«

»Das ist gar nicht so merkwürdig, vielleicht musste sie Ärger von ihrem Mann befürchten.«

»Die hat Gina doch nur angerufen, um ihr Predigten zu halten oder um sie um ein bisschen Geld anzupumpen.« Am Anfang hat er beim Sprechen nur auf die Tischplatte gestarrt und hat immer wieder Francescas Hände gestreift, als wolle er sich damit Mut verschaffen, doch diesen letzten Satz schleudert er mir ins Gesicht. »Gepumpt und nie zurückgezahlt. Sie ist nicht einmal zu Gina in die Wohnung gekommen, um das Geld abzuholen. Sie haben sich irgendwo draußen getroffen. Hat Ihnen die Schwester das auch erzählt?«

»Ein bisschen Geld, wie viel denn?«

»In der letzten Woche vom Monat so drei- oder vierhundert, um über die Runden zu kommen.« Er unterbricht sich und sieht mir wieder fest ins Gesicht.

Ich bin kein Idiot, auch ich denke, dass diese Woche die letzte im Monat ist und dass die Anspannung von Maura Gualtieri vielleicht daher rührt, dass sie diese Anleihe eigentlich dringend gebraucht hätte. Falls Nando mir die Wahrheit gesagt hat und falls Gina Nando die Wahrheit gesagt hat.

»Einmal war es der Zahnarzt der Kinder, der mehr Geld wollte, als im Kostenvoranschlag stand, dann war wieder der Fernseher kaputt, ein andermal brauchte sie eine neue Waschmaschine. Und nie hat sie nur einen Fuß in Ginas Wohnung gesetzt. Das Geld hat sie immer irgendwo draußen eingesackt.«

Das Schlimmste ist, dass Maura nun nicht mehr vertrauenswürdig ist. Möglicherweise hat sie wirklich wenig von der Schwester gewusst, möglicherweise hält sie aber auch wichtige Informationen zurück.

»Weißt du, ob sie Injektionen gemacht hat?«, fragt Francesca und schiebt ihre Hand ein wenig näher zu ihm hin.

»Injektionen? Können Sie sich vorstellen, dass die Leute in unserem Haus sich von der Hure Injektionen machen lassen?«

»Warte, Nando, ich habe mich falsch ausgedrückt. Hat sie sich irgendeiner Behandlung unterzogen, für die sie Injektionen bekommen musste?«

»Sie hat schon vor Monaten davon geredet. Die Halswirbel haben ihr ziemliche Probleme gemacht. Sie hat jemanden gefunden ...«

»Jemanden – Mann oder Frau?«

Nando sitzt schweigend da, er hat die Augen geschlossen, als versuche er, sich die Szene wieder zu vergegenwärtigen. »Ich weiß es nicht. Sie hat es so ausgedrückt: Ich habe jemanden für die Spritzen gefunden. Weiter nichts.«

»Erinnerst du dich noch, wann das ungefähr war?«

»Erst vor zwei oder drei Wochen, vielleicht ein bisschen früher, mir hat sie es jedenfalls vor ungefähr einer Woche gesagt.«

»Kannst du dich an den genauen Tag erinnern?«

»Ja, weil ich ihr immer am selben Tag Blumen mitgebracht habe, und sie hat es mir an einem Tag gesagt, an dem ich Blumen dabeihatte.«

Blumen. Ich sehe, wie Francescas Hand sich ein bisschen bewegt. Die anderen Dinge, ja, die hat er ihr erzählt, aber nichts von den Injektionen und von den Blumen.

»Hast du ihr öfter Blumen mitgebracht?«

»Sie mochte Blumen. Ich arbeite in einem Pflanzenfachbetrieb. Manchmal sind die Blumen nicht mehr so frisch, dass man sie noch verkaufen kann, aber sie sind immer noch schön, und dann dürfen wir sie mitnehmen. Ich bringe immer Großmutter welche mit, für den Friedhof.« Seine Augen werden feucht, es ist nur ein Schleier und nur für einen Augenblick. »Die anderen habe ich Gina gegeben, sie war nicht wählerisch, und die Blumen haben ihr gefallen, auch wenn sie schon ein bisschen welk waren. Sie hat immer gesagt, dass sie trotzdem noch ihre Farbe, ihren Duft und ihre Schönheit hätten.«

»Als wir die Leiche gefunden haben, waren keine Blumen in der Wohnung.«

»Am Freitagabend habe ich ihr Nelken gebracht, nicht gestern, sondern am Freitag davor, und sie hat sie sicher am Montag oder spätestens Dienstag danach weggeworfen.«

Meine Tasche steht noch auf dem Stuhl im Flur, und in der Tasche ist die Akte. »Verstehst du etwas von Blumen und Pflanzen?«

»Ja, ich habe Pflanzen schon immer gemocht. Ich wollte auf das Marsano gehen, wissen Sie, die Fachschule für Landwirtschaft in Sant'Ilario, doch sie haben mich aufs Gymnasium geschickt …« Er streicht sich über die Stirn. »In der Rehabilitationseinrichtung gab es eine Gärtnerei. Die haben meine jetzige Arbeitsstelle für mich gefunden.«

»Das heißt, wenn ich dir das Foto einer Blume zeige, kannst du mir sagen, welche Art das ist?«

»Ja, ich denke schon. Versuchen kann ich es ja.« Endlich liegt in seinen Augen etwas anderes als Apathie.

Ich wende mich an Francesca: »Ich habe meine Tasche im Flur gelassen, würdest du sie mir holen?« Ich könnte auch selbst gehen, eigentlich bin ich kein Macho, doch ich will die Verbindung zu Nando nicht verlieren. Francesca steht kommentarlos auf und kommt mit der Tasche zurück.

»Möchtest du noch einen Kaffee, Nando? Ich brauche unbedingt noch einen und mein Mann auch, ich kenne ihn.« Während Nando sich umdreht, um ihr zu sagen, dass er gerne noch einen Kaffee nähme, öffne ich die Tasche und ziehe aus der Akte das Foto der Blüte, die zwischen Ginas Fingern gefunden wurde, und das der anderen, die ich im Buch aus dem Päckchen gefunden habe. Mir scheint es dieselbe Sorte zu sein, aber man kann nie wissen.

Nando sieht sich die Fotos an.

»Das ist dieselbe Blüte. Halt, ich habe mich schlecht ausgedrückt, dieselbe Sorte, aber zwei verschiedene Blüten.« Ich erkenne den Experten, er ist wirklich einer. »Eine Kamelie. Kommt ursprünglich aus Japan, hat sich hier aber gut akklimatisiert. Es gibt weiße, rote und gesprenkelte Blüten. Und sie blühen gerade. Wunderschöne Blüten, im letzten Jahrhundert waren sie in Europa große Mode.«

»*Die Kameliendame*«, sagt meine Frau, sie wendet uns den Rücken zu und sieht nach, ob der Espresso richtig durchläuft. »*La dame aux camélias*, Marguerite Gautier.«

Sie sagt es nicht, aber ich weiß, was sie denkt, denn ich habe dieselbe Assoziation. Die Kameliendame war eine Kurtisane wie unsere Ginetta Gualtieri, auch die Nachnamen haben einen ähnlichen Klang. Das lässt an ein Ritual denken. Nein, bitte nur kein Serienkiller, der Prostituierte tötet und mich in den Fall verwickelt!

KAPITEL 2

Neun Tage später: Montag

Wütend, deprimiert, reizbar, schlecht gelaunt und was einem sonst noch einfällt.

Weil die verfluchten Ermittlungen an einem verfluchten toten Punkt angelangt sind; es geht nicht vor und nicht zurück.

Morde an Prostituierten: viele, doch keiner, der mit unserem Fall in Verbindung zu bringen ist.

Ungelöste Mordfälle mit vergleichbarer Charakteristik: keiner.

Herumrennen, fragen, telefonieren, Fotos anschauen, Befunde lesen, ein Fehlschlag nach dem anderen.

Auch die Waffenruhe mit Francesca hat nicht lange gehalten. Am Freitagabend war ich auf einen Sprung im Tropico, wollte den großen Polizisten spielen, der im Milieu des Opfers herumschnüffelt.

Habe mich als Maigret gefühlt.

Francesca meinte, ich röche nach Frau, dabei hatte ich mich nur mit den zweien oder dreien unterhalten, die das Opfer besser kannten, und ihnen Drinks spendiert.

Habe nichts Nützliches erfahren und musste dafür wieder alleine schlafen.

Erst kam das Fax von Ravazzi und dann Ravazzi selbst, doch auch das hat uns keinen Schritt weitergebracht.

Paolo Palleri konnte sich nicht mal an die Farbe des Packpapiers erinnern. Und Signora Palleri sieht mich schief an, weil ich daran schuld bin, dass der Name ihres werten Sohnes nun aktenkundig ist.

Nando hat meiner Frau – der man mitnichten einen grünen Finger nachsagen kann – ein rosa blühendes Alpenveilchen gebracht und ihr erklärt, wie sie es pflegen soll. Seine Großmutter bedanke sich für alles, hat er gesagt.

Die Ermittlungen stagnieren, und Anselmi liegt seit einer Woche mit Bronchitis im Bett. Anselmi, mein Blitzableiter.

Auch im Schlaf lässt mich der Mörder nicht los, er geistert durch meine Träume und bringt Prostituierte um.

Zum Glück hat er keine getötet, die ich kannte – als Kunde, meine ich. Denn dann wäre es wirklich übel. Als mir das einmal passiert ist, bin ich völlig ausgerastet – bis wir ihn hatten, diesen Wahnsinnigen, der sie in einem Wutanfall umgebracht hat. Noch immer läuft es mir kalt den Rücken runter, wenn ich daran denke.

Das Schlimmste ist, dass ich wieder Albträume habe. Francesca kommentiert das nur lapidar: »Schon wieder?«

Diese Nacht bin ich bestimmt ein Dutzend Mal aufgewacht und erst im Morgengrauen in einen schweren, todgleichen Schlaf gefallen.

Benommen greife ich nach dem Wecker, um ihn auszuschalten. Es ist aber nicht der Wecker, der klingelt, sondern das Telefon; den Wecker habe ich ja schon vorhin zum Schweigen gebracht.

Ich nehme ab: »*Pronto*.«

»Nino, bist du das? Habe ich dich etwa geweckt? Es ist neun Uhr ...« Nur meine Mutter nennt mich Nino.

»Nein, Ma. Ist etwas passiert?«

»Keine Sorge, alles in Ordnung. Nur, dass hier ein Päckchen für dich liegt.«

Ein Päckchen für mich. Jetzt bin ich hellwach.

»Fass es nicht an, Ma. Ich komme sofort.«

»Wenn du willst, mache ich es auf und sage dir, was drin ist.«

»Nicht öffnen, bitte, nicht öffnen.«

Während ich in die Kleider schlüpfe, rufe ich in der Questura an und sage, dass sich das Labor für eine dringende Spurensicherung bereithalten soll.

Meine Mutter wohnt im Corso Magenta. Um schneller dort zu sein, schalte ich die Sirene ein – was ich eigentlich höchst ungern tue. Erst in der letzten Kurve vor ihrer Wohnung schalte ich sie aus.

Kaum stehe ich vor der Haustür, summt schon der Türöffner; meine Mutter muss auf der Lauer gelegen haben. Auch an der Wohnungstür muss ich nicht läuten.

Jeans, blauer Pullover, Turnschuhe, kurz geschnittenes, fast weißes Haar, ihr übliches Outfit, seit sie in Pension ist. »Wie geht es Francesca und Manuela?«, fragt sie. Sie hat schon vor langer Zeit beschlossen, das Scheitern meiner Ehe einfach zu übergehen.

»Gut, Ma, allen beiden«, ich trete ein, »wo ist das Päckchen?«

»Auf dem Schreibtisch in Papas Arbeitszimmer.« Papa, wie sie meinen Vater nennt, ist vor über zehn Jahren gestorben, und auch davor hat eher sie das Zimmer genutzt, um die Klassenarbeiten ihrer Schüler zu korrigieren, wohingegen er nur selten Arbeit mit nach Hause brachte.

Ich gehe voran. Das Päckchen liegt auf der mit waldgrünem Saffianleder bezogenen Schreibtischplatte. Blaues Papier, weißer Bindfaden – auch ohne den Aufkleber hätte ich gewusst, dass dies die klassische Verpackung der Süßwaren von Romanengo ist. Neben dem Etikett der nobelsten Konfiserie Genuas klebt in einer Ecke ganz diskret ein Namensschild, wie man es von alten Schulheften kennt.

Dott. Antonio Mariani

Mit Schreibmaschine geschrieben.

»Wer hat es vorbeigebracht?«

»Weiß ich nicht. Ich habe die Tür aufgemacht, um im Flur ein bisschen zu lüften, während ich Staub wischte, und da habe ich es gefunden, es lag auf der Fußmatte. Keine Ahnung, wie lange schon!« Sie hält inne, fährt sich mit der Hand durchs Haar. »Ist das wichtig?« Ich weiß, dass sie eigentlich fragen wollte, ob es sich um etwas Schlimmes handelt, ob sie sich Sorgen machen muss. Doch sie fasst ihre Ängste lieber nicht in Worte.

»Vielleicht ja, vielleicht auch nicht. Es hat einen Mord gegeben, ich bin mit dem Fall betraut ...«

»Der im Corso Torino? Die Prostituierte mit der Perücke? Stimmt, ich habe deinen Namen in der Zeitung gelesen.« Sie sieht mich an und fragt nicht weiter, doch eigentlich will sie alles wissen. Es gibt nur neugierige Frauen in meinem Leben.

»Ich habe noch andere Päckchen erhalten, die mit dem Mord in Beziehung stehen könnten. Auch die haben mich auf eigenartige Weise erreicht, sie wurden bei den Nachbarn abgegeben. Vor der Presse konnten wir das bisher geheim halten, aber ich weiß nicht, wie lange noch.« Ich nehme das Päckchen an mich. »Ich bringe es jetzt zur Analyse.«

Sie nickt und fragt mich, ob ich etwas trinken möchte.

»Nein, Ma, ich muss jetzt los.« Schon fast an der Tür, drehe ich mich noch einmal um, lege ihr die Hand auf die Schulter. »Bitte, Ma, wenn es klingelt, sei vorsichtig: Spion, Kette, Riegel. Und geh nicht nach draußen, wenn es dunkel ist.«

»Ich bin nicht mehr sechzehn Jahre alt, dass man mir vorschreiben kann, was ich tun oder lassen soll. Ich lebe mein Leben und beabsichtige nicht, es zu ändern.« Die Frauen meines Lebens haben in etwa den fügsamen Charakter von Lämmern. Meine lieben Schäfchen!

»Wie auch immer, Ma, sei vorsichtig.«

»Mein ganzes Leben bin ich nicht vorsichtig gewesen, und mir ist nie etwas passiert.«

Und jetzt verfolgt mich auf der ganzen Strecke zur Questura, Via Assarotti und so weiter, der Gedanke, dass der Mörder weiß, wer meine Mutter ist. Er kann ihr jeden Augenblick etwas antun.

Doch wenn er es nur auf Prostituierte abgesehen hat, dann ist meine Mutter aus dem Schneider.

Das Päckchen wird fotografiert, von allen Seiten untersucht und vorsichtig geöffnet. Blaues Einwickelpapier, weißes Seidenpapier, etwas Rundes, Zellophanverpacktes. Die Pralinen sind konzentrisch angeordnet, in der Mitte, wo die zwei oder drei innersten Kreise sein sollten, wartet die Überraschung.

Ein Handschuhfinger aus schmutzig weißem Spitzenstoff und ein kleiner Würfel, fest eingewickelt – wie in meiner Kindheit das Quittenbrot. Um das Silberpapier herum eine Banderole, ähnlich wie die von Zigarren, mit Marke, Gewicht und anderen geheimnisvollen Angaben, nur halb eingerissen. Die Draufsicht: 256, der Riss, Venezia, *colori acquarello extrafini* – extrafeine Aquarellfarben. Also eines dieser Farbnäpfchen, die man auch einzeln kaufen kann.

Auch hier Fotos und Beschreibung; dann wird das Silberpapier entfernt. Rot, ein nicht allzu dunkles, gedecktes Rot.

Die Perücke war ebenfalls rot, doch in einem anderen Ton, und auch der Gianduiotto war in Folie eingewickelt, in Goldfolie; diesmal ist es Silberfolie.

Und der Finger aus Spitzenstoff.

Abgeschnitten von einem Handschuh, wie ihn früher ältere Damen getragen haben.

Ein Finger aus Gummi und einer aus Spitze, auch hier Parallelen und Unterschiede.

Der Spitzenfinger ist so abgeschnitten, dass man sieht, um welchen es sich handelt. Man kann noch den Ansatz der Hand erkennen. Es ist der Zeigefinger.

Wie auch die abgetrennte Fingerkuppe, die ich mit der Post erhalten habe, zum Zeigefinger gehörte.

Ich bitte um größte Sorgfalt und gehe zurück in mein Büro. Anselmi ist wieder da, und das ist schon eine große Erleichterung.

»Guten Tag, Anselmi, wieder auf dem Damm?«

»Ja, nur noch etwas zerschlagen. Ich habe gehört, dass man noch ein Päckchen zu Ihnen nach Hause geschickt hat.« Gerade erst wiedergekommen, ist er schon über alles im Bilde. Vielleicht bin ich ja das Tagesgespräch der ganzen Questura.

»Nicht zu mir, zu meiner Mutter«, füge ich der Ordnung halber hinzu.

»Ja, das hat man mir gesagt. Dorthin, wo Sie früher gewohnt haben, vor Ihrer Hochzeit.«

Vor sieben Jahren. Ich sehe nur zwei Möglichkeiten: Entweder kennt mich der mordende Überbringer (ich bin überzeugt, dass es sich um ein und dieselbe Person handelt) von früher (dann müsste ich ihn auch kennen), oder er hat sich die Mühe gemacht, mein ganzes Leben aufzurollen.

Ich weiß nicht, welche der beiden Möglichkeiten mich mehr aus der Fassung bringt. Und außerdem: Warum zieht er ausgerechnet mich mit hinein?

Ich schüttle mich. Anselmi sagt gerade: »Ich würde einige Nachforschungen anstellen. Womöglich ist irgendein Verrückter, den Sie vor ein paar Jahren erwischt und eingebuchtet haben, wieder freigekommen …«

Keine schlechte Idee, zumal der Verrückte, wie Anselmi ihn nennt, offenbar meine aktuelle Anschrift und sogar den Vor- und Zunamen des Nachbarsohns kennt. Es ist wirklich keine schlechte Idee, und ich bitte Anselmi, sich darum zu kümmern.

Wieder allein. Jetzt kann ich es nicht mehr hinauszögern. Ich wähle die Nummer meiner Mutter: Anrufbeantworter. Sie schaltet ihn an, wenn sie unter die Dusche geht (sie war aber schon angezogen, also kann sie nicht unter der Dusche sein), wenn sie auf dem Balkon ist und die Blumen gießt (das macht sie frühmorgens) oder wenn sie das Haus verlässt.

Ich weiß, dass sie neugierig ist. Wenn sie also weggegangen ist und nicht gewartet hat, bis es Neuigkeiten gibt, dann, weil sie Dienst bei der AVO hat, der Vereinigung ehrenamtlicher Krankenhaushelfer.

Ich lehne mich im Stuhl zurück und versuche, in Ruhe nachzudenken. Beim letzten Mal scheint die Vergesslichkeit Paolos den Rhythmus des Mörders gestört zu haben, ist dieses Mal also die gleiche Abfolge zu erwarten?

Montag: Ein Nachbar erhält das Päckchen für den Kommissar.

Mittwoch: Der Mord wird verübt, der Toten wird eine Fingerkuppe abgetrennt und eine Blume, möglicherweise eine Kamelie, in die Hand gesteckt.

Freitag: Dem Kommissar wird ein ausgehöhltes Buch nach Hause geschickt, in der Höhlung befinden sich eine Blume und die Fingerkuppe.

Eine Woche der Waffenruhe? Oder ist die Leiche noch nicht gefunden, und die Päckchen sind wegen diverser Versehen noch nicht beim auserkorenen Überbringer angekommen?

Montag: Die Mutter des Kommissars erhält ein Päckchen für ihren Sohn.

Wird es einen Mittwoch geben? Und einen Freitag?

Francesca meint, dass das Päckchen vom Montag eine Art Ankündigung dessen ist, was geschehen wird.

Francesca vermutet, dass der Gianduiotto auf Turin anspielt. Der Mord ist tatsächlich im Corso Torino geschehen.

Aber das Farbnäpfchen? Was soll uns das sagen?

Es klopft an der Tür. Das ist seltsam, denn wer hereinkommen darf, kommt einfach herein und alle anderen werden angekündigt. »Herein.«

Es ist Francesca. Sie macht nur einen Schritt ins Zimmer und bleibt dann stehen. »Hast du zu tun?«

Ich will schon antworten, dass ich immer zu tun habe, sage aber dann lieber: »Nichts Dringendes.«

»Ich muss mit dir reden.« Sie sieht auf die Uhr. »Wenn du nur wenig Zeit hast, dann reden wir bei einem Happen zu essen und einem Kaffee.«

»Ich sage Anselmi Bescheid.«

Als wir draußen sind, lege ich ihr die Hand an den Arm, so als würde ich sie führen: »Wir könnten doch einmal auch richtig essen gehen, Fisch vielleicht … Ich hole das Auto, und wir nutzen die Fahrt zum Reden.«

»Das dauert zu lange. In knapp zwei Stunden habe ich eine wichtige Sitzung.«

»Dann also *Tavola calda*?«

Sie nickt.

»Deine Mutter hat mich angerufen. Du weißt, dass sie eine starke Frau ist, alles andere als hysterisch, aber gerade deshalb. Ich habe ihre Besorgnis rausgehört, als sie mir von dem Päckchen erzählt hat, von dem Päckchen, das für dich an ihre Adresse gerichtet war.«

»Verstehe.«

»Und über deine Reaktion ist sie noch besorgter.«

»Ich konnte gar nichts anderes machen, konnte es doch nicht vor ihren Augen öffnen, bevor die Verpackung untersucht und fotografiert worden war.«

»Aber ein Anruf mit ein paar beruhigenden Worten hätte dich nun wirklich nicht viel gekostet.«

»Ist es hier für dich in Ordnung?« Ich zeige auf eine *Tavola calda*, wo ich essen gehe, wenn ich von der Kantine die Nase voll habe.

Sie nickt, lässt aber nicht locker. »Warum hast du deine Mutter nicht angerufen? Ich weiß ja, dass ich dir egal bin, aber deiner Mutter gegenüber könntest du ruhig ein bisschen einfühlsamer sein.«

Ich nehme sie am Arm und führe sie zu meinem gewohnten Platz, einem Tisch in der Ecke. »Wer hat dir denn gesagt, dass du mir egal bist?«

Sie fasst sich mit der einen Hand an die Nase, mit der anderen gibt sie mir einen Klaps auf die Wange. »Der Geruch von anderen Frauen, den du zusammen mit deinem eigenen mit nach Hause bringst. Doch darüber wollte ich eigentlich nicht mit dir reden.«

»Was nimmst du?«

»Was du immer nimmst, ist egal.«

Ich bestelle die übliche *Torta pasqualina*, eine mit Artischocken und Eiern gefüllte Gemüsetorte, und eine halbe Flasche trockenen Weißwein.

Die Ellbogen aufgestützt, das Kinn auf die verschränkten Hände gelegt – ihre gewohnte Haltung –, fängt Francesca an: »Was hast du herausgefunden? Erzähl mir das bitte ausführlich, in der richtigen Reihenfolge und ohne Auslassungen.«

»Warum denn? Warum sollte ich dir etwas über meine Arbeit erzählen?«

»Weil es nicht mehr nur deine Arbeit ist. Da hat jemand ein Päckchen an uns und an die Adresse unserer Nachbarn geschickt. Und jetzt an deine Mutter. Dieser jemand spielt mit dir, mit Antonio Mariani, nicht mit irgendeinem Kommissar. Und in dieses Spiel zieht er auch noch deine ganze Familie mit rein.«

Die Ankunft des Kellners bewahrt mich vor einer sofortigen Antwort, ich nutze die Gelegenheit, um über ihre Worte nachzudenken. Wahrscheinlich hat sie Recht, wenn sie sagt, dass meine Familie mit hineingezogen wird. Aber …

»Angenommen, das stimmt, warum sollte ich dich aber über meine Arbeit informieren?«

Francesca attackiert energisch ihr Stück *Torta pasqualina*, mit einem beherzten Schnitt trennt sie den Rand aus geflochtenem Blätterteig von der Füllung. Ich weiß jetzt schon, dass sie das weiche Innere bis zum letzten Krümel mit Messer und Gabel aufessen wird, dann wird sie den knusprigen Teig in die rechte Hand nehmen und verputzen, ohne dass auch nur das winzigste Stückchen herunterfällt.

Während sie säbelt, antwortet sie in einem Tonfall, den sie bei einem nicht allzu aufgeweckten Kind angewendet hätte: »Man betrachtet mich als eine Expertin für Simulationsfragen, erinnerst du dich?«

Ich nicke. Für mich ist sie meine Frau und die Mutter von Manu, manchmal vergesse ich, dass ihr Leben auch noch andere Seiten hat.

»Wenn mir also jemand Daten gibt, dann versuche ich, die Ereignisse vorherzusehen. Natürlich dienen mir dafür meine ganzen Computerprogramme, aber je nachdem, wer mich bezahlt, nutze ich vor allem mein Einfühlungsvermögen. Eine technologisierte und computerisierte Handleserin. Wenn du also jetzt nicht wie üblich das Arschloch spielst …«

»Danke!«

»Bitte, … und auch nicht den Idioten und mir die Informationen gibst, die du gesammelt hast, dann kann ich damit arbeiten. Oder hast du Angst, dass ich irgendwelche vertraulichen Dinge ausplaudere?«

»Nein.« Und das stimmt wirklich.

»Also dann geht es nur ums Prinzip. Wie blöd können Männer bloß sein!« Wie ich vorhergesehen habe, nimmt sie das Randstück in die Hand und fuchtelt einen Moment lang damit herum, als wäre es eine Waffe. »Ich werde dich nicht stören und mich nicht in deine Ermittlungen einmischen. Du benutzt deine Instrumente und ich meine.«

Ich deute auf die Speisekarte: »Profiteroles? Die sind ziemlich gut.«

Francesca vertilgt das letzte Stückchen Teigrand und nickt.

Ich warte, bis das Dessert kommt, und dann berichte ich ihr alles in chronologischer Reihenfolge, auch das, was sie bereits weiß. »Jetzt habe ich dir alles erzählt. Als du in mein Büro gekommen bist, habe ich gerade versucht, das Ganze zu verstehen.«

Während ich noch rede, holt sie aus ihrer Tasche schon Papier und Stift – so einen mit feiner Spitze, der schnell über das Papier läuft (Francesca hat mir einmal erklärt, dass diese für sie die besten sind), und teilt das Papier in zwei Spalten: »Daten vergleichen, das ist genau das, was ich gut kann. Ich nehme einen Espresso.«

Ich mache dem Kellner ein Zeichen, indem ich zwei Finger hebe, und er nickt. Dann hole ich eine Zigarettenschachtel aus der Jackentasche und lege sie auf den Tisch. Francesca streckt die Hand aus, nimmt sich eine, ich beuge mich vor, um ihr Feuer zu geben, während sie über die erste Spalte Fall 1 und über die zweite Fall 2 schreibt.

Sie zieht an der Zigarette und sieht mich an.

Ich warte. Plötzlich hat sie wundersamerweise auch noch einen zweiten, diesmal roten Stift in der Hand.

»In Schwarz die Entsprechungen und in Rot die Unterschiede.« Sie sieht mich an. »Verstehst du, was wir hier tun?«

Der Plural gefällt mir, sie hat ihn schon lange nicht mehr benutzt. Denn seit langem gibt es das »Wir« nur als Manus Eltern. Ich habe Mühe, mich zu konzentrieren.

»Natürlich sind es wenige Daten. Um die Konstanten und die Beziehungen zwischen den Variablen einer Reihe von Phänomenen herauszuarbeiten, ist ein isoliertes Ereignis wenig aussagekräftig.« Pause. »Ich denke, dass wir hier einen Ansatz haben. Um die Struktur zu erkennen, sind die beiden Spalten mit Analogien und Differenzen in Ordnung, doch ich würde auch noch horizontale Unterteilungen machen. Denn wir analysieren ein zusammengesetztes Ereignis, eine Art Modul, das aus drei Elementarereignissen besteht: Montag, Mittwoch und Freitag. Normalerweise analysiert man das zusammengesetzte Ereignis in seiner Gesamtheit und setzt die Elementarereignisse zueinander in Beziehung. Nun, es ist nicht so einfach, das zu erklären. Jedenfalls haben wir nur wenige Daten, mit denen wir arbeiten können.«

»Das hoffe ich. Das heißt, ich hoffe, dass es nicht noch mehr werden.«

Sie schaut mich einen Augenblick lang verblüfft an, dann bricht sie in Lachen aus. »Du hast Recht, ich habe ganz vergessen, dass wir über Morde sprechen. Ich bin wieder einmal der intellektuellen Herausforderung erlegen.« Sie drückt die nur halb aufgerauchte Zigarette aus. »Ich hoffe, dass ich es nicht wieder vergesse.« Dann steht sie auf. »Ich muss jetzt gehen.«

Ich zahle, und wir verlassen das Lokal.

»Was würdest du jetzt tun?«

»Du hast mir gesagt, dass es sich um den rechten Zeigefinger handelt ...« Ich nicke. »Für ihn – ich nehme hier nur der Einfachheit halber die männliche Form – muss es eine Bedeutung haben. Zeigefinger. Der Finger, mit dem man auf etwas zeigt.«

»Der Finger, der den Abzug drückt.«

»Genauso ist es mit der Blüte. Sie stammt von einer Pflanze, die zu dieser Jahreszeit blüht, die es aber nicht so häufig gibt.«

»Bei einem solchen Mörder weiß man nie, welche Bedeutung bestimmte Handlungen haben.« Ich lege ihr eine Hand auf den Arm, und wir überqueren zusammen die Straße. »Er weiß das jedenfalls ganz genau.«

»Er benutzt eine Symbolsprache, die an ganz persönliche – bewusste oder verdrängte – Erfahrungen anknüpft. Wie ein Dichter, ein Maler oder ein Musiker.«

»Was wohl Dante und Mozart dazu gesagt hätten!«

»Die habe ich noch nie für Moralapostel gehalten, ganz im Gegenteil!« Wir stehen nun vor die Questura. »Ich gehe jetzt«, sagt sie und streift rasch mit ihren Lippen meine Wange in Andeutung eines ehelichen Kusses.

Als ich hineingehe, erhasche ich den Blick eines Kollegen: Ja, Francesca ist verwirrend und passt in kein Klischee.

Mittwoch

Habe diesen Tag mit Bangen erwartet, in der Furcht oder der Hoffnung, dass sich das Elementarereignis, wie Francesca es nennt, der Mord, wie ich es nenne, wiederholt.

Dienstag war ein ereignisloser Tag, genau wie der Montagnachmittag. Andere Fälle natürlich, aber bei dem, der mich wirklich interessiert, nichts Neues.

Francesca will wohl nicht darüber reden.

Meine Mutter scheint sich beruhigt zu haben.

Ich nicht.

Habe versucht, das Schema weiterzuverfolgen, aber es kommt nichts dabei heraus. Venedig. Es gibt eine Via Venezia in der Stadt, ich denke, dass es in ganz Italien Straßen und Plätze mit diesem Namen gibt. Wenn das Päckchen, das den nächsten Mord ankündigt, dazu dient, auf die Straße hinzuweisen, dann müsste das nächste Elementarereignis, wie Francesca es nennt, in der Via Venezia passieren.

Gestern Abend war ich versucht, vor dem Nachhausefahren noch am Ort des Verbrechens vorbeizuschauen, doch dann habe ich mir gesagt, dass das eine blödsinnige Idee ist.

Der Anruf kommt kurz vor eins.

Erster Gedanke: Sie wurde nicht in der Via Venezia gefunden, und es ist auch keine Prostituierte, sondern eine ältere Dame, Jolanda Lotti verwitwete Brasi, alleinstehend.

Als die Tochter sie wie jeden Tag besuchen wollte, lag die Mutter im Flur auf dem Boden, eine fest zugebundene Plastiktüte über dem Kopf.

Wüsste ich die Adresse der Toten nicht schon, würde mich vielleicht die Panik packen. Piazza Corvetto, dann über die Via Assarotti und die Haarnadelkurven hinauf. Als wir um die Biegung fahren, hinter der meine Mutter wohnt – erst vor zwei Tagen bin ich ja noch mit Herzklopfen hierhergerast – sehe ich in der nächsten Kurve den üblichen Menschenauflauf, den ein Polizeieinsatz verursacht. Transporter der Spurensicherung, Rettungswagen, Einsatzfahrzeuge, das alles in einer Straße, in der bereits ein Fahrrad einen Stau verursacht.

Ich steige aus, die Wohnung ist im zweiten Stock, alle warten auf meine Erlaubnis, endlich anfangen zu können.

In der linken Hand eine Blüte, eine weiße Blüte, wie die bei der Gualtieri, anders geformt zwar, aber nur ein bisschen.

Die rechte Hand ist rot von Blut, man kann sehen, wo die Fingerkuppe abgetrennt wurde, nämlich vom Zeigefinger. Dieses Mal muss sich der Mörder sein Werkzeug von zu Hause mitgebracht haben, denn es liegt kein Messer daneben. Vielleicht wusste er nicht, ob er etwas Geeignetes finden würde, und hatte vorgesorgt.

Ich erteile die Starterlaubnis, schreibe zwei Zeilen für Torrazzi, wobei ich ihm ans Herz lege, eventuelle Analogien zum Fall Gualtieri hervorzuheben. Kontrolliere die Fotografen, damit sie nicht vielleicht etwas Wichtiges übersehen.

Somit läuft die Ermittlungsmaschine an. Als ich ins Büro zurückkomme, finde ich eine Nachricht von Francesca vor. »Ruf mich an.« Es ist schon später Nachmittag, wahrscheinlich ist sie bereits zu Hause, sofern sie nicht durch eine dringende Arbeit aufgehalten wurde.

Sie nimmt beim zweiten Läuten ab.

»Was ist?«

»Ich habe eine Vermutung, wo der Nächste sein wird.« Sie stockt kurz. »Der Spitzenfinger, du weißt schon.«

Ich sollte ihr sagen, dass der Mord bereits geschehen ist, und dass es nicht in der Via Venezia war, doch ich halte den Mund.

»Ich bin in ein Geschäft für Künstlerbedarf gegangen, in das große, du weißt schon, das gegenüber vom *Liceo Barabino,* dort gibt es alle möglichen Farben. Ich habe eine Schachtel Stifte für Manu gekauft, und dann habe ich gefragt, ob ich den Katalog der Marke Venezia anschauen kann. Die Nummer 256 ist Primärrot, es steht dort, wo du erzählt hast, dass der Riss in der Banderole sei.«

»Und?«

»Also, Primärrot ist Magenta. Deine Mutter wohnt im Corso Magenta. Du darfst keine Zeit verlieren …«

»Es ist schon passiert, Francesca. Meiner Mutter geht es gut.«

»Es hat sich also erledigt?« Ich höre einen Seufzer der Erleichterung.

»Es ist nicht vorbei. Eine andere ältere Dame, sie hat allein gelebt wie meine Mutter, ganz in ihrer Nähe. Im Corso Magenta.«

»Wann kommst du nach Hause?«

»Spät.«

»Bring mir Abzüge von den Fotos mit, und sag nicht, dass das nicht geht.«

Es ist schon zehn vorbei, als ich nach Hause komme. Manu schläft bereits. Francesca deckt schnell den Tisch. Wir sitzen einander gegenüber, ohne viel zu sagen.

Dann fragt sie mich nach den Daten. Sie liest schweigend, ohne Fragen zu stellen.

»Sie hat allein gelebt wie deine Mutter, war im gleichen Alter, wohnte in derselben Straße. Und das Päckchen für dich, das an deine Mutter ging. Der Titel des Buches ist *Eine Privatsache*. Erinnerst du dich?« Ihre Stimme klingt sicher, wie wenn sie von der Arbeit spricht, verflucht kompetent und überzeugend.

»Ich bin ja nicht blöd, jedes Mal, wenn ich die Akte aufschlage, habe ich es vor Augen.«

»Nicht an den Titel, an die Geschichte.« Sie wartet meine Antwort nicht ab, sondern fährt fort: »Ich hatte sie noch ganz gut im Kopf, aber ich habe das Buch trotzdem noch einmal gelesen. Der Partisan Milton versuchte, einen Faschisten zu fangen, um ihn gegen seinen Freund Giorgio auszutauschen. Er muss Giorgio befreien, um herauszubekommen, ob dieser eine Affäre mit seiner, Miltons, Freundin Fulvia gehabt hat. Eine Privatsache eben. Und ein Tausch. Es ist eine Privatsache zwischen dir und dem Mörder. Und vielleicht hat auch ein Tausch damit zu tun.«

»Dann genügt es, nach einem Fenoglio-Leser zu suchen, ihn zu finden, und alles ist gut.«

»Keine Scherze, Anto, ich habe Angst.« Sie legt mir eine Hand auf den Arm. »Er versteht auch was von Farben. Nicht alle wissen, dass Primärrot Magenta heißt.«

»Ja natürlich, es ist wie mit den Gianduiotti aus Turin.«

Ich muss ihr noch das Schlimmste berichten und versuche, es herauszuzögern, indem ich sie zum Lachen bringe. »Er muss eine rechte Naschkatze sein.« Sie sieht mich an und wartet. »Auf einer Ablage im Flur lag eine Pralinenschachtel von Romanengo. Ich habe noch mit der Tochter gesprochen, deswegen ist es auch so spät geworden. Sie hat gesagt, dass ihre Mutter Diabetikerin war und dass sie nie etwas Süßes im Haus hatte, um nicht in Versuchung zu geraten.«

»Vielleicht hat sie die Pralinen als Geschenk gekauft.«

»Ihre Tochter meint, sie hätte nie Pralinen verschenkt. Doch wir werden auf alle Fälle mit einem Foto der Lotti zu Romanengo gehen.«

»Waren auch die Pralinen, die er für dich an deine Mutter geschickt hat, von Romanengo?«

Ich nicke. Die Angst, die jetzt in ihr hochkriecht, hat mich schon vor Stunden gepackt, auch wenn ich versuche, sie zu verdrängen.

»Warum, Anto? Warum?«

»Ich weiß es nicht. Und ich bin müde. Ich schlafe schon seit Tagen schlecht.«

»Ich weiß, du hast wieder Albträume, nicht wahr?« Sie wartet mein überflüssiges Ja nicht ab, sondern wechselt das Thema. »Du hast von der Tochter erzählt …«

»Sie arbeitet bei der Stadt, scheint ein ruhiger Mensch zu sein. Verheiratet, ein Sohn. Jetzt ist sie ganz durcheinander.«

Francesca steht auf. »Willst du noch einen Kaffee?«

»Ich habe zwar schon viel zu viel Kaffee getrunken, aber trotzdem: Ja.«

Schweigen, nur die vertrauten Geräusche: Wasser, Öffnen und Schließen der Dose mit dem Espresso, Zuschrauben der Espressomaschine, Gasanzünder. Dann Francescas Stimme. »Er hat geklingelt, damit sie aufmacht, hat gesagt, dass er ein

Päckchen von Romanengo abliefern soll. ›Das muss ein Irrtum sein‹. ›Keine Ahnung, ich weiß nur, dass ich das hier abliefern soll.‹ Sie hat aufgemacht …«, Francesca dreht sich zu mir um und sieht mich an. »Wie ist die … wie war die Tote?«

»Zierlich, sie wirkte zerbrechlich.«

»Es war sicher nicht schwer, ihr die Plastiktüte über den Kopf zu ziehen. Bei ihr brauchte er keine Spritze wie bei der anderen.«

»Bei der Gualtieri?«

»Ja. Der Mörder ist ein flexibler Mensch.« Sie schaut nach, ob der Kaffee auch richtig durchläuft, manchmal vergisst sie das Wasser oder dreht nicht fest genug zu. »Er hat ein Schema, doch er kann es den verschiedenen Umständen anpassen. Ich habe es dir ja auch schon vorgestern gesagt.«

»Was denn?«

»Du musst dir deinen Mörder oder deine Mörderin wie einen Künstler vorstellen, der sein Schema flexibel gestaltet.« Sie dreht die Gasflamme aus und gießt den Kaffee in zwei Tassen. Eine davon stellt sie vor mich hin. »Und wohin führt uns das?«

»Mehr zu wissen über den Gegner hilft normalerweise, ihn Gestalt annehmen zu lassen.«

Sie setzt sich mir gegenüber und dreht die Tasse in den Händen. »Und doch sieht es so aus, als würde alles, was wir wissen, alles, was du weißt, dir vom Gegner eingeflüstert. Du müsstest nach Informationen suchen, die er dir gegeben hat, ohne es zu wollen.« Sie trinkt einen Schluck. »Ich glaube, dass ihr auch dieses Mal keine Fingerabdrücke oder irgendwelche anderen Hinweise finden werdet. Keine klassischen Indizien jedenfalls.«

»Das glaube ich auch. Doch wir sind noch bei der Arbeit. Wir haben die Nachbarn befragt, allen tut es leid, was passiert ist. So eine nette und freundliche Frau, meinten sie, hat sich immer hilfsbereit und gefällig gezeigt. Auf sie konnte man zählen. Aber nein, niemand hat etwas Außergewöhnliches gesehen oder bemerkt.«

Francesca drückt sich den Handrücken gegen die Augen, das macht sie immer, wenn sie zu lange vor dem Computer gesessen hat oder wenn sie nicht weinen will. »Was haben sie gesagt? Hilfsbereit und gefällig? Dann ist klar, wie es gelaufen ist. Der Mörder hat geklingelt. Ich soll das hier, und zeigt auf das Päckchen, für ..., und er nennt den Namen einer Nachbarin, abliefern. Aber es ist niemand da. Und sie, die Signora Lotti, die nie einen Gefallen ausschlägt, nimmt das Päckchen und will schon die Tür schließen, da fragt der Mörder noch etwas, vielleicht ›könnte ich noch ein Glas Wasser haben?‹ und simuliert einen Hustenanfall. Die Lotti will ihm das Glas Wasser nicht verweigern und will ihm auch nicht die Tür vor der Nase zumachen, nein, denn für sie ist Höflichkeit nach alter Schule selbstverständlich. Sie lässt die Tür offen, der Mörder kommt herein, schließt leise die Tür hinter sich und tut das, weswegen er gekommen ist.«

»Gute Rekonstruktion. Und das Glas?«

»Hör zu, Antonio, ich tue, was ich kann, aber ich bin nun mal keine Polizistin. Jedenfalls ist unser Mörder ein außergewöhnlicher Mensch, ein Künstler in seinem Metier.«

»Also sollten wir einen Literaturkritiker heranziehen. Kennst du einen?«

Sie bricht in Lachen aus. Eine schöne Frau mit einem schönen Gesicht und einem schönen Körper. Und einem ganz schönen Dickkopf. Ich habe sie wegen ihres Lachens geheiratet, das so voller Leben ist. Eine Frau mit einem solchen Lachen liebt das Leben. Und ich sehe so viel Tod und so viel Nicht-Leben.

»Ich werde rumfragen, Anto.« Sie stellt die Tassen weg, die jetzt leer sind. Manchmal glaube ich, ich lebe nur noch von Kaffee. »Der Mörder will gefunden werden.«

»Das ist normal bei Serienkillern, sie wollen zeigen, wie intelligent sie sind, sie brauchen Publikum.«

»Dieser hier will von dir gefunden werden. Ob es nun ein Mann ist oder eine Frau. Sein oder ihr Leben ist mit deinem verbunden. Ein eifersüchtiger Ehemann? Ganz sicher hast du schon mal jemanden ins Abseits gedrängt.« Sie wartet meine Reaktion nicht ab. »Ehemann im weitesten Sinne, vielleicht auch ein Lebenspartner in einer festen Beziehung. Oder jemand, dem du eine Liebesgeschichte vermasselt hast. Es ist ja nicht so, dass du da untätig gewesen wärest. Auch als du schon verheiratet warst.«

»Es endet doch immer damit, dass du darauf herumhackst, dass ich dich betrüge, wie du es nennst.«

»Erstens ist es wirklich Betrug. Und zweitens ... zweitens scheinst du als Bulle ja ehrlich zu sein.«

»Danke.«

»Mehr denn als Ehemann.« Sie gähnt. »Ich habe einen Wahnsinnstag hinter mir, ich gehe zu Bett.« Einen Augenblick lang hoffe ich, dass sie zu unserem Schlafzimmer geht, das seit langer Zeit meins allein ist. Hoffnung adé, sie geht ins Gästezimmer.

Mir bleibt ebenfalls nichts anderes übrig, als schlafen zu gehen und mich meinen Albträumen zu stellen, die nach Jahren der Ruhe nun wieder zuschlagen.

Ich bin erst ein paar Minuten im Bett, da nähern sich ihre Schritte. »Schläfst du?«, flüstert sie kaum hörbar.

Ein heller Schatten im Dunkel des Zimmers. »Nein, was ist denn?«, frage ich.

»Wenn du im Schlaf aufschreist, dann weckst du Manu, und sie bekommt Angst.«

»Ich werde versuchen, nicht zu schreien.«

»Ich schlafe hier, dann kann ich dich gleich wecken, wenn du schreist.« Sie gleitet neben mir ins Bett. »Aber nur deswegen.«

Kurz darauf, wir liegen mit züchtigem Abstand nebeneinander: »Anto?«

»Was denn?«

»Es ist eine Frau, Anto. Die Lotti hätte keinen Mann in ihre Wohnung gelassen. Eine Frau mittleren Alters, die fällt weniger auf.«

»Was verstehst du unter mittlerem Alter?«

»Vierzig, vielleicht fünfundvierzig, wenn sie sich gut gehalten hat. Oder auch fünfunddreißig, wenn sie nicht mehr so frisch ist. Nicht zu elegant oder zu modisch, aber doch sauber, ordentlich und untadelig gekleidet. Verstehst du?«

»Ja, Fran.«

Was würde Vicequestore Serra sagen, wenn ich ihm von dieser Unterhaltung erzählte?

Ich spüre, wie sie einschläft.

Ich werde wohl die Nacht damit verbringen, ihren Schlaf zu belauschen und mich zu fragen, warum ich mit Frauen, die mir viel weniger bedeuten und die ich viel weniger begehre, ins Bett steige. Nur einmal habe ich darüber gesprochen, mit einem Kollegen, den ich schon jahrelang nicht gesehen hatte und von dem ich wusste, dass wir uns wieder Jahre nicht sehen würden. Er hat mich gefragt: Ist sie frigide? Eine von diesen Eisblöcken, die einen Mann gefrieren lassen können, die nur aus Verboten bestehen? Aber nein, ganz im Gegenteil …

Wann bin ich eingeschlafen? Ich weiß es nicht, aber als der Wecker klingelt, dringt schon ein wenig Licht durch die Schlitze des Rollladens. Ich bin allein. Ich greife nach dem Wecker, um ihn auszumachen. Neun Uhr. Ich hatte ihn auf sieben gestellt. Die Wohnung ist leer. Francesca und Manu sind schon weg.

Die Nachricht liegt auf dem Küchentisch.

ICH HABE DEN WECKER VERSTELLT

DU BRAUCHTEST SCHLAF

Kein Gruß, keine Unterschrift. Doch kein Grund, mich zu beschweren: Obwohl ich hätte Befunde lesen und Serra Bericht erstatten müssen, bin ich noch hier.

Als ich unter der Dusche stehe, klingelt das Telefon. Das ist mit Sicherheit Anselmi, Serra tobt wahrscheinlich.

Es ist aber die Stimme eines Jungen. Er stockt, als habe er nicht mich erwartet. Dann ein Aufseufzen und die Stimme sagt: »Ich bin Nando, entschuldigen Sie bitte, aber Ihre Frau war so nett …«

Und ich bin tropfnass. »Sie ist im Büro.« Wieder einer, den Francesca in ihren Bann gezogen hat. Und ich stehe mitten in einer Pfütze, die jeden Augenblick größer wird.

»Wissen Sie, sie hat mir eingeschärft, dass, wenn mir noch etwas einfällt oder ich etwas sehe …«

Meine Pfütze verliert schlagartig an Bedeutung, und ich sage: »Wenn du willst, können auch wir darüber sprechen.«

»Aber wissen Sie, mit Ihrer Frau …« Ich sehe ihn geradezu vor mir, wie er sich die Haare rauft und sich verschreckt umschaut.

»Wir können uns auch woanders treffen, es muss nicht die Questura sein.«

»Ihre Frau hat mir gesagt, ich könnte kommen, wann immer ich will.« Das ist typisch für Francesca. »Wissen Sie, um mal einen Blick auf ihre Pflanzen zu werfen und ein bisschen zu reden.« Dass er ein Junkie war oder vielleicht sogar noch einer ist, beeindruckt Francesca in keiner Weise.

»Komm einfach her. Wo bist du denn?«

»Ganz in der Nähe, in zehn Minuten bin ich da.« Er legt auf.

Ich rufe Anselmi an und sage ihm, dass es später wird. Serra tobt tatsächlich, aber ich will hören, was Nando zu sagen hat.

Er muss wirklich ganz in der Nähe gewesen sein, denn ich habe gerade das Gespräch mit Anselmi beendet, als es bereits klingelt.

Er trägt einen Arbeitsoverall und eine Wollmütze. »Ich mache Ihnen alles noch ganz schmutzig ...«, sagt er, doch als ich ihm bedeute, dass das nicht schlimm ist, kommt er herein. Ich will schon zum Angriff übergehen und ihn fragen, was los ist, aber halt, ich weiß doch, dass der direkte Weg nicht immer der kürzeste ist.

Er kommt jedoch selbst gleich zur Sache. »Ich weiß nicht, ob es Ihnen hilft ...«, er zögert einen kleinen Moment, »doch an dem Tag, als ich ihr die Blumen gebracht habe, die letzten, da hab ich zu ihr gesagt, dass, obwohl ich schon eine ganze Weile clean bin, die anderen mich immer noch Junkie nennen. Dass du, auch wenn du draußen bist, für die anderen immer noch drinhängst.« Während er redet, folgt er mir in die Küche und setzt sich auf denselben Platz wie neulich und redet immer weiter. Ein Fluss, der über die Ufer getreten ist. »Nur mit ihr, mit Gina, hab ich reden können. Sie war wie Ihre Frau, Commissario ...«, er unterbricht sich plötzlich und wird rot. »Nein, ich meine nicht ... ich wollte Sie nicht ... beleidigen.«

»Keine Sorge, Nando, ich habe dich schon verstanden.«

»So welche wie Ihre Frau, Commissario, gibt es nicht viele. Sie behandelt einen wie einen richtigen Menschen. Mit ihr kann man reden, und man weiß genau, sie versteht alles, sie akzeptiert alles ... Bei meinen Großeltern geht das nicht, da muss ich ein fröhliches Gesicht machen oder sie kriegen Angst, dass ich wieder damit anfangen könnte. Es ist schlimm, wenn man niemanden hat, dem man erzählen kann, wie es einem wirklich geht. Und mit der Gina ging das eben. Sie hat mir gezeigt, dass sie mich versteht. Auch sie wurde als Nutte beschimpft. Einmal hat sie aufgehört, als sie in die Kartei gekommen ist. Aber für alle anderen war sie immer noch eine, mehr noch als früher. Eine richtige Anstellung konnte sie vergessen, und dann noch die Schwester, die sie immer um Geld angepumpt hat. Da hat sie halt wieder angefangen.«

Ich warte ab.

»Und sie sagt zu mir, dass man nie sicher sein kann, ob man es wirklich geschafft hat. Es gibt die ›Guten‹ und die ›Bösen‹. Von den Guten zu den Bösen abrutschen ist einfach, aber umgekehrt, nein, das ist wirklich nicht leicht. Und sie erzählt mir, dass sie eine Freundin von früher getroffen hat, von ganz früher. Und dass diese Freundin rausgekommen ist aus dem Teufelskreis, geheiratet und ein Kind gekriegt hat … und dass sie dann eines Tages auf einmal alles verloren hat.« Er verstummt.

Ihn zur Eile antreiben ist sinnlos, vielleicht sogar kontraproduktiv.

»Sie sagt, dass sie diese Freundin ein paar Tage vorher in dem Lokal, wo sie arbeitet, getroffen hat. Und dass die ihr die Spritzen geben würde.« Er senkt den Blick. »Wissen Sie, mir ist das nicht mehr eingefallen, ich habe Angst gehabt. Angst vor Ihnen, Commissario. Da war alles ganz leer. Doch heute Morgen bei diesem ganzen Nebel, da hab ich gedacht, dass die Gina jetzt wohl Schmerzen hat, und dann, dass sie ja gar keine mehr haben kann, weil sie tot ist. Und dass sie jetzt auch keine Spritzen mehr kriegen muss, davor hatte sie riesige Angst, denn so welche wie wir, so welche wie Gina und ich, haben Angst davor, genau wie alle anderen auch.

Und keine Lust, dass jemand Fremdes zu uns in die Wohnung kommt, auch keine Nonne. Und ich hab gedacht, dass sie zum Glück eine alte Freundin getroffen hat, die das machen konnte. Als mir das alles eingefallen ist, war ich schon bei der Arbeit und sobald ich konnte, habe ich gesagt, dass mir schlecht ist, und dann bin ich hergekommen, habe angerufen, und jetzt bin ich hier. Ich weiß, dass es besser gewesen wäre, wenn ich früher daran gedacht hätte …«

»Ist schon gut, Nando. Ich habe verstanden.«

»Ich hab gewusst, dass Sie das verstehen würden. Ihre Frau kann nur mit einem guten Menschen zusammen sein. Auch wenn er Polizist ist.« Er wird rot, weil ihm das herausgerutscht ist, und ich tue so, als hätte ich es nicht gehört. Als er aufsteht, schiebt er den Stuhl so heftig zurück, dass der gegen die Tischbeine stößt. »Entschuldigen Sie …«

Ich zucke die Schultern. »Vielleicht fallen dir ja noch andere Dinge ein. Was du gesagt hast, scheint mir jedenfalls eine heiße Spur zu sein.« Ich sehe in seinen Augen, dass er am liebsten weglaufen würde. Hat er wirklich alles gesagt? Hätte er Francesca mehr erzählt? Weil sie keine Polizistin ist oder weil sie, auf welche Art auch immer, Vertrauen weckt? Fast muss ich laufen, als ich ihn zur Tür begleite, ich kann sie gerade noch aufreißen, als er dagegenrennt. Der letzte Satz, bevor er schon fast die Treppe hinunter ist: »Der richtige Name der Blüte ist Camellia Japonica. Ich habe mich schlau gemacht.«

Auf der Fahrt zur Questura, der übliche Vormittagsstau, denke ich über das nach, was mir Nando erzählt hat. Ich werde unter den alten Bekannten der Gualtieri suchen müssen. Wenn ich Glück habe, dann finde ich eine, die versucht hat aufzuhören, es aber nicht geschafft hat.

Und was hat der andere Mord damit zu tun? Es ist undenkbar, dass die Lotti anschaffen gegangen ist, nicht einmal als Puffmutter kann ich sie mir vorstellen. Die Tochter? Blass wie ein Leichentuch, hässlich wie die Nacht, absolut fade. Nein. Außerdem spüre ich es, wenn eine Frau mit Männern umgehen kann.

Und warum all diese Päckchen? Und warum an mich? Anselmi empfängt mich mit einem Gesicht, das Unheil verheißt. »Serra?« »Ja, Commissario. Sie sollen sofort zu ihm gehen.«

Nach einer Stunde komme ich wieder heraus, eine Stunde, die sich wie folgt gestaltet hat: Eine knappe Viertelstunde für die Antwort auf seine Frage ›Wie weit sind Sie mit den Ermittlungen?‹, und den Rest der Zeit habe ich zerknirscht seinen Klagen über meine Arbeitsweise zugehört. Leandri. Ja, der arbeitet präzise, ist pünktlich und weiß immer, wie man eine Ermittlung richtig führt. Nehmen Sie sich ein Beispiel an Leandri! Natürlich, Leandri, der den Finger hebt wie im Kindergarten, wenn er zur Toilette muss, und wenn er so weitermacht, dann braucht er noch jemanden, der ihm die Hose aufknöpft. Ah, natürlich, Leandri! Bei ihm besteht nicht die Gefahr, dass er seine Pflichten vernachlässigt. Seit Menschengedenken hat er noch nie einen Fall gelöst, doch er verhält sich in den Augen aller absolut untadelig: Zu den Bürozeiten ist er immer in seinem Büro.

Ich hasse es, an meinem Schreibtisch zu sitzen und zu warten, bis Neuigkeiten bei mir eintreffen.

Ich könnte rausgehen, damit ginge ich auch Serra aus dem Weg. Noch einen Blick in die Wohnung der Lotti werfen, mit den Nachbarn ein paar Takte reden, vielleicht auch mit den Inhabern der Geschäfte. Es ist immerhin eines jener Stadtviertel, in dem die Menschen sich noch kennen.

Ich verteile ein paar Aufträge: die Verkäuferinnen bei Romanengo befragen, die Bekanntschaften der Gualtieri recherchieren, im Tropicana fragen, ob irgendein neues, aber nicht allzu junges Mädchen verschwunden ist. Dann gebe ich Anselmi Bescheid und raus hier, weg!

Kein Dienstwagen, mein eigenes Auto ist mir lieber.

Ich denke an Francescas Geschichte, die mir immer wahrscheinlicher vorkommt, doch müsste ich irgendwelche Indizien dafür finden, eine indirekte Bestätigung vielleicht.

Ich schließe die Wohnungstür auf: Auf dem Boden sind noch die Kreideumrisse zu sehen. Die Diele ist groß und quadratisch, typisch für Genueser Wohnungen. Auf der rechten Seite führt eine Tür zu einem kleinen Flur, von dem ein Bad und zwei Schlafzimmer abgehen, geradeaus eine Doppeltür zum Wohnzimmer, links ist die Küche.

Die Kreidestriche auf dem Boden sind auf der linken Seite.

Ich trete ein. Die Wohnungseinrichtung ist aus den siebziger Jahren. Grünes Resopal und Chrom. Alt, aber gut gepflegt. Sauber. Untadelig sauber. Übertrieben, wie meine Mutter sagen würde. Francesca fiele noch Schlimmeres ein.

Auf dem Tisch eine Flasche Vichy-Wasser, ich habe gedacht, das gibt es gar nicht mehr, und ein halbvolles Glas.

Ich wähle die Büronummer. Anselmi antwortet gleich nach dem ersten Klingeln. Lasse mir die Spurensicherung geben.

»Die Flasche und das Glas auf dem Küchentisch: Warum wurden sie nicht zur Untersuchung der Fingerabdrücke mitgenommen?«

»Ich weiß nicht, Commissario. Die Leiche lag im Eingangsbereich …«

»Jemand muss sofort hierherkommen.«

Vielleicht hatte Francesca Recht. Aber ich glaube nicht, dass sich Fingerabdrücke finden lassen. Der Mörder ist zu gewieft. Die Mörderin ist zu gewieft.

Ich glaube, dass Francesca auch in diesem Punkt Recht hat: Es ist wahrscheinlicher, dass die Lotti eine Frau in die Wohnung gelassen hat. Dazu kommt noch Nandos Erzählung.

Und heute ist Donnerstag. Ravazzi hat seine Mission bei Romanengo erfüllt und ist mit Größe und Preis zurückgekommen. Was nutzt mir diese Information?

Morgen ist Freitag. Was für ein Päckchen wird dann kommen? Wieder mit einem Buch? Und wenn ja, welches? Und wie wird mich das Päckchen erreichen?

Die Nachbarn ergehen sich in Lobeshymnen über die Tote, deren schlimmstes Vergehen, so die Mieterin vom Stockwerk drunter, darin bestanden habe, dass sie immer ihr Tischtuch in den Garten ausgeschüttelt habe, so dass sie, ja sie, fortwährend die Krümel habe wegfegen müssen, denn sonst könne man sich vor Ameisen ja nicht retten. Ich glaube, das reicht nicht ganz als Motiv.

Die Ladenbesitzer: »Immer das Beste wollte sie, aber sie verstand auch etwas davon. Nie hat sie anschreiben lassen (einer sagt: keine Anschreiberin).« »Nein, nach Hause hat sie sich die Waren nur in dem Jahr bringen lassen, als sie sich das Bein gebrochen hatte, da hat die Tochter eine Philippinin als Hilfe für sie geholt, denn die Arme arbeitet ja und hat Familie, sie konnte das ja gar nicht leisten, und deswegen hat sie eine Philippinin genommen, zwar eine Schwarze, aber so unglaublich sauber und höflich, das hätte man gar nicht gedacht!«

Das nur, um zu veranschaulichen, wie meine Tage so sind. Und da sage einer, dass ich einen aufregenden Job habe.

Um wieder zu Laune zu kommen, könnte ich ja auf einen Sprung ins Tropicana gehen, was sich sogar durch die Ermittlungen rechtfertigten ließe, doch ich möchte Francesca gerne von Nando und von dem Glas erzählen.

Überraschung! Francesca vor dem Fernseher. Eigentlich

sieht sie nicht gern fern. Nur alte Filme wie *Der schwarze Falke*, die sie schon in- und auswendig kennt, oder Essay-Filme, die nur nachts gesendet werden, und die sie dann alleine anschaut. Als ich ins Wohnzimmer komme, schaltet sie die Kiste aus und steht auf.

»Manu?«

»Ich habe sie zu meiner Schwester gebracht, sie schläft dort.«

»Seit einiger Zeit sehe ich sie kaum noch«, stelle ich fest. Der Verdacht, dass Francesca Manu von mir fernhalten will, lässt mich zu Eis erstarren.

»Ich habe dir doch schon vor einiger Zeit gesagt …« Sie bückt sich und holt die Kassette aus dem Videorecorder. (Jetzt sagt sie gleich: »… ich habe dir gesagt, dass ich dich, wenn du mich weiterhin betrügst, verlasse und Manu mitnehme.«) »Ich habe dir doch erzählt, dass morgen Clarettas Namenstag ist und wir beschlossen haben, ihr eine Freude zu machen …«

Ich atme auf.

»Was ist los, Anto, ist irgendwas?«

»Nein, nein, alles in Ordnung. Das mit Claretta war eine gute Idee, Manu versteht sich ja gut mit ihrer Cousine und außerdem sind sie gleich alt.«

»Hast du schon gegessen?«

Nein, aber ich bin so müde, dass ich nichts mag. »Ja, einen Happen.« Ich zeige auf den Fernseher. »Was hast du dir angeschaut?«

»Nichts Besonderes.« Sie setzt sich auf das Sofa und ich mich daneben. »Ich wollte heute Morgen gerade gehen, da ist Nando gekommen.« Sie nickt. »Nicht in die Questura, sondern hierher, nach Hause. Er glaubte, ich wäre schon weg, und hoffte, dich anzutreffen.«

»Gibt es Ärger? Ich hatte ihm gesagt, er könne ruhig vorbeikommen, wenn er ein bisschen reden wolle. Er fühlt sich ziemlich allein, der arme Kerl.«

»Vielleicht auch deswegen, aber er wollte mir auch sagen, dass ihm noch etwas eingefallen ist.«

Sie legt mir eine Hand auf den Arm: »Ich weiß. Er hat heute Nachmittag angerufen und mir erzählt, dass er mit dir gesprochen hat.«

Wenn ich ihr nicht gesagt hätte, dass Nando hier war, hätte sie mir dann gesagt, dass er sie nochmal angerufen hat? Wenn ... wenn ... wenn ... Jedenfalls hätte sie es mir auch nicht zu sagen brauchen, hätte es für sich behalten können. Doch sie redet weiter: »Vielleicht hat er gesehen, wer es war.«

Ich warte.

»Er hatte nicht den Mut, es dir zu sagen. Aber er hat sie zusammen auf der Treppe gesehen.«

»Das hätte er mir aber erzählen müssen.« Serra hat Recht: Ich sollte den Fall etwas professioneller angehen. Strenge und gründliche Befragungen. Sorgfältige Ermittlungen.

»Er hatte Angst.«

»Er muss für die Personenbeschreibung in die Questura kommen, und auch, um sich die Fotos aus dem Verbrecheralbum anzuschauen. Angst hin oder her.«

»Das geht wirklich nicht anders, oder? Ich habe es ihm gesagt. ›Was er wohl tut, wenn er entdeckt, dass ich ihm nicht alles erzählt habe.‹ Er hatte eine Wahnsinnsangst.«

»Ich hoffe, dass seine Angst nicht so groß ist, dass er mir noch andere Dinge verschweigt und sich hinter meiner Frau versteckt.«

»Er ist kein Feigling, er hat nur eine üble Geschichte hinter sich.«

»Aber es ist seine Pflicht, mit uns zusammenzuarbeiten.«

Sie zuckt die Schultern. »Wie sehr du doch Bulle bist!« Sie

setzt sich bequemer auf dem Sofa zurecht. »Morgen kommt er bestimmt, er hat es mir versprochen.«

»Dann kann die Gerechtigkeit ja ihren Lauf nehmen.«

»Sagen wir einmal die Ermittlungen. Die Gerechtigkeit ... vielleicht wissen wir nicht einmal, was das eigentlich ist.«

»Eine Frau wurde getötet, immerhin ein Mensch, auch wenn sie als Hure gearbeitet hat, und außerdem eine alte Signora. Ich denke, es ist Gerechtigkeit, wenn man den Mörder schnappt, sofern es ein und derselbe ist.«

»Sofern es dieselbe ist. Eine Frau. Vierzig, fünfundvierzig Jahre alt, dünn, kurze braune Haare, mit ein paar grauen Strähnen. Dunkle Brille und beiger Regenmantel.«

»Er hat dir also eine vollständige Personenbeschreibung geliefert.«

»Etwas kleiner als Nando. Und Nando ist kaum größer als einssechzig.«

»Eine ganz normale Frau also. Die gibt es zu Tausenden in der Stadt.«

»Sie könnte auch nicht aus Genua sein, mein lieber Commissario.«

»Das glaube ich kaum, denn sie bewegt sich so sicher wie bei sich zu Hause. Romanengo, Corso Torino und Corso Magenta.«

»Und hier bei uns.« Francesca macht eine kleine Pause. »Du hast keine Albträume gehabt. Oder habe ich dich vielleicht nur nicht schreien hören?«

»Wenn ich welche hatte, erinnere ich mich nicht mehr daran.«

»Du hattest lange keine mehr. Wer weiß, warum sie wiedergekommen sind.«

Ich weiß es, doch ich habe nicht die Absicht, ihr zu sagen, dass Morde an Prostituierten mich heute noch in Angst und Schrecken versetzen. Das wäre, als würde ich ihr erzählen, warum die Träume überhaupt angefangen haben. »Und wenn er kommt und die Kartei durchsieht, wer garantiert mir, dass er die Wahrheit sagt?«

»Niemand. Niemand kann mit Sicherheit wissen, ob er nicht belogen oder ob ihm etwas verschwiegen wird. Aber er hätte auch gar nichts zu sagen brauchen.«

»Er hat mit dir gesprochen.«

»Und ich habe ihm ganz klar gesagt, dass ich dir alles erzählen würde. Oder traust du nicht einmal mir, Antonio?«

»Du hast selbst von Lügen und Verschweigen gesprochen.«

»Wenn du Streit willst, nur zu, ich habe nichts dagegen.«

»Nein.« Ich strecke die Hand aus, um ihre Schulter zu berühren, die so dicht an meiner ist. »Nein, ich bin nur müde.«

»Dann geh doch einfach ins Bett.« Sie klingt nicht unfreundlich.

»Und du?« Ich hätte gerne gewusst, wo sie schlafen wird, aber ich will sie nicht direkt fragen.

»Auch ich bin müde, letzte Nacht habe ich keine Minute geschlafen.«

Ich stehe auf. »Also dann …«

Nando wird kommen, ich werde ihm die Fotos zeigen, wir werden die Frau zeichnen, und dann mit Fotos oder Phantombildern wieder zu den Nachbarn und in die Konditorei gehen. Und hoffen.

Während ich unter die Decke krieche, höre ich Francesca rumoren und den Videorecorder wieder anschalten. Ich glaube nicht, dass es ein Erotikfilm ist, aber auf alle Fälle einer, den sie alleine anschauen will.

Und mit dem Gedanken, dass sie ihre Geheimnisse hat, wie auch ich die meinen, schlafe ich ein.

Freitag

Ich öffne die Augen, und der erste Gedanke ist, dass sie woanders geschlafen hat. Der Wecker zeigt sieben. Aufstehen, anziehen und zur Arbeit gehen.

Ich versuche, leise zu sein, manchmal steht Francesca später auf, wenn sie Manu nicht zur Schule bringen muss, und heute ist das Kind ja bei seiner Cousine. Vielleicht rührt ein Teil unserer Probleme ja von unseren so unterschiedlichen Tagesabläufen her. Ich hätte mir eine Frau suchen sollen, die ihr eigenes Leben meinem so komplizierten anpasst ... Ich weiß schon, dass ich ein altmodischer Macho bin. Als ich Francesca geheiratet habe, wusste ich ja, dass sie nicht auf ihren Job verzichten würde.

Ohne ein Geräusch zu machen, schaue ich ins Gästezimmer: Sie schläft zusammengerollt, wie immer, wenn ihr kalt ist oder es ihr schlecht geht.

Leise öffne ich die Wohnungstür: Da liegt das Päckchen und wartet auf mich.

Blaues Papier wie das von Romanengo, doch so, als sei es noch einmal benutzt worden. Man kann noch die Falten vom vorigen Einpacken sehen. Mittlerweile bin ich Experte, heute ist Freitag, und ich bin vorbereitet. Handschuh und Plastiktüte aus der Tasche holen, Handschuh anziehen, das Päckchen vorsichtig nehmen und in die Tüte stecken. Tüte sorgfältig verschließen.

Ich kann mir schon das Feixen der Kollegen vorstellen. Gestern hat mich eine Kollegin als Kummerkasten bezeichnet. Und alle haben gelacht.

Ein paar Worte zu Anselmi: »Vielleicht kommt ein Junge, Nando Bonacelli. Halten Sie ihn mir fest, Anselmi, aber mit äußerster Freundlichkeit, sagen Sie ihm, dass ich zu tun habe, aber bald zurückkomme.«

»Wie einen Sohn werde ich ihn behandeln, Dotto'!« Anselmi, ein Piemonteser aus Saluzzo, der den Römer mimt, mein Gott, wie tief sind wir gesunken. Wir klammern uns an x-beliebige Sachen, nur um ein bisschen zu lächeln.

Alle Mienen werden ernst, als ich mit meinem Schatz ankomme, zu ernst, als dass es Masken sein könnten, hinter denen sich Gelächter und obszöne Kommentare verbergen.

Ins Schwarze getroffen: Romanengo-Papier, von einer Schachtel wie die anderen wiederverwendet, Seidenpapier.

Und das Buch.

Nun, ich bin kein großer Romanleser, aber einen Titel kann auch ich lesen: *Emma* von Jane Austen. Und plötzlich schlägt mir das Herz im Hals. Deutlicher geht es nicht. Meine Mutter heißt Emma.

Als habe er sagen wollen: »Ich hätte deine Mutter töten können, wenn ich nur gewollt hätte.«

Als warte er darauf, mich zu treffen, als wolle er meine Angst im Voraus genießen. Wann kriege ich ihn endlich zu Gesicht, dieses Arschloch, diesen Bastard. Vielmehr: diese gottverdammte Schlampe.

Auch dieses Mal handelt es sich um eine Taschenbuchausgabe aus der Reihe *I grandi libri* von Garzanti, sorgfältig ausgehöhlt, um für ein Tütchen als Behältnis zu dienen – ich brauche keine Kristallkugel, um vorherzusagen, dass der Inhalt der rechte Zeigefinger von Jolanda Lotti ist – und eine weiße Blüte, die ganz genauso aussieht wie die, die wir in der Hand der letzten Toten gefunden haben. Vielmehr ähnlich, nicht ganz genau wie die anderen. Wahrscheinlich auch eine Kamelie, aber eben eine andere Sorte. Nando könnte mir vielleicht helfen. Ob er wohl in die Questura gekommen ist? Er versteht etwas von Blumen, von den Arten und Sorten. Für mich sehen sie gleich aus, wenn sie verschieden sind, und umgekehrt. Ist es nur Zufall, oder gibt es eine Erklärung für die Unterschiede und Ähnlichkeiten? Es ist jedenfalls ganz deutlich eine Erklärung für das kranke Hirn des Mörders.

Kaum bin ich im Büro zurück, gilt mein erster Gedanke meiner Mutter. Sie geht nicht ans Telefon, und ich fürchte schon, dass etwas passiert ist, da nimmt sie aber doch ab. »Pronto.«

»Ich bin's, Ma.« Ich bin erst einmal still, habe sie ja schon genug erschreckt, als ich sie zur Vorsicht gemahnt habe. Aber langsam, sie ist ja keine zwanzig mehr, ich glaube zwar, dass sie ein gesundes Herz hat, doch man kann nie wissen.

»Was ist, Nino? Ich habe in der Zeitung gelesen, dass es hier im Corso Magenta einen Mord gegeben hat.«

»Deshalb rufe ich dich auch an. Du musst vorsichtig sein. Mach niemandem auf, und lass niemanden in die Wohnung.«

»Heute Nachmittag kommen meine Freundinnen zum Canasta-Spielen, sollen wir uns etwa ins Treppenhaus setzen?«

»Hör doch auf, du hast mich ziemlich gut verstanden, tu nicht blöder, als du bist.«

»Hör zu, Nino. Ich habe den Faschismus überlebt, die Bombardierungen, die Razzien, eine böse Schwiegermutter wie aus dem Märchen, das italienische Schulgesetz und einen Sohn, dich, der Polizist geworden ist, die Studentenunruhen und die bleierne Zeit, die Sozialfürsorge und die Krankenversicherung, *Reich und schön* und Raffaella Carrà im Fernsehen, und weißt du auch, wie?«

Ich weiß es, aber ich weiß auch, dass sie es mir sagen will.

»Ich habe mich noch nie von jemandem einschüchtern lassen.« Das stimmt, für einige der Ereignisse, die sie erwähnt hat, kann ich das selbst bezeugen, für andere habe ich Beweise gesammelt. »Und ich meinerseits habe noch nie jemanden eingeschüchtert.« Keine glaubhafte Aussage, ich habe Beweise für das Gegenteil.

»Und ich habe nicht die geringste Absicht, jetzt damit anzufangen. Ein Verrückter, der mich umbringen will? Das soll er bloß mal versuchen! Die Engländer haben es versucht, als sie uns bombardiert haben, die Deutschen und die Faschisten haben es auch versucht.« Ich sehe sie vor mir, wie sie sich mit einer Hand durchs Haar fährt. Ich sollte ein Foto von ihr machen und es den Zeitungen und den Fernsehsendern zuschicken, wenn der Mörder sie sieht, ergibt er sich. Als Kind habe ich immer geglaubt, dass die deutsche Besatzung vor meiner Mutter die Waffen gestreckt habe … irgendwas von damals muss noch hängengeblieben sein.

»Du solltest das viel eher Francesca sagen. Nicht, dass sie nicht auf sich aufpassen kann. Du hast schließlich eine richtige Frau geheiratet und keine schwachsinnige Barbiepuppe. Doch sie soll wegen Manu aufpassen, die ist nur ein Kind, und auch sie gehört zur Familie.«

Wenn Manu etwas passiert …

»Wie auch immer, ich habe dich gewarnt, Ma.«

»Hör auf, immer wie auch immer zu sagen.« Pause. »Ich habe sie gekannt, weißt du das?«

»Wen?«, frage ich, obwohl ich sie sehr gut verstanden habe, und es läuft mir kalt den Rücken runter.

»Die Signora Jolanda. Wir haben uns kennen gelernt, als sie mit einem gebrochenen Bein im Krankenhaus lag, dann haben wir uns hier im Viertel wieder getroffen. Ich habe versucht, mich ein bisschen mit ihr anzufreunden, aber sie wollte offensichtlich nicht. Wir grüßten uns, und das war's. Wir sind, wir waren im selben Fischgeschäft einkaufen. Eine Supergenaue, auch ein bisschen zickig. Wehe, wenn jemand sie in der Schlange angestoßen hat! Und sie hat auch keinen vorgelassen, nicht einmal Mütter mit kleinen Kindern; sie war doch allein, und für uns ist es doch egal, wenn es mal ein bisschen länger dauert. Aber nein, sie musste ja wieder vor den

Fernseher. Manchmal denke ich, dass das Fernsehen schlimmer ist als die Wasserstoffbombe. Lieber tot als verblödet.« Auch meine Mutter kann Predigten halten, wenn sie will. Ich war schon immer der Ansicht, dass die säkularen Kanzeln, von denen die bürgerlichen Tugenden Freiheit, Gleichheit, Brüderlichkeit gepredigt werden, die höchsten sind. Vielleicht bin ich ja deswegen Polizist geworden, sie hat mich gelehrt, dass die anderen die Guten sind und dass ich mir nur die Bösen herausgesucht habe.

Gut und Böse, da fällt mir Nando ein. Wie konnte ich ihn nur vergessen? Ich verabschiede mich rasch von meiner Mutter, es gibt sowieso nichts mehr zu sagen, und frage Anselmi nach Nando.

»Ja, Commissario, er ist vor etwa einer Stunde gekommen, jetzt müsste er bald wieder hier sein, er hat gesagt, er würde noch etwas ausliefern und käme dann noch mal.«

»Sie hätten ihn nicht gehen lassen dürfen.«

»Dann hätte ich mich aber Ihrer Anweisung widersetzt, ihn freundlich zu behandeln.«

»Hoffen wir also, dass er sich wieder blicken lässt.« Ich kann nicht anders, aber ich habe das Gefühl, in einer Sackgasse gelandet zu sein.

Zwei Morde, die nichts miteinander zu tun haben, außer dass sie durch Botschaften begleitet wurden, vorher und nachher. Botschaften an mich.

Ich müsste mir das Schema, das ich erstellen wollte, wieder vornehmen ... In diesem Moment kommt Nando. Ganz ordentlich, mit fleckenlosem Overall und sauberen Händen. Er hat sich offenbar auf Hochglanz gewienert. »Hier bin ich, wie ich gesagt habe ...«

Ich stehe auf und gehe ihm entgegen. »Du wirst sehen, es dauert nicht lange. Wenn es sein muss, dann schreiben wir auch ein paar Zeilen an deinen Chef.«

»Nein, das ist nicht nötig. Ich habe mir den Tag freigeben lassen. Ich musste nur eine Lieferung machen, und das habe ich schon erledigt.«

Das war weitsichtig, denn mehr als zwei Stunden sind vergangen, in denen er unendlich viele Fotografien angeschaut hat, und wir stehen wieder ganz am Anfang. Doch wir haben ein Phantombild, mit dem er offensichtlich zufrieden ist.

Eine absolut blasse und nichtssagende Frau. Wenn sie wirklich auf den Strich gegangen ist, dann musste sie aber tief ins Farbtöpfchen greifen. Bei ein paar ganz Schüchternen hat sie vielleicht Furore gemacht, die war ganz bestimmt keine Sexbombe, und nur ein ziemlich armes Würstchen hätte sich von ihr einschüchtern lassen.

Nando hat meine Überraschung wohl gesehen. »Das sieht ihr wirklich ähnlich, glauben Sie mir.« Eine Pause. »Vielleicht hat sie vor Jahren anders ausgesehen.« Er streicht sich über das Gesicht und über die Haare. »Vielleicht ist ihr etwas passiert, das sie älter gemacht hat. Jemand ist gestorben, ich weiß nicht … Auch meine Oma war vorher anders.«

»Ach ja?« Ich setze mich auf die Schreibtischkante.

»Vorher. Als meine Eltern … also, als meine Eltern noch da waren.« Pause. »Und was sie dann endgültig alt gemacht hat, war, dass sie herausgefunden hat, dass ich …«

»Wir alle verändern uns. Früher oder später wäre sie sowieso gealtert. Auch wenn du keine Drogen genommen hättest.«

»Ja, das versuche ich mir auch immer wieder einzureden. Doch trotzdem habe ich Schuldgefühle …«

Ich habe ja oft mit Drogenabhängigen zu tun, es kommt selten vor, dass sie sich wegen der Sorgen, die sie anderen bereiten, schuldig fühlen, und noch seltener, dass sie es zugeben. Im Gegenteil, in der Regel geben sie den anderen die Schuld wegen irgendwelcher eingebildeter Dinge.

Ich danke Nando, dass er gekommen ist, und sage ihm, er könne jetzt nach Hause gehen. Er schaut mich mit einem seltsamen Ausdruck an. »Ich habe den Lieferwagen hier in der Nähe geparkt …«

»Und?« Hinter seinem Rücken fange ich den erstaunten Blick Anselmis auf, der mich noch nie so freundlich, wohlwollend und väterlich gesehen hat.

»Ich wollte Ihrer Frau ein Pflänzchen bringen.« Er spricht rasch weiter. »Keins von denen, die wir wegtun … Und außerdem hat sie gesagt, dass sie sie nicht kennt, und ich habe eine ganz kleine Pflanze gefunden, und da habe ich gedacht, die bringe ich der Signora Francesca mit, denn sie ist so nett zu mir gewesen wie schon lange keiner mehr«, er holt Luft, »wenn es nicht stört.«

»Es stört nicht, wo denkst du hin. Meine Frau freut sich ganz bestimmt.«

»Sie ist eine tolle Frau, eine ganz besondere Frau.«

Anselmis Gesicht ist ein offenes Buch. Was habe ich Schlimmes getan, dass ich eine Mutter Theresa als Frau verdient habe, die zugleich oscar- und nobelpreisverdächtig ist? Ich schlucke, es ist absurd, jetzt eifersüchtig zu sein. Doch ich bin eifersüchtig.

»Dann gehe ich jetzt und bringe ihr die Kamelie.«

Er ist schon fast durch die Tür, als ich ihm eine Hand auf die Schulter lege und ihn aufhalte. Das war offenbar zu grob, denn er wird blass. Ich versuche, meine Stimme ganz normal klingen zu lassen: »Was bringst du ihr eigentlich?«

»Eine kleine Pflanze. Nur ein Ästchen, eine kleine Kamelie. Sie hat gesagt, dass sie noch nie eine gesehen hat.«

»Ich auch nicht. Nur die Blüten, die in den Päckchen waren.« Ich würde Anselmi gerne sagen, dass ihm irgendwann das Kinn abfällt, wenn er den Mund noch länger offen stehen lässt.

»Wenn Sie die Pflanze sehen wollen ... Na ja, Sie sehen sie ja dann auch zu Hause ...«

»Ach, einen Blick würde ich schon gerne darauf werfen.«

»Dann bringe ich sie gleich her. In einer Viertelstunde bin ich wieder da.«

Was werden die anderen denken, wenn sie mich mit einem Pflänzchen hantieren sehen? »Du hast Recht, Nando, eigentlich kann ich sie mir dann ja zu Hause anschauen. Doch eines könntest du noch für mich tun. Ich habe Fotos von Blüten, wir haben zwar unsere Experten, aber deine Meinung würde mich trotzdem interessieren.« Wir gehen zum Schreibtisch zurück, und ich bedeute ihm, er solle sich wieder setzen.

»Ich habe bisher wenig mit Kamelien zu tun gehabt, nur im letzten Frühjahr, in Pegli, in der Villa.«

»Welche Villa?«, frage ich und krame in meinen Papieren.

»Villa Pallavicini, dort gibt es Gewächshäuser und einen Kamelienwald. Es war in der Blütezeit, ich bin hingegangen, weil sie so schön sind. Das ist ein unglaublicher Anblick.«

Während ich ihm die Fotos vorlege, muss ich fast lachen. Einmal sind Francesca und ich zur Villa hinausgefahren und haben gestritten. Ohne dass es uns bewusst war, haben wir schon viele Kamelien gesehen.

Foto A: aus der Hand der Gualtieri, drei verschiedene Aufnahmen;

Foto B: aus dem Buch *Eine Privatsache*, auch drei Aufnahmen;

Foto C: aus der Hand der Lotti, dito;

Foto D: aus dem Buch *Emma*, dito.

Die Fotos sind völlig gemischt, zwölf Fotos, von denen er annehmen könnte, dass sie zwölf verschiedene Blüten zeigen. Die Zuordnungen A, B, C und D stehen auf der Rückseite.

Er geht besonnen vor, teilt die Fotos in zwei Packen. Sechs links, sechs rechts, ohne Zögern. Er sieht mich an und zeigt auf den linken Packen: »*Camellia japonica*, doch das sind sie alle, alle zwölf. Die hier nennen wir Gärtner weiße gefüllte Blüten, sie sind wunderschön und sehr widerstandsfähig. Ich glaube, dass es zwei verschiedene Exemplare sind, bei der Blüte sind da kleine Unterschiede, auch wenn sie gleich weit in der Blüte sind. Das ist wie bei den Menschen, wir sehen ja auch nicht alle gleich aus, als kämen wir aus einer Puddingform.«

Ich muss an mich halten, um nicht zu lachen, denn auch bei mir zu Hause hat man das gesagt, habe es seit Ewigkeiten nicht gehört. »Wie würdest du sie aufteilen?«

Mit großer Sicherheit legt er drei Fotos auf die eine und drei auf die andere Seite. »Aber sie gehören zur selben Sorte, beide haben sie eine gefüllte Blüte.« Er nimmt sich den Stapel auf der rechten Seite vor. »Eine Sorte mit einfacher Blüte. Aber auch hier verschiedene Blüten.« Auch diesen Packen teilt er in zwei Stapel zu je drei Fotos. Dann zieht er die Hände zurück.

Ich drehe die Fotos eines nach dem anderen um: Er hat die Blüten ganz richtig zugeordnet.

Ich zeige auf A: »Die hier?« »Gefüllte Blüte«. Und so weiter, Stapel für Stapel. Beim ersten Mord hatte ich das Anrecht auf eine gefüllte Blüte, und beim zweiten auf eine … »Wie hast du gesagt, nennt die sich?« »Einfache Blüte.«

Ich weiß nicht, wozu das gut ist, wie auch immer … ja! … wie auch immer! … Ich habe nun einen Zweifel weniger, doch ein anderer folgt auf dem Fuße. »Gibt es nur diese?« Ich habe mich nicht klar ausgedrückt und präzisiere: »Wie viele Sorten gibt es denn?«

Er zählt an den Fingern ab. »Ich weiß es nicht genau: rosa, rot, verschiedenfarbig. Die weißen sind aber die schönsten.«

Wenn es für jede Sorte einen Mord gibt, dann habe ich wenig zu lachen. »Ich kenne jemanden …« Ich reiße mich zusammen und versuche wieder, mich auf Nando zu konzentrieren. »Ich kenne jemanden, der an der Uni arbeitet. Einer wie ich, nur ein Arbeiter, aber er arbeitet mit denen zusammen, die was davon verstehen. Er kann mir bestimmt sagen, wie viele Sorten es gibt.«

»Ja, natürlich, die Uni. Das ist eine hervorragende Idee.« Und ich bin nicht darauf gekommen. »Du hast mir da einen sehr guten Tipp gegeben. Aber ich werde mich selbst darum kümmern.« Ich stehe auf. »Du hast mir sehr geholfen, ganz ehrlich.«

Er geht hinaus. Ich schaue Anselmi an und warte auf eine spitze Bemerkung. Nein, dazu ist er nicht der Typ. Aber er ist belustigt, ja.

»Stimmt irgendwas nicht?«

»Nein, nein, Commissario.« Er sieht auf das Blatt, das er vor sich liegen hat. »Das scheint mir eine gute Spur zu sein. Ich habe ein paar Kopien machen lassen, die können wir ein bisschen herumzeigen. Der Mörder«, er benutzt immer noch die männliche Form, »hat viel Aufwand betrieben, irgendjemandem wird er wohl aufgefallen sein.«

Ich zähle an den Fingern ab: »Die Nachbarn der Gualtieri, ihre Schwester, auch wenn die wenig glaubwürdig ist. Die Nachbarn der Lotti und ihre Tochter. Die Geschäfte, die Verkäuferinnen bei Romanengo, aber schicken Sie nicht schon wieder Ravazzi, der hat schon Übergewicht. Das Tropicana …« Da könnte ich ja hingehen. Ein Ambiente, in dem ich mich wohlfühle. »Zu Romanengo gehe ich«, sage ich jedoch, »und Ravazzi schicken wir ins Tropicana.«

»Damit er mal rauskommt. Ein bisschen Bewegung wird ihm guttun.« Die seltenen Sticheleien Anselmis erstaunen mich immer wieder, in positiver Hinsicht. Denn wenn man ihn so anschaut, denkt man eher an einen toten Fisch. Ich schaue auf die Uhr, habe mein Zeitgefühl verloren.

»Es ist fünf, Commissario.« Er hat meine Geste erraten. »Seit Sie hier sind, haben Sie keine einzige Pause gemacht.« Das stimmt, auch den Kaffee, vielmehr die Kaffees hat er mir gebracht, während ich mit Nando die Fahndungsfotos durchgegangen bin, und zwischendrin ein lasches belegtes Brötchen, während der Zeichner bei der Arbeit saß.

»Gut, dann gehe ich jetzt zu Romanengo und danach nach Hause.« So kann ich Francesca und Manu noch Pralinen mitbringen. »Wenn etwas dabei herauskommt, was ich allerdings bezweifle, rufe ich an. Das heißt, ich rufe auf alle Fälle an.«

»Ich bin bis sieben Uhr hier.«

Draußen herrscht die übliche Betriebsamkeit eines Freitagabends. In den Gassen um den Vico Casana scheint sich die ganze Stadt in konzentrierter Form zu tummeln: schöne Frauen und erfolgreiche Männer in den Geschäften. Dealer und Fixer. Nutten und Transvestiten, zurechtgemacht für ihre Arbeit. Studenten und Hausfrauen. Und alle Farben: wie Weiße gekleidete Weiße, wie Schwarze gekleidete Schwarze, und alles zwischen diesen beiden Extremen. Hin und wieder ein Japaner, vielleicht auch ein Chinese.

Romanengo ist wie immer. Keine Spur von Chrom und betrügerischen Lampen. Duft nach Schokolade und Vanille. Blaues Papier und edles weißes Geschenkband.

Zuerst kaufe ich eine Schachtel Pralinen und bezahle. Dann zeige ich meinen Dienstausweis und stelle Fragen.

»Da war schon ein Kollege von Ihnen da. Wir können uns an nichts erinnern.«

Keiner sagt jemals sofort, dass er sich an etwas erinnert. Die Menschen ziehen sich immer in die Defensive zurück. Meine Mutter meint, das sei das Erbe jahrhundertelanger Unterdrückung, für mich zeigt sich hier die allgemeine Scheißegalhaltung.

Meine Mutter: Auch ihr muss ich die Fotos zeigen, sie

ist eine Nachbarin der Lotti, und ihr sind die Dinge nicht scheißegal, sie neigt eher zum Gegenteil.

»Wir haben noch weitere Hinweise.«

»Ein Foto?«, fragt die jüngste der Verkäuferinnen, eine ansehnliche Brünette um die dreißig. Mariarosa Prati. So stellt sie sich jedenfalls mit einem hübschen kecken Lächeln vor. Rundlich mit einem leckeren Schokoladenduft. Sie hat bestimmt ganz viele Krimis gesehen und fühlt sich jetzt als Hauptfigur.

»Nein, kein Foto, ein Phantombild.«

Sie ist überhaupt nicht enttäuscht. »Ein Phantombild?« Ihre Wangen röten sich vor Aufregung.

»Wenn Sie einen Augenblick Zeit hätten …«

Sie sieht zur Kassiererin hinüber, klar, dass die die Truppe anführt. Eine Kopfbewegung in Richtung der hinteren Räumlichkeiten. »Kommen Sie, da sind wir ungestört.« Sie schiebt mich durch eine Tür mit der Aufschrift Eintritt verboten, dahinter liegt ein kleines Büro. Schreibtisch, Karteikasten, Stuhl. Sie deutet darauf.

»Nein danke.«

Also setzt sie sich und schlägt die Beine übereinander, sie sind nicht so lang wie die von Francesca, aber auch nicht unansehnlich. Ich gebe ihr die Zeichnung, und sie schenkt mir ein Lächeln.

Sie knipst die Schreibtischlampe an. Und schweigt.

»Was soll sie gekauft haben?«

Ich nehme meine Notizen zur Hand, damit ich nichts Falsches sage, und nenne ihr die Größe der Schachteln und den Preis.

»Wann?«

»Das wissen wir nicht genau, es kann letzte Woche gewesen sein oder auch schon vor Monaten. Oder auch noch früher.«

»Ich arbeite seit Weihnachten hier. Wenn es früher war, kann ich Ihnen nicht helfen.« Sie wirft mir von schrägt unten ein Lächeln zu. »Ihre Arbeit ist bestimmt wahnsinnig aufregend, Commissario.«

»Aber nie so lecker wie Ihre.« Ja, ich weiß schon. Ich versuche mich zurückzuhalten, aber ich kann nicht umhin, mir vorzustellen, wie es wäre, sie auszuziehen, ob die Haut wohl den Duft von Schokolade und Vanille angenommen hat ... Ich zwinge mich, ernst und professionell zu sein: »Erinnern Sie sich an irgendetwas?«

»Ich habe drei von diesen Schachteln verkauft. Es ist selten, dass jemand drei Schachteln will, eine große ist nämlich billiger. Doch vielleicht musste jemand drei Geschenke machen, drei gleiche Geschenke. Ganz schön phantasielos, was, Commissario?« Verschwörerisches Lächeln, ich wette, sie weiß genau, was ich denke.

»Sie haben gesagt, Sie hätten drei gleiche verkauft ...«

»Ja, das ist so etwa zehn Tage her. Warten Sie. Heute ist Freitag.« Ich nicke, und sie spricht weiter: »Dienstag, nicht der letzte, sondern der davor. Sie fragen sich bestimmt, warum ich mich so gut daran erinnere ...«

Ich kann sie nicht enttäuschen und frage.

»Ich war ziemlich fertig, ich hatte mit meinem Freund gestritten. Er ist eifersüchtig, obwohl ich ihm noch nie den geringsten Anlass dazu gegeben habe«, sie lächelt, und ich habe meine Zweifel, »ich hatte geweint und hatte Schnupfen. Ich kriege immer Schnupfen, wenn ich weine. Auch er hatte Schnupfen.«

»Ihr Freund?«

»Mein Freund? Was hat der damit zu tun? Hören Sie mir überhaupt zu? Der Kunde natürlich. Doch es war keine Frau, es war ein Mann.«

»Haben Sie das auch meinem Kollegen erzählt?«

»Dieser junge, füllige? Aus dem Süden?«

»Ja, der.« Ravazzi wäre bestimmt glücklich, dass ihn jemand als füllig bezeichnet. »Haben Sie ihm das erzählt? Er muss gestern vorbeigekommen sein. Doch da haben wir noch viel weniger gewusst.«

»Er hat mit der Kassiererin gesprochen. Die Kassiererin hat uns gefragt, ob wir uns an etwas erinnern ... Als mir das eingefallen ist, war er schon wieder weg. Ich brauche einfach meine Zeit, wissen Sie.«

Ich muss dringend mit Ravazzi reden. »Aber Sie sagten, es war ein Mann ...«

»Ja, völlig eingemummelt! Verstehen Sie, Mütze aus Wolle, so eine mit Schild und Ohrenklappen. Dass ein Mann sich so verunstalten muss! Widerlich! Schal und Handschuhe, als wären wir am Nordpol. Schaffelljacke. Ich sage immer: Man kann sich auch erkälten, wenn man sich zu dick anzieht. Stimmt's?«

»Sie haben Recht. Er war also erkältet ...«

»Ja, er sprach durch die Nase, die Stimme klang so dumpf. Ich sagte zu ihm, dass auch ich Schnupfen hätte und dass mir heiße Milch mit Honig hilft, und er nichts, kein Wort. Wissen Sie, einer von diesen arroganten Typen, Marke ›ich bin der Kunde und du nur eine Verkäuferin und also ein Haufen Scheiße‹! Entschuldigen Sie, aber das musste mal gesagt werden.«

»Ich verstehe Sie gut. Auch wir begegnen immer wieder Menschen, die uns wie Aussätzige behandeln.« Unsere Blicke versenken sich ineinander, vereint im Leid. »So wie Sie ihn beschrieben haben, war er nichts Besonderes. Mit Ihnen verglichen ...« Ein Kompliment ist immer die beste Waffe. Leider aber eine zweischneidige, die üble Auswirkungen auf mein Eheleben hat.

»So groß wie ich, nicht größer ...«

»Also war er nicht allzu klein.« Ich lasse meinen Blick mit offensichtlichem Wohlgefallen über sie gleiten.

»Einssechzig, Commissario. Für eine Frau ist das in Ordnung, aber für einen Mann ein bisschen klein.«

Einssechzig mit fünf oder sechs Zentimetern Absatz.

»Und mager, dass die Kleider nur so um seinen Körper schlotterten. Ein dünner Schnurrbart, wie der nur hat wachsen können, frage ich mich, denn das Gesicht war ganz glatt. Eingefallene Wangen, wie bei einem Penner, meine Mutter würde sagen, wie bei einem Schwindsüchtigen. Und diese dicke Brille, dass man gar nicht erkennen konnte, wohin die Augen schauen. Ein Fisch, ganz genau, wie ein Fisch.«

»Entschuldigen Sie.« Ich nehme ihr die Zeichnung aus der Hand. Ergänze rasch Brille und Schnurrbart und gebe sie ihr wieder.

»Das ist er. Ganz sicher!«

»Haben Sie sonst noch etwas bemerkt? Einen Akzent, hat er zufällig erwähnt, wo er wohnt ...«

»Er hat ja kaum gesprochen, hat nur auf die Schachtel gedeutet und ganz kurz angebunden gesagt, dass er drei gleiche wolle. Dann ist er an die Kasse gegangen, und als er wiedergekommen ist und gesehen hat, dass ich ein einziges Päckchen gemacht hatte, hat er mich alles wieder aufmachen lassen und wollte auch nicht, dass ich das gebrauchte Papier wiederverwende. Da hat mich Paola, die Kassiererin, schief angeschaut und später hat sie mir eine Predigt gehalten und mir erklärt, dass ich noch in der Probezeit bin. Wenn ich das bisschen Geld, das ich hier bekomme, nicht bräuchte, dann würde ich ihr eine scheuern, sie ist doch eine Angestellte wie ich und soll sich um ihren eigenen Scheiß kümmern. Stimmt's?« Bei diesem Ausbruch hebt und senkt sich ihre Brust, und ihr Blick lässt mich nicht einen Augenblick los.

»Jedenfalls erinnern Sie sich gut daran.«

»Ja, sehr gut. Eine Frau, sieh mal einer an! Aber auch als Frau wäre sie nichts Besonderes gewesen«, sie streicht sich die Uniform über den Hüften glatt.

»Sie haben mir wirklich sehr geholfen.« Pause. »Wären Sie vielleicht so freundlich und würden noch auf einen Sprung zu uns kommen, sobald es Ihnen möglich ist …«

»In die Questura?«

»In die Questura. Doch keine Angst, es dauert nicht lange. Wir müssen nur Ihre Aussage aufnehmen, und Sie müssen unterschreiben. Gäbe es doch nur mehr so hilfsbereite Bürger wie sie.«

»Sie sind doch dann da, oder, Commissario? Wissen Sie, bei Ihnen habe ich schon ein bisschen die Angst verloren, ich bin doch so schüchtern, die Schüchternheit vermasselt mir noch alles.« Sie sieht mich an. »Oder ist Ihr Kollege dann da?« Es ist klar, sie meint Ravazzi. »Mit dem kann man ja nicht einmal Guten Tag und auf Wiedersehen sagen. So distanziert ist der.«

»Keine Sorge, ich werde zusehen, dass Sie mit … so jemandem wie ihm nichts zu tun haben.«

»Morgen Vormittag habe ich frei, da könnte ich kommen. Sie arbeiten doch auch am Samstag, oder?«

»Rund um die Uhr geöffnet, samstags wie sonntags.«

»Also komme ich morgen so um zehn.«

Endlich draußen. Es kommt mir gar nicht so vor, aber ich bin tatsächlich eine gute halbe Stunde dort gewesen, fast eine Stunde sogar. Die Zeit verfliegt entweder, oder sie vergeht gar nicht.

Die Akteure wechseln, die Tagmenschen verkriechen sich, während die Nachtmenschen aus ihren Löchern kommen. Und die bunten Kleidungsstücke der Zuwanderer, die die Stadt in eine Kasbah verwandeln. Wie es hier wohl vor ein paar Jahrhunderten ausgesehen hat, als wir noch alle als Moralapostel verkleidet herumliefen?

Ich rufe Anselmi an, um ihm die schöne Neuigkeit mitzuteilen, und beende das Gespräch mit der Ermahnung, dass er Mariarosa Prati nicht an Ravazzi verweisen soll, sondern an einen passableren Kollegen.

»Gutes Aussehen ist bei uns aber keine Einstellungsvoraussetzung, Commissario.«

»Dann kümmern Sie sich um Mariarosa, Anselmi.«

»Ich habe doch schon graue Haare.«

»Die machen sexy. Sie wissen wenigstens, wie man die Leute zum Sprechen bringt.«

»Meine Frau ist aber eifersüchtig.«

Ich will gerade hinzufügen »meine auch«, doch ich halte mich zurück. »Iachino?«

»Ja, der kann gehen.«

Weil er keine anderen Aufträge hat oder weil Anselmi ihn wirklich für geeignet hält? Bei Anselmi kann man nie wissen.

»Dann also Iachino. Sie organisieren das, in Ordnung, Anselmi?«

Endlich zu Hause, endlich Manu.

Mutter und Tochter stehen in der Küche vor dem Spülbecken.

Als ich eintrete, drehen sie sich mit der gleichen Bewegung um. Meine Frau hat den roten Plastikeimer mit den gelben Enten in der Hand. Mit dem haben wir Sandburgen gebaut, als wir am Meer waren.

»Was macht ihr denn da?«

Ich muss das mit meiner Polizistenstimme gefragt haben, denn Francesca antwortet mir mit dem Widerwillen eines Zeugen: »Wir spielen.«

Und Manu erklärt weiter: »Wir machen einen Brunnen, so

einen wie in den Bergen.« Ich bin zu müde, um zu verstehen, was das bedeutet, winke und gehe unter die Dusche.

Abend.

Ich weiß, dass Francesca die letzten Neuigkeiten erfahren will, und auch ich will ihr alles erzählen, doch wir warten damit, bis Manu im Bett ist.

Dann sitzen wir zusammen in der Küche und machen uns den letzten Kaffee des Tages.

»Damit ist auch das letzte zusammengesetzte Ereignis vorbei. Jetzt können wir es mit dem ersten vergleichen.«

Ihre Art, mit einem Mord umzugehen, beunruhigt mich ein bisschen, ein Mord ist nicht nur eine Tatsache, er bedeutet Menschen, Blut und Tod. Und Schmerz.

»Ich habe dir ja gesagt, dass es eine Frau ist.« Sie dreht die leere Tasse in den Händen wie eine Wahrsagerin, die aus dem Kaffeesatz liest. »Eine Frau, die sich als Mann verkleiden kann. Eine Frau, die mit dir in enger Verbindung steht.«

»Das sind nur du, meine Mutter und Manu.«

»Tu nicht so blöd. Du weißt selbst, dass wir nicht die einzigen Frauen in deinem Leben sind.«

»Ihr seid die einzigen, die zählen. Bei den anderen handelte es sich nur um Affären.«

»Vielleicht nicht für sie.«

»*Fatale Begierde*? Siehst du mich so?«

»Du bist nicht schlecht. Besser als der im Film.« Pause. »Das wird die viele Übung sein. Aber lassen wir das, kommen wir zur Sache. Um zu tun, was sie tut, hat sie sich auch in der jeweiligen Gegend erkundigt. Jemand muss sie gesehen haben. Als sie getötet hat, war sie eine Frau, doch vorher ein Mann. Oder umgekehrt. Oder für die eine Sache so, für die andere so. Hast du verstanden?«

»Ich habe überlegt, meiner Mutter das Phantombild zu zeigen.«

»In beiden Versionen, als Mann und als Frau. Das ist eine gute Idee. Du solltest es auch hier im Viertel herumzeigen. Wie es aussieht, weiß sie viel von uns, von irgendjemandem wird sie es erfahren haben. Über uns steht nichts in den Boulevardzeitschriften wie *Gente*, *Oggi* oder anderen.« Sie knetet sich die Schulter, bestimmt hat sie zu lange am Computer gesessen.

»Müde? Hast du ein anstrengendes Projekt?« Ich sollte öfter daran denken, dass auch sie einen aufreibenden und stressigen Beruf hat. Außerdem macht sie den Haushalt und ist Mutter.

»Nein, nichts Aufregendes.«

Doch sie ist müde.

»Mir hast du das Phantombild noch nicht gezeigt.«

Dann also, bitte schön: männliche und weibliche Ausgabe.

»Sie gefällt mir nicht.«

»Nein, sie ist ganz gewiss keine Schönheit.«

»Nein, das ist es nicht. Es ist ein Gesicht, wie ein weißes Blatt Papier, das du mit allem bemalen könntest. So jemand stünde wochenlang neben dir, und du würdest ihn nicht bemerken.«

Sie hat Recht. Auch ich wäre fast in Jubel ausgebrochen, als Nando mir von ihr erzählt hat, und dann noch einmal, als die Verkäuferin das Gesicht auf dem – wenn auch veränderten – Phantombild wiedererkannt hat. Eine Euphorie, die sich noch vor der Piazza De Ferrari gelegt hat: Da ging mir nämlich genau das durch den Kopf, was Francesca jetzt ausgesprochen hat.

Ich hatte und habe nichts in der Hand, um sie aufzuhalten.

»Wenn Sie dem bisherigen Muster folgt, dann haben wir, entschuldige, hast du …«

»Du kannst ruhig ›haben wir‹ sagen. Das ist ja ohnehin schon eine Art Familienfall.«

»Sagen wir ruhig eine Privatsache. Ich meinte: … dann haben wir eine Woche Zeit.«

»Wenn sie den bisherigen Rhythmus beibehält, oft beschleunigt sich die Sache. Sie fürchten, gefasst zu werden, oder wollen es sogar. Aber vor allem hält die Genugtuung, die dem Mord folgt, immer weniger lange an.«

»Wie bei einem Drogensüchtigen, der immer häufigere oder immer größere Dosen braucht.«

»Ach, übrigens, ist Nando eigentlich vorbeigekommen?«

»Ja, er hat mir die Pflanze gebracht, ich habe sie in eine geschützte Ecke auf dem Balkon gestellt.«

»Er hat mir mit der Universität einen guten Tipp gegeben.«

»Ich habe mal ein kleineres Projekt für das Sekretariat der Universität gemacht, sie brauchen immer Monitorings und Evaluationen. Ärgerlich ist nur, dass sie unsere Auswertungen dann nicht lesen, aber sie bezahlen die Rechnungen wenigstens. Daher kenne ich ein paar Leute dort, und ich habe gefragt, wer sich mit Blüten auskennt, von denen ich glaubte, dass es Kamelien seien …«

Ich bin der Polizist, und ich bin der Einzige, der nicht daran gedacht hat, ernsthaft der Spur dieser Blüten nachzugehen.

»Jemand hat mir die Telefonnummer eines Botanik-Dozenten gegeben. Ich habe es schon versucht, doch heute ist er nicht da, er kommt erst am Montag zurück.«

Sie gibt mir einen gelben Post-it-Zettel. Name, Titel, Telefonnummer. Sie sieht mich an, während ich mir die Daten aufschreibe. »Ich hoffe, du bist nicht sauer.«

»Ach was, nicht die Bohne.«

»Also, irgendwelche Spuren muss sie ja hinterlassen haben. Die muss man finden. Bei Romanengo hattest du Glück. Doch du hast auch noch das Aquarellfarben-Töpfchen. Sie kann es natürlich irgendwo anders als in der Stadt gekauft haben. Aber in Genua gibt es bestimmt nicht viele Geschäfte, die diese Marke führen, so etwas wird nicht in einfachen Schreibwarenläden verkauft.«

Ich frage mich, was wir eigentlich in der Questura tun, außer Protokolle schreiben, Protokolle lesen, Protokolle archivieren, Protokolle verlieren, Protokolle begraben ... Vielleicht bleibt dabei gar keine Zeit mehr zum Nachdenken. Oder Serra hat doch Recht, dass meine Art, eine Ermittlung zu führen, wenig professionell ist.

»Ich habe ein bisschen herumtelefoniert, so nebenbei. Nur drei Geschäfte haben diese Marke und diese Art Farben«, sagt Francesca und reicht mir einen weiteren Zettel.

»Wie viele hast du denn noch?«

»Wovon?«

»Von diesen Post-its.«

»Ich habe gewusst, dass du sauer sein würdest. Ich habe keine mehr.« Pause. »Du solltest vielleicht mal mit dem Botaniker sprechen. Die Blüte ist die einzige doppelte Botschaft. Doppelt und zweifach.«

»Ich habe keine Ahnung von Blumen.«

»Was man nicht weiß, kann man lernen!«

»Und falls sie mich je bei der Polizei rauswerfen, machen wir eine Gärtnerei auf!« Ich sehe zu, wie sie sich genießerisch wie eine rollige Katze streckt, ganz glücklich über ihre Entdeckung, und sage: »Das ist schon interessant, kein Zweifel. Aber wir kommen dem Mörder damit keinen Schritt näher.«

»Der Mörderin.«

»Jedenfalls kommen wir ihr nicht näher.«

Sie steht auf, öffnet den Schrank und holt eine Schachtel dänische Kekse heraus, die mit der vielen Butter. »Willst du einen?« Sie selbst nimmt sich zwei, für jede Hand einen.

Ich sage Nein und greife trotzdem zu.

»Wie auch immer«, sie spricht mit vollem Mund, »wir kommen ihr näher.« Sie hat meine Stimme und meine Art zu sprechen sehr gut nachgemacht.

»Und wie?«

»Wir wissen jetzt ein bisschen mehr darüber, wie sie denkt.«

»Abgesehen davon, dass sie denkt, mordet sie, das will ich verhindern.«

»Aber sie wählt nicht zufällig aus. Die Lotti hat in der Nähe deiner Mutter gewohnt, das Buch hat ihren Namen als Titel.«

»Und die abgetrennten Zeigefinger? Und der Finger aus Spitzenstoff? Und der Gummifinger? Welche Überlegungen sollen denn hinter denen stecken? Überhaupt keine.«

»Du bist so engstirnig, Anto! Du erkennst die Bedeutung nicht, und deshalb glaubst du, dass es keine gibt. Du siehst die andere Seite des Mondes nicht und glaubst, dass es sie nicht gibt.«

»Ich bin nicht engstirnig.« Ich merke, dass unsere Stimmen lauter werden, die Alarmlämpchen blinken, doch ich kann mich einfach nicht beherrschen. Seit Tagen wird auch meine Anspannung immer größer.

Zwei Schritte trennen uns höchstens noch, ich bewege mich auf sie zu. Sie verharrt einen Augenblick, dann hebt sie den rechten Arm und hält mir die Handfläche entgegen. Als Schranke zwischen uns.

Sie steht mit dem Rücken zum Waschbecken, ein wenig nach hinten gebogen, weil sie mit dem Hintern daran lehnt, das Sweatshirt umschmeichelt ihren Körper. Und gleich gehe ich in ein Bett und sie in ein anderes. Wie kann ein Mann unter diesen Bedingungen eine Ermittlung leiten.

Ich bewege mich weiter auf sie zu, und ihre Handhaltung ändert sich, jetzt zeigt sie mit dem Finger auf mich: »Bleib stehen, du ...« In dieser Geste und in ihrer Stimme liegen Hunderte von Anschuldigungen, viele sind wahr, einige zusammenphantasiert. Doch plötzlich jauchzt sie: »Du, Anto. Ich hab's, ich hab's!« Sie dreht sich um und läuft aus der Küche.

Ich folge ihr ins Arbeitszimmer und lege ihr eine Hand auf die Schulter: »Red doch, was ist denn, verflixt?«

»Ich hab's, ich weiß jetzt, was mit dem Finger ist, ich weiß, welche Bedeutung der Finger hat.« Sie kramt im Bücherregal.

»Nun, ich habe zwar nur zwei Italienisch-Wörterbücher, aber ...« Sie schlägt eines beim Stichwort Finger auf und liest stumm, wobei sie die Lippen bewegt. »Hier: ›Mit dem Finger auf jemanden deuten: zeigen, weisen, auch im Sinne von anklagen‹.« Sie dreht sich zu mir herum und umarmt mich in einem Anfall von Begeisterung, wie sie es schon lange nicht mehr getan hat. »Sie klagt dich an!«

»Ist das wirklich ein Grund zur Freude?« Doch ich entziehe mich ihrer Umarmung nicht.

Eine Umarmung, die immer weniger zufällig wird ... und ich entziehe mich nicht.

Eine geraume Zeit ist vergangen, als wir wieder in die Wirklichkeit zurückkehren, ich kann mich nicht erinnern, wie wir ins Schlafzimmer gekommen sind. Francesca ist ein sehr leidenschaftlicher Mensch, alles, was sie tut, tut sie mit großer Begeisterung.

Jetzt liegt sie neben mir: »Himmel, wie sehr du mir gefehlt hast, Anto.«

Ich könnte sagen, dass nicht ich ins Gästezimmer gezogen

bin, doch ich beschließe, den Frieden zu wahren. »Du sagst, sie klagt mich an. Das gefällt mir aber gar nicht. Angeklagt zu werden, meine ich. Nicht etwa das hier …« Ich streichle ihre Hüfte.

»Sie klagt dich an. Mit Überzeugung und Einfallsreichtum. Sie muss deinetwegen sehr gelitten haben.«

»Danke.« Ich versuche, es sportlich zu nehmen, aber es beunruhigt mich trotzdem.

»Deinetwegen, nicht durch deine Schuld.« Francesca rückt näher.

»Sie würde alles tun, um es dich wissen zu lassen.«

»Was denn?« Dass sie jetzt Stück für Stück näher rückt, untergräbt meine Konzentrationsfähigkeit. Bei ihr hat es offenbar nicht dieselbe Wirkung.

»Sie mordet sogar dafür.«

Jetzt sind wir wieder ganz dicht beieinander, sie legt mir einen Arm über den Bauch.

»Wir reden später weiter.«

Später

Es ist schon fast Morgen. Ich sollte bald aufstehen.

»Arbeitest du heute?«, fragt Francesca. Ich habe nicht gemerkt, dass sie wach ist.

»Ja. Die Sache scheint Konturen anzunehmen.«

»Wie ich dir gesagt habe. Der Zeigefinger, die Anklage, die Blüten.«

»Ich merke es mir. In Ordnung.« Pause. »Und du, was machst du?«

»Ich hatte zwei oder drei Aufträge laufen, doch ich habe sie erledigen können beziehungsweise sie Gabrieli aufgehalst. Ich nehme Urlaub.«

Panik! Sie verlässt mich, und diese Nacht war ihr Abschied. »Wo fährst du hin?« Ich bekomme kaum noch Luft.

»Wo soll ich denn hinfahren? Manu hat Schule. Ich habe nur beschlossen, mir ein paar Tage Ruhe zu gönnen und die Wohnung ein bisschen auf Vordermann zu bringen.« Ich habe mich aufgesetzt, und sie fährt mir mit dem Zeigefinger die Wirbelsäule hinunter. »Gib doch diese fixe Idee auf, dass ich dich verlasse.«

»Ich muss jetzt eigentlich gehen.«

»Ich mache dir einen Kaffee.« Sie steht auf und schlüpft, auf einem Bein balancierend, in die Schlafanzughose. Dann nimmt sie das Oberteil. »Geh unter die Dusche, vielleicht wirst du dann richtig wach.«

»Wir haben doch noch ein bisschen Zeit.«

Sie knüllt das Schlafanzugoberteil zu einem Ball zusammen und bewirft mich damit.

Einen Augenblick später ist sie wieder bei mir.

KAPITEL 3

Montag

Am Samstag und Sonntag nichts Neues. Die Verkäuferin hat das, was sie mir im Geschäft gesagt hat, in ihrer Aussage wiederholt. Der Botanikprofessor ist noch immer nicht erreichbar.

Die größte Neuigkeit ist jedoch, dass die Stimmung zwischen Francesca und mir so gut ist wie schon lange nicht mehr.

Heute hat sie mich mit einem Kuss und einem Lächeln ins Büro geschickt.

Wir haben das Phantombild, sowohl in weiblicher als auch in männlicher Version, den Nachbarn gezeigt, doch ohne Resultat. Aber Samstag und Sonntag sind auch nicht die besten Tage. Die Menschen haben weniger zu tun und wollen sich unbeschwert langweilen: mit Fußball, Fernsehen und Familienstreitigkeiten. Meine Mutter zum Beispiel verbringt ihre Sonntage mit einer Schicht im Krankenhaus und ein paar Partien Canasta. Jegliche Störung dieses Ablaufs – abgesehen von Notwendigkeiten, die mit Manu zu tun haben – macht sie missmutig. Dann ärgert sie sich, dass sie schlechte Laune hat, und alles wird noch schlimmer. Also habe ich das Vorhaben, ihr das Phantombild des/der Verdächtigen zu zeigen, auf heute, Montag, verschoben. Ich überlege, zur Mittagszeit auf einen Sprung zu ihr zu fahren. Ich werde sie aus dem Büro anrufen, wenn abzusehen ist, wie sich der Tag entwickelt.

Telefonat mit Professor Manlio Borgese, ich stelle mich

vor, entschuldige mich für die Störung. »Ich brauche einen Spezialisten für Botanik, und da wurden Sie mir als unangefochtene Autorität genannt …« Bauchpinseln hilft immer. Und so bekomme ich einen Termin um fünfzehn Uhr bei ihm zu Hause. Er nennt mir die Adresse, nicht weit vom Park Villetta Dinegro. Ich kann also gut auf dem Rückweg von meiner Mutter dort vorbeifahren.

Die Tür geht einen Spalt auf, und Iachino steckt den Kopf herein: »War die Aussage der Verkäuferin in Ordnung?«

Alle wissen, dass ich immer etwas an Protokollen, Niederschriften und anderen Sachen zu bemängeln habe. Ich verlange, dass sie vollständig, knapp und gut geschrieben sind.

Eines Tages habe ich sie hinter meinem Rücken reden hören: »Soll er sich doch Biagi oder Montanelli holen.«

Die Aussage der Verkäuferin. Ich nicke und bekunde ihm so, dass nichts daran auszusetzen war. Iachino strahlt.

Ich habe die Niederschrift nur überflogen, um zu sehen, ob wirklich alles drinsteht, was sie mir erzählt hat. Zwei Stunden habe ich noch, da könnte ich sie ja in Ruhe lesen. Jedoch lese ich Zeugenaussagen höchst ungern. Schiebe es immer auf, das ist eine der Sachen, die mir Serra permanent vorwirft, er würde sagen »vorhält«.

Und so bewegt sich der Tag in den ruhigen Bahnen des Alltagstrotts. Leandri hat Recht: Wozu eigentlich die Fälle lösen? Wichtig ist doch nur, dass man weiterkommt und dass sie einem einen erträglichen Arbeitsrhythmus bescheren.

Serra ist auf einem Kongress über organisierte Kriminalität. Die unorganisierte, die auf oberflächliche und ordinäre Weise tötet, die interessiert niemanden.

Das Telefon klingelt. Ich nehme ab, ohne Furcht und im Einklang mit der Welt. Heute ist nicht der schicksalhafte Montag.

»Antonio?« Es ist Francesca, und sie ist definitiv gereizt.

Dabei habe ich sie in letzter Zeit gar nicht betrogen. Und Francesca ist nicht die Frau, die eine Krise kriegt, wenn die Waschmaschine einmal kaputt ist. Sie setzt sich dann einfach hin und repariert sie. Manu.

»Manu?«

»Was ist mit Manu? Sie ist in der Schule. Als ich mich von ihr verabschiedet habe, ging es ihr gut.« Pause. »Nein, es gibt ein anderes Problem. Sie haben mich vom Büro aus angerufen.«

»Musst du deinen Urlaub abbrechen, musst du irgendwohin fahren?« Das kommt hin und wieder vor. Auch wir beide haben uns nicht in Genua kennen gelernt, obwohl wir hier schon immer wohnen.

»Nein. Kannst du mich vielleicht ausreden lassen? Für mich ist ein Brief gekommen.« Vermutlich nimmt sie jetzt den Zettel zur Hand, auf dem sie sich Notizen gemacht hat. »Ein Brief adressiert an Dottoressa Francesca Lucas. Keinen Hinweis, dass er privat oder persönlich ist. Monica ...« Kurze Pause. »Monica, die für die Post zuständige Sekretärin, hat ihn aufgemacht. Das ist normal, sie weiß ja, dass ich Urlaub habe.«

Aber das sollte doch die Woche der Waffenruhe sein!

Sie liest weiter: »Normaler weißer Umschlag, darin ein Blatt Papier mit ein paar Worten. Monica sagt, dass sie aus diesen phosphoreszierenden Klebebuchstaben für Kinder zusammengesetzt sind. EINS ZWEI DREI – DU BIST AN DER REIH. Als sie das gelesen hat, hat sie mich sofort angerufen.«

»Der Umschlag?«

»Den hat sie aufgehoben. Das tun wir immer, um Ärger zu vermeiden. Die Umschläge auf die eine, den Inhalt auf die andere Seite, wir heben sie immer eine Weile auf. Ich will dir deine Zeit nicht stehlen, doch es schien mir richtig, dir Bescheid zu geben.« Pause. »Gehst du hin oder schickst du jemanden?«

»Ich schicke ...«

»Bitte nicht Ravazzi. Jemanden, der ein bisschen Hirn hat. Ach ja – Monica wird denjenigen sicher auch darauf hinweisen – die Signatur, die wir oben rechts auf den Umschlag und auf das Blatt machen, ist unser Bezugszeichen ...«

»So wie bei uns die Protokollnummern.«

»Aber unser System ist ein wenig simpler. Wir haben eine Art Register, doch nicht in Papierform, wir registrieren die Sachen mit einer Nummer und die schreiben wir auf den Umschlag und auf den Brief. Klar?«

»Was meinst du mit einem Register nicht in Papierform?«

»Wir haben eine eigene Datei dafür. Jede Woche eine neue. Das ist nicht so umständlich, braucht weniger Platz, und man kann schneller nachschauen, als wenn man in den alten staubigen Kladden blättern muss.«

»Kapiert.« Ich habe kapiert, dass Ravazzi nicht zur Diskussion steht. Ich werde Iachino schicken. »Übrigens, Francesca, ich gehe zum Essen zu meiner Mutter, und dann fahre ich bei ...« Ich fange an zu stottern, weil ich nach dem Zettel suche. »Bei Borgese vorbei. Bei dem Professor.«

»Behandle ihn aber nicht wie einen alten verstaubten Baron. Ich weiß, dass er ein Altachtundsechziger ist und immer noch ziemlich auf Zack.«

»Auf Zack?«

»Nun, jedenfalls kein Tattergreis. So um die fünfzig. Man erzählt sich, dass er nach jedem Seminar eine Studentin vernascht.«

»Woher weißt du das denn?«

»Vollständige Personenbeschreibung mit Namen, Telefon und akademischen Referenzen.«

Francesca ist diejenige, die das Gehirn und die Kontakte hat, die ein Polizist braucht, nicht etwa ich. Wenn ich ihr das sage, bringt sie mich um. Sie redet weiter, und ich hänge meinen Gedanken nach …

»… hast du was dagegen?«

»Was?«

»Wenn ich auch zum Essen zu deiner Mutter komme? Du kannst es ruhig sagen, wenn es dich stört.«

»Nein, warum denn?« Wie immer werden wir zwei gegen einen sein: die beiden Frauen gegen mich. »Ich muss ihr nur noch Bescheid sagen.«

»Ich rufe sie an«, sagt Francesca, »wenn etwas dagegen spricht, melde ich mich, wir essen aber auf alle Fälle zusammen.«

»Ich bin ja zeitlich flexibel.«

»Ich bin auch kein Säugling, der zu festen Zeiten seine Flasche braucht. Früher oder später, das ist egal.«

Iachino ist begeistert, dass er in die Agentur gehen darf. Erstens, weil meine Frau dort arbeitet. Nachdem er sie gesehen hat, hofft er, dass die anderen dort auch so sind wie sie. Armer Junge! Ich lasse ihm seine Illusion. Zweitens, weil er ein Computer-Narr ist, und die Vorstellung, mit jemandem zu sprechen, der sich wirklich auskennt und wer weiß wie gut damit umgehen kann, macht ihn ganz zappelig. Drittens hat er kapiert, dass man ihn Ravazzi vorzieht, der ja der Ältere ist. Viertens: Er hasst Büroarbeit. Genau wie ich.

Anselmi beobachtet das Ganze, registriert es, vielleicht billigt er es auch. Sollte er es nicht billigen, dann behält er das jedenfalls für sich. Das ist das Einzige, worin er sich von dem ehemaligen Staatspräsidenten Ciampi unterscheidet. Er sieht ihm nämlich ziemlich ähnlich, nur dass er sich nicht so gut kleidet. Außerdem hat er eine andere Gehaltsstufe.

Iachino kommt nach einer Stunde zurück, seine Beute hat

er in einer versiegelten Plastiktüte, die er der Spurensicherung bringen will, damit sie den Inhalt auf eventuelle Fingerabdrücke untersucht. Er hat auch eine Mappe dabei. »Sie hatten es mir zwar nicht aufgetragen, aber ich habe mir erlaubt, von allen im Büro Beschäftigten und von allen, die den Umschlag in der Hand gehabt haben könnten, die Fingerabdrücke zu nehmen. Wenn es nötig ist, dann kommen sie für die Formalitäten auch hierher. Nur damit wir etwas haben, womit wir arbeiten können.« Das gefällt mir an Iachino: Er hat Initiative. Er macht Fehler, wie alle, aber er versucht es jedenfalls. Nicht wie dieser Schlappschwanz Ravazzi.

»Sehr gut, Iachino. Bring alles … Ach, nein, ich komme mit dir. Ich bin sehr neugierig auf die Buchstaben.«

»Wie die für Kinder. Meine kleine Nichte ist verrückt nach diesen Klebebuchstaben mit … sie nennt es Glitzer.«

»Nichte?«

»Die Tochter meiner Schwester.«

Ja, er hat Recht, das sind wirklich Buchstaben mit Glitzer, als ich sie vor mir habe, kann ich das bestätigen. Auch Manu ist verrückt danach. Auch Manu nennt sie so.

Und jetzt die Fingerabdrücke. Doch auf die Ergebnisse muss ich warten. Vor heute Nachmittag höre ich da nichts.

Als ich bei meiner Mutter ankomme, ist Francesca schon da, obwohl ich ziemlich früh dran bin. Nun, das übliche Problem ist ja, dass sich Schwiegermutter und Schwiegertochter in den Haaren liegen. Das Problem in meiner Familie ist gegenteiliger Natur.

Nach dem Kaffee hole ich das Phantombild hervor und zeige es meiner Mutter: »Erinnert dich das an jemanden, den du vielleicht hier in der Gegend gesehen hast? Es kann ein Mann oder eine Frau gewesen sein.« Ich deute zuerst auf die Zeichnung, die nach Nandos Angaben gemacht wurde, dann auf die veränderte.

»Nein, ich glaube nicht.« Doch sie macht einen verwirrten Eindruck.

»Hör zu, Ma, es scheint, dass sie sich gerne verkleidet.«

»Ich weiß nicht«, sie fährt sich durch die Haare, »hast du vielleicht noch eine Kopie?«

»Willst du sie jemandem zeigen?«

»Nun, wenn sie sich gerne verkleidet, dann ist ja nicht gesagt, dass das ...« – und sie zeigt auf den Mann mit der Mütze und dem übergroßen Schaffellmantel – »... die einzige Verkleidung war. Kann ja sein, dass keine von beiden das Original ist.«

»Es sieht so aus, dass die Gualtieri, das ist die erste Ermordete, sie schon lange gekannt hat.«

»Sie kann sich verändert haben. Das Leben verändert einen. Vielleicht hat sie eine Veränderung noch betont. Eine erklärbare Veränderung. Lalla, du weißt schon, die Tochter von Laura ...« – Ma schaut mich an, und ich nicke, auch wenn mir Lalla und Laura völlig unbekannt sind – »sie ist erst im sechsten Monat, aber für mich sieht sie aus, als wäre sie im neunten.« Pause. »Also, hast du noch eine Kopie übrig?«

Ich habe noch drei Kopien und lege sie auf den Tisch.

»Ich weiß nicht.« Sie schweigt. Meine Mutter unsicher – eine Seltenheit. Ich spüre Francescas Blicke, sie will unbedingt mitmischen. Ihrem Wesen und ihren Gewohnheiten nach ist sie keine Zuschauerin, auch im Theater leidet sie.

»Die Augen sind interessant, stimmt's Ma?« Sie nennt sie »Ma« wie ich. »Augen wie eine Blinde.«

»Das ist ein sehr typischer Effekt bei diesen Zeichnungen.« Was sie jetzt wohl denken mögen, die beiden?

Doch Francesca lässt sich nicht einschüchtern. »Wenn ich solche Augen einmal gesehen hätte, würde ich sie nie vergessen.«

Meine Mutter steht auf, zieht die Schublade auf und

schließt sie wieder: »Nino, ich habe keine Zigaretten mehr, hast du eine?« Meine Mutter hat immer ein Päckchen Zigaretten für ihre Freundinnen, von denen keine raucht, und sie steckt sich nur eine an, wenn sie sehr angespannt ist wie beim Ausfüllen der Steuererklärung oder bei Wahlen. In diesen Fällen zieht sie einmal, drückt die Zigarette wieder aus und verkündet: »Ekelhaft, ich verstehe die Raucher nicht, und der Staat verdient auch noch daran.« Vielleicht benutzt sie diese Beschimpfung der Raucher und des Staatsmonopols als Ventil.

Ich reiche ihr das Päckchen und sehe mir dieses Versöhnungsritual ohne eine Regung an.

Auch Francesca kennt das schon.

»Wollt ihr noch Kaffee?«

Francesca und ich schütteln beide den Kopf, denn keiner von uns mag koffeinfreien Kaffee. »Doch mach du dir ruhig noch einen. Na ja, vielleicht nehme ich doch noch eine Tasse«, sagt Francesca.

»Und du, Nino?«

Ich besitze Francescas Heldenmut nicht und bleibe beim Nein.

Meine Mutter hantiert mit der Espressomaschine und sagt: »Aber Francesca, schau, mir sagen die Augen nichts. Man kann sich auch eine Brille aufsetzen … Es ist der Mund, der Mund sagt viel mehr. Ich habe meinen Schülern immer auf den Mund geschaut.« Sie zündet die Gasflamme an und setzt sich. »Ob ich noch Lippenstift im Haus habe? Nein, ganz sicher nicht. Ich benutze seit Ewigkeiten keinen mehr.« Sie schaut Francesca an. »Hast du einen Lippenstift in deiner Tasche?«

»Nein, Ma.«

»Ich nehme an, Nino hat auch keinen …«

»Ich? Ganz bestimmt nicht!«

Francesca kramt in ihrer Tasche. »Aber ich habe einen roten Stift. Geht der?«

»Versuchen wir es.« Meine Mutter nimmt den Stift und beginnt die schmalen Lippen der Frau anzumalen. »Doch diese Farbe war es nicht, sie ging ein bisschen mehr ins Lila. Als ich jung war, nannte man sie Amarant. Grauenvoll.« Das ist allerdings nicht ausschlaggebend: Meine Mutter mag nämlich Lippenstift überhaupt nicht. »Nicht, dass ich mich wirklich daran erinnere, sie gesehen zu haben, aber daran, dass ich gedacht habe, dass sie damit noch ausgezehrter aussieht, daran erinnere ich mich. Nicht an ein Gesicht, sondern an einen Gedanken.«

»Und wo und wann …«

»Himmel, Nino, wenn ich das wüsste, würde ich es dir sagen!«

»Der Trick ist, noch weitere Details hinzuzufügen.«

Das habe ich bestimmt schon Hunderten von Zeugen gesagt, das geschieht schon ganz mechanisch.

»Weiß ich doch, ich bin ja nicht dumm, bloß weil ich alt bin.«

Ich sehe auf die Uhr: halb drei. Ich kann den illustren Botaniker nicht warten lassen. »Soll ich dich mitnehmen?«

Doch Francesca schüttelt den Kopf: »Ich helfe deiner Mutter beim Abwaschen …« Dann können sie ein bisschen quatschen. Ich würde ja zu gerne wissen, wie weit ihre Vertrautheit geht.

Manlio Borgese wohnt im obersten Stockwerk eines Altbaus mit Concierge. Man möchte nicht glauben, dass es Frühling ist. Der Tag ist feucht und grau. Doch der Blick aus dem Fenster des Arbeitszimmers bietet ein großartiges Schauspiel. Eine Sinfonie in Perlgrau, am Horizont ein heller Streifen, der vielleicht noch Meer, vielleicht aber auch schon Himmel ist. Die drei Doppelfenster führen zu einer Dachterrasse. Es ist vermutlich überflüssig zu sagen, dass diese mit Grünzeug und Blütenpflanzen vollgestellt ist.

Auch die weißen Sesselchen sind nicht zu verachten.

Der Professor bemerkt, dass ich das hinter ihm hängende Portrait eines Mannes mittleren Alters betrachte. »Mein Großvater. Er war auch schon Botaniker. Sowohl mein Vater als auch ich sind in seine Fußstapfen getreten. Die Botanik ist eine Familienleidenschaft. Auch meine Schwester Flora befasst sich mit Blumen, sie ist Vorsitzende eines Vereins der Freunde historischer Gärten.« Der Großvater hatte einen Kinnbart und trug einen Gehrock. Auch in Jeans und Pullover – vermutlich Designersachen – sieht sein Enkel ihm ähnlich.

»Ich brauchte Auskünfte über Kamelien, da wurden Sie mir genannt. Doch ich habe so wenig Ahnung davon, dass ich nicht einmal wüsste, welche Fragen ich stellen muss. Vielleicht ist es am besten, wenn Sie mir etwas über Kamelien erzählen. Dann kann ich Fragen stellen.«

»Warten Sie ...« Er steht auf und öffnet einen Bücherschrank. Ein solches Möbelstück würde Francesca glücklich machen: altes Holz, ganz schlicht im Stil, geschliffenes, in Blei gefasstes Glas. »Sie hatten mir Ihr Interesse für Kamelien ja schon angekündigt ...« Er drückt mir einen umfangreichen Band mit sechs- oder siebenhundert Seiten in die Hand. »Das ist eine erschöpfende Abhandlung über das Thema.« Ich nehme das Buch entgegen, danke ihm, doch ich stehe nicht auf.

»Ich würde Ihnen gerne ein paar Fotos zeigen.«

»Es kommt immer auf die Qualität der Abzüge an. Blüten sind nicht einfach zu fotografieren, ich weiß nicht, ob die Fotografen der Polizei ...«

»Wir fotografieren normalerweise keine Blüten, da haben Sie Recht. Beim nächsten Mal werden wir jemanden vom

Fach holen.« Ich kann dozierende Menschen nicht leiden. Nando hat nicht so viel Aufhebens gemacht.

Der Professor sieht sich die Fotos an, immer wieder, ich habe ihm untersagt, auf die Rückseiten zu schauen. Am Ende hat auch er die Fotos sortiert, doch im Unterschied zu Nando sind es nur zwei Stapel. A und B in einem und C und D in einem. Zu jedem nennt er mir die lateinische Bezeichnung. Und er fügt hinzu: »Für die Klassifizierung verwenden wir immer noch die lateinische Sprache …« Ich bin nur ein Polizist, aber das kapiere ich auch noch. Er nimmt ein Blatt Papier und schreibt die Namen auf, die er soeben gesagt hat. »Dann können Sie nichts falsch machen.«

Noch nie war Freundlichkeit beleidigender.

Auf dem Stapel A und B »Gefüllte Blüte«, auf dem anderen »Einfache Blüte.« Ich bedanke mich und warne ihn, dass ich ihn wieder belästigen würde, wenn ich noch weitere Fragen hätte. Er sagt, dass er mir gerne zu Verfügung stünde.

Eine vergebliche Fahrt, außerdem ein schweres Buch in der Tasche und gewaltige Wut im Bauch.

Als ich in der Questura bin, beschließe ich, zur Beruhigung in aller Ruhe die Aussage zu lesen, die Mariarosa Prati Iachino gegenüber gemacht hat.

Es war eine gute Entscheidung, ihn zu Francescas Büro zu schicken. Er hat etwas drauf. Die Niederschrift der Aussage der Prati ist klar und vollständig. Ich glaube geradezu, sie zu hören.

»Dann, als ihm das Päckchen heruntergefallen ist, habe ich mich gebückt, um es aufzuheben, wissen Sie, bei Kunden muss man das tun, auch wenn die Anstandsregeln … er Mann, ich Frau … jedenfalls, dass eine Frau sich bückt, um einem Mann zu helfen … Normalerweise sagen sie, nein, lassen Sie, ich mache das schon selbst. Nicht aber der, der hat nicht einmal Anstalten gemacht, aber als er dann gegangen ist, war mir klar, warum. Er hatte ein kaputtes Bein, ein steifes Bein, meine ich.«

Mir hat Mariarosa das nicht erzählt. Iachino schon. »Auf die Frage, welches das steife Bein gewesen sei, konnte mir die junge Frau keine Antwort geben.« Immerhin hat er sie danach gefragt, der hat wirklich was drauf, der Junge. »Wenn es ihr wieder einfiele, solle sie mich anrufen.« Und damit hast du ihr deine Telefonnummer gegeben! Ein hübsches Kind, die Prati, und auch noch willig. Nun, solange es die Ermittlungen nicht behindert, ist ein bisschen privates Vergnügen schon erlaubt.

Ich lege das Buch des Professors auf den Tisch und schlage es auf. Er ist in seinem Eifer sogar so weit gegangen, dass er mir ein Buchzeichen hineingelegt hat. Ich beginne zu lesen. Das Buch ist todlangweilig und besteht nur aus Fachchinesisch. Da schreibe ich lieber das Wenige auf, das er mir persönlich gesagt hat: Aufteilung in zwei Stapel und die Namen.

Das Telefon läutet: Es ist meine Frau. Schon wieder! Und das, wo sie doch so ungern telefoniert!

»Anto, ich bin's, Francesca. Wie war es bei Borgese?«

»Nichts Besonderes.« Und ich warte, allerdings ein bisschen gereizt, weil wir jetzt schon so weit sind, dass sie anruft, nur um zu wissen, wie es läuft. Aber jedenfalls kann ich ihr sagen, dass unsere Mörderin hinkt.

»Bist du genervt?«, fragt sie.

»Nein.«

»Wir sind in einen Laden gegangen und haben einen Blick auf die Lippenstifte geworfen. Wir haben einen ähnlichen gefunden und haben ihr die Lippen angemalt.«

Ich warte. Ein Geräusch – meine Mutter muss ihr den Hörer weggenommen haben. »Nino, ich bin's. Ich erinnere mich, dass ich sie gesehen habe, die Lotti war auch dabei. Doch ich weiß nicht mehr, wo und wann.«

»Keine Sorge, das fällt dir schon noch ein.«

»Entschuldige, wenn ich dich gestört habe.«

»Keine Ursache.«

Wir verabschieden uns. Erst nach dem Auflegen fällt mir auf, dass ich ihr gar nicht gesagt habe, dass die Mörderin vielleicht hinkt oder ein steifes Bein hat. Aber ich rufe bestimmt nicht nochmal an. Die Sache wird mir doch ein bisschen zu sehr zu einem Fall der Familie.

Ich schlage das Buch zu und nehme mir die Akte wieder vor. Vielleicht sollte ich noch einmal gründlich alle Berichte lesen.

Wer weiß, wie viele wichtige Informationen mir noch entgangen sind.

Doch in diesem Moment kommt Iachino: »Die Fingerabdrücke!«

Er jubelt geradezu, so dass ich auf eine nützliche Spur hoffe.

»Keine Fingerabdrücke, Commissario! Nur die von der Sekretärin und unendlich viele verschiedene auf dem Umschlag.«

»Wo wurde der Brief abschickt?«

»Genua Mitte. Am Samstag. Gewöhnliches Papier. Die Adresse ist mit Maschine geschrieben. Offenbar eine alte Olivetti 22. Wahrscheinlich niemand, der wirklich Schreibmaschine schreiben kann, er muss mit nur einem Finger geschrieben haben.« Vermutlich bemerkt er meinen fragenden Blick, denn er ergänzt: »Die Defranchi versteht etwas von Schreibmaschinen, auch wenn sie jetzt mit dem Computer arbeitet.«

»Die Defranchi?«

»Die Sekretärin: Monica Defranchi.«

Ich habe sie immer Monica genannt, laut und in Gedanken.

»Sie meint, die Adresse sei auf ein normales Blatt Papier geschrieben, dann ausgeschnitten und auf den Umschlag geklebt worden. Wir überprüfen das. Doch sie kam mir sehr sicher und kompetent vor.«

Dieser Fall wird noch als Fall der sicheren und kompetenten Dilettanten in die Annalen eingehen.

Ich deute auf einen der beiden Stühle vor meinem Schreibtisch, Anselmi mache ich ein Zeichen, sich auf den anderen zu setzen. »Es passieren eine Menge Dinge, die nicht miteinander in Verbindung zu stehen scheinen. Jetzt nimmt sich jeder von uns eine vollständige Kopie der Akte und liest sie von Anfang bis Ende, ohne etwas auszulassen.«

»Ich lasse nie etwas aus«, sagt Anselmi. Er kritisiert mich selten direkt.

»Ich ja.« Ich gestehe meinen Fehler ein, da Leugnen ohnehin sinnlos ist. »Und wenn wir es alle gelesen haben, versuchen wir einen Aktionsplan zu machen. Auch wenn es nur eine Liste der Personen ist, die wir noch befragen müssen, und der Überprüfungen, die noch zu machen sind. Sonst kommen wir ja keinen Schritt weiter.«

Ich spüre den Vorwurf im Blick Anselmis und leuchtende Begeisterung in dem von Iachino.

»Bis wann, Commissario?« Anselmi schaut kritisch, doch seine Stimme verrät keinerlei Gefühlsregung.

»Bis morgen früh? Um neun?«

Er nickt. Dann sagt Iachino: »Etwas würde ich schon heute Nachmittag tun ...«, er hält inne, und wir starren ihn an, »ich würde gern die Tochter verhören, eine nette kleine Befragung.« Er sieht mich an. »Vorhin habe ich einen Blick in die Akte geworfen und habe nur eine Seite gefunden. Kann es denn sein, dass sie nicht mehr über ihre Mutter weiß? Ich würde sie gerne vernehmen.«

Ich schaue ihn mitleidig an. »Glaub aber nicht, dass sie

ein Leckerbissen wie die Prati oder geistreich wie Monica ist.«

»Monica? Kennen Sie sie?« Er sieht mich erstaunt an.

»Die Frau, die du Monica Defranchi nennst, ist seit Jahren Sekretärin in der Agentur, in der meine Frau arbeitet – natürlich kenne ich sie! Wie auch immer, ich wollte nur sagen, dass die Tochter der Lotti nicht sehr appetitlich ist, und wenn du einen Drilling willst, dann ist sie entschieden die falsche Karte.«

»Drilling?« Er macht ein unschuldiges Gesicht. »Ich weiß nicht, was Sie meinen, Commissario. Also, soll ich mir die Tochter vornehmen? Um zu hören, was für eine Frau ihre Mutter war?«

»Alle sprechen gut über sie.« Außer meiner Mutter, aber die hat auch einen komplizierten Geschmack. »Wie auch immer, das ist keine schlechte Idee.«

Ich bestätigte unser Treffen morgen um neun und fahre nach Hause.

Francesca ist im Arbeitszimmer, sie hat sich bestimmt Arbeit mit nach Hause genommen, denn sie ruft mir ein ziemlich zerstreutes »Ciao, Anto« zu. Manu ist mit ihren Legosteinen beschäftigt, auch sie begrüßt mich kurz angebunden und erklärt, dass sie gerade »was Schwieriges« baue. Sie bittet nicht um Hilfe, wenn sie welche bräuchte, dann würde sie ihre Mutter fragen, denn sie weiß genau, dass die das besser kann. Sie hat das begriffen, seit sie drei Jahre alt ist, da hat sie in den Bergen den Schnee entdeckt. Vertrauensvoll hat sie mich gefragt: »Papa, warum geht der weg?« Ich war verwirrt und habe geschwiegen, ihre Mutter hat ihr dann eine angemessene Antwort gegeben.

Schließlich kommt Francesca, sie drückt mir einen flüchtigen Kuss auf die Wange. Sollte die Waffenruhe schon beendet sein? »Minestrone und Carpaccio, in Ordnung?«

Ich nicke.

Auch heute Abend warten wir, bis Manu im Bett ist, um zu reden. Francesca räumt die Küche auf, ich setze mich an den Tisch und frage: »Soll ich dir helfen?«

»Nein, ich habe heute noch gar nichts getan.« Pause. »Deine Mutter hat Angst, dich zu stören, wenn sie dich im Büro anruft.« Sie erwartet keine Antwort, sondern spricht weiter: »Auf dem Rückweg habe ich bei der Buchhandlung Feltrinelli vorbeigeschaut. Wenn du ins Arbeitszimmer gehst« – was in der Theorie unser gemeinsames Arbeitszimmer ist, doch nur sie benutzt es – »auf dem Schreibtisch, vor dem Drucker steht noch die Tüte. Holst du sie bitte?«

Ich gehe. Auf dem Schreibtisch herrscht die gewohnte Unordnung; für mich ist es ein Rätsel, wie sie in diesem Chaos irgendetwas findet. Doch die Tüte steht dort, wo sie gesagt hat, und ich nehme sie mit in die Küche. Francesca trocknet sich die Hände an der Schürze ab und holt ein Buch heraus.

Eine Frau mit dem Gehirn einer Barbiepuppe ist natürlich ein Unglück, doch eine mit einem Gehirn wie Einstein bringt einen manchmal in Verlegenheit.

»Ich bin zu Feltrinelli gegangen und habe brav gewartet, bis ich meinen Lieblings-Buchhändler abfangen konnte …«

Andere Frauen haben den Frisör, den Schneider, den Floristen ihres Vertrauens, meine hat einen Buchhändler. Abgesehen davon könnte kein Schneider oder ein anderer sie schöner machen, als sie ist, höchstens gekünstelter.

»Und ich habe ihn gefragt, ob es ein Buch über Blumen gibt, aber nicht so eins, in dem es darum geht, wie man Blumen pflegt.« Sie lacht. »Als ich Blumen gesagt habe, dachte ich, jetzt fällt er gleich tot um, er weiß nämlich, dass das eigentlich nicht mein Thema ist. Ich habe schon über alle möglichen Themen Recherchen angestellt, aber über Blumen das erste Mal.«

Alle diese Fremden, die mit ihr Momente des Lebens teilen … Sie ist eifersüchtig auf die Frauen, mit denen ich ins Bett gehe, kurze und schnelle Affären, ich bin eifersüchtig auf alles, was sie überall von sich zurücklässt.

Sie drückt mir ein Buch in die Hand, eine dicke, gebundene Ausgabe mit weißem Umschlag und verspieltem Layout. »Alfredo Cattabiani: *Florario*, Mondadori Verlag.

Ich schaue Francesca an, ob sie jetzt endgültig verrückt geworden ist.

»Die Sprache der Blumen. Hast du noch nie davon gehört? Rote Rose bedeutet Leidenschaft und Lilie Reinheit. Schlag mal Seite 553 auf. Ich habe ein Lesezeichen hineingetan, damit du es gleich findest. Von Mitte der Seite an.«

Auch ein Trottel wie ich kapiert, dass der Autor hier die Blumen mit ihrer entsprechenden Bedeutung auflistet: »Die Kamelie oder der abgerissene Lebensfaden …«

»Ich habe es schon gelesen. Der interessanteste Teil ist die Schlussfolgerung.«

Also lese ich die erste Seite: wissenschaftlicher Name, Ursprung, Verbreitung, Marguerite Gautier, Alexandre Dumas der Jüngere. Und dann bin ich auf der folgenden Seite, wo der Autor Sorte für Sorte die unterschiedlichen Bedeutungen erklärt: »Weiß mit gefüllter Blüte: Mein Gedanke gilt dir. Weiß mit einfacher Blüte: mütterliche Liebe.« Ich halte inne und nehme den Zettel, auf dem ich mir die Bezeichnungen von Nando und Borgese notiert habe. Ja, es sind dieselben. Ich drehe den Zettel und das offene Buch so, dass Francesca lesen kann.

»Sie schickt dir Botschaften, Anto. Mit der ersten sagt sie dir, dass sie an dich denkt, mit der zweiten verweist sie auf deine Mutter. Lies mir die anderen vor!«

»Anemonenförmig: trügerische Wahl. Rosa Sasanqua … Herrgott, Francesca, das bringt doch nichts. Weißt du, wie eine rote anemonenförmige Kamelie oder«, ich schiele in das Buch, »eine rosa Sasanqua aussieht?«

»Borgese vielleicht?«

»Er hat mich mit einem Buch abgespeist, vielleicht meint er, ich hätte nicht die richtige Flughöhe, um ein Gespräch mit ihm führen zu dürfen.«

»Jetzt rede dir bloß mal keine idiotischen Komplexe ein. Das Problem hat doch er, er leidet nämlich unter Hybris.« Sie sieht mein Gesicht und erklärt: »Akademisch gesagt. Hybris heißt Überheblichkeit. Negative Wertschätzung im übertragenen Sinn. Klar?«

»Klar.« Auch bei uns gibt es einen Jargon.

»Vielleicht sind Abbildungen in dem Buch, das er dir gegeben hat. Wir könnten ja mal reinschauen.«

»Im Büro.« Ich wollte es eigentlich mit nach Hause nehmen, habe es aber vergessen. »Wie auch immer, ich glaube nicht, dass es mir weiterhilft.« Francesca spült die Teller ab, und ich sage weiter: »Vielleicht hat Nando doch mehr gebracht. Du bist geschickt mit ihm umgegangen.«

»Geschickt?« Sie dreht sich um, das Wasser tropft von ihren nassen Händen auf ihre Füße. Francesca war noch nie eine vorbildliche Hausfrau.

»Na ja, du hast leicht den Zugang zu ihm gefunden und ihn dazu gebracht, dass er mitarbeitet. Das ist nicht einfach. Vor allem mit solchen wie ihm.«

Wut, blanke Wut, wenn ihre Stimme so ist, steht sie kurz vor dem Explodieren: »Ich habe keinen Zugang gefunden. Er ist für mich einfach ein Mensch, ein Mensch mit Rechten, Pflichten, Empfindungen und allem drum und dran. Und als Mensch habe ich ihn behandelt!«

»Pass auf, das Spiel des bösen Polizisten funktioniert bei mir nicht.«

»Aber nur, weil du einen schlechten Umgang pflegst.«

Sollte ihre Wut schon verraucht sein? Ich versuche, das Thema zu wechseln: »Morgen setze ich mich mit Anselmi und Iachino zusammen, und wir rekapitulieren das Ganze. Ich habe die Akte mitgebracht ...«

»Wer ist Iachino? Kenne ich ihn?«

»Knappe dreißig, kurze schwarze Locken.«

»Der immer so gerne lacht?« Sie spült einen Teller ab. »Einmal habe ich auf dich gewartet, da hat er Leute nachgemacht, ich habe mich fast auf dem Boden gewälzt vor Lachen.«

Ich weiß nicht, ob mich ein Polizist, der Leute nachmacht, wirklich zum Lachen bringen würde: »Wen hat er nachgemacht?«

»Dich zum Beispiel. Er kann dich gut nachmachen. Mit deinem ewigen ›wie auch immer‹, das du überall unterbringst, vor allem, wenn die Dinge nicht so laufen, wie es dir passt.«

»Also immer.« Mir ist nach Lachen zumute, doch ich bin auch ein bisschen gekränkt. Was willst du machen, wenn deine Frau und ein Untergebener sich hinter deinem Rücken über dich lustig machen?

»Er will so werden wie du.« Oje, das bringt mich aus dem Konzept. Ich schaue sie an. Sie wirft mir einen schelmischen Blick zu, die Mundwinkel zu einem Lächeln verzogen. Sie amüsiert sich.

Ich sehe, wie sie den Wasserhahn zudreht und sich mir zuwendet, während sie den Knoten der Schürze löst. In kurzer Hose und T-Shirt steht sie vor mir, barfuß wie immer. »Franto?«

Also ist die wunderbare Periode der Waffenruhe doch noch nicht zu Ende! Franto, die alte Formel aus der Zeit, als wir jung verliebt waren: Francesca und Antonio, zusammen ›Franto‹. Unsere Parole, um auszudrücken, dass wir zusammen sind.

Erst viel später, tief in der Nacht, schlagen wir, auf dem Bett liegend, die Akte des Falls Kamelie auf. Wir lesen einander abwechselnd vor, leise, damit wir Manu nicht wecken, die im Zimmer nebenan schläft. Francesca hat sich einen Block geholt und notiert hin und wieder, was ihr wichtig erscheint. Auf einem losen Blatt hält sie fest, was zu tun ist.

»Jetzt schreiben wir erst einmal alles auf, was uns einfällt, und hinterher ordnen wir es.« Ich nicke. Gerne hätte ich auch als offizielle Mitarbeiterin so jemanden wie Francesca, es ist schon klar, warum sie für ihre Beratungstätigkeit so gut bezahlt wird. »Ich würde sagen, wir fangen damit an, dass wir die Themen bestimmen, dann legen wir für jedes das weitere Vorgehen fest.«

Ich versuche, mich zu konzentrieren, was angesichts der Tatsache, dass sie nur ein Levis-T-Shirt der Größe XXL trägt, nicht so einfach ist.

»Eins: Informationen über die Mörderin. Eins eins ...«

»Eins eins?«

»Wie die Verzweigungen eines Baumes.« Sie macht mir eine Zeichnung, und ich komme mir vor wie ein dummer Junge. »Das Stichwort unter eins wird durch weitere Unterteilungen nochmals präzisiert, wobei man wiederum mit eins beginnt. Eins eins soll also heißen ...«

»Ich hab's kapiert.«

»Eins eins: Sie kannte die Gualtieri. Vielleicht war sie eine Prostituierte oder ist es noch. Fragen, Fotos zeigen. Eins eins eins: Maura Gualtieri. Eins eins zwei: den Nachbarn. Eins eins drei: im Tropicana. Hast du verstanden, wie die Nummerierung funktioniert? So kann man ganz einfach komplexes Material strukturieren.«

Ich nicke. Die Nummerierung ist mir egal, doch der Austausch mit ihr hilft mir, den Problemen auf den Grund zu gehen.

»Eins zwei: Kannte sie die Lotti? Fragen, Fotos zeigen. Der Tochter von Jolanda Lotti: eins zwei eins. Eins zwei zwei: den Nachbarn der Lotti und den Geschäftsinhabern im Viertel. Eins zwei drei: deiner Mutter.«

»Das haben wir schon.«

»Wiederholen.« Sie steht im Bett auf und hebt den Bleistift, als wolle sie um Aufmerksamkeit bitten. Doch aufmerksamer als jetzt kann ich gar nicht sein. »Sie hinkt. Sie hinkt vielleicht. Deiner Mutter hast du das nicht gesagt, vielleicht auch den anderen nicht.«

»Ich habe es ja erst heute Nachmittag erfahren.«

»Diese Möglichkeit musst du aber berücksichtigen, wenn du sie beschreibst, genau wie du die männliche Version des Phantombildes zeigen musst.« Zu jedem der bisherigen Stichworte fügt sie einen Punkt »hinkt« und einen Punkt »Frau/Mann« hinzu. Jetzt liegt sie wieder auf dem Bauch in unserem Bett und studiert aufmerksam die Akte: »Deine Mutter hat den Eindruck, sie hätte die Lotti schon mit der Mörderin gesehen.« Ich nicke.

»Vielleicht nicht wirklich zusammen, sie meinte, eher wie auf einem Foto, auf dem die beiden zwar abgebildet sind, sich vielleicht aber gar nicht kannten.«

»Ja, das hast du mir schon erzählt.«

»Aber die Mörderin ist mit der Pralinenschachtel von Romanengo in die Wohnung der Lotti gekommen ... Ich hatte angenommen, dass sie sich dort zum ersten Mal gesehen haben«, sagt Francesca.

Ja, ich erinnere mich an ihre Rekonstruktion. Und auch wenn sie im Grunde von einer falschen Voraussetzung ausgegangen ist, hat sie uns doch zu einer genaueren Beschreibung verholfen – die uns die Prati geliefert hat – und damit zur Möglichkeit, dass die Mörderin als Mann verkleidet umhergeht und hinkt, was zur Maskerade gehören oder eine Tatsache sein könnte. Ich lege den Arm um Francesca: »Und wenn sie sich gekannt haben, nur eine oberflächliche Bekanntschaft, wäre das ein Problem? Nein. – Sie klingelt, um die Schachtel abzugeben. Sie tut das so, dass sie von Jolanda Lotti erkannt wird. Natürlich bittet diese sie herein, und als sie um ein Glas Wasser gebeten wird, lässt sie die Frau auch ohne Bedenken allein im Flur stehen. Das halte ich sogar für die bessere Lösung. So penibel, wie sie war, kann ich mir nicht vorstellen, dass die Lotti eine völlig Unbekannte, die sie vielleicht bestehlen könnte, einfach im Flur alleine lässt.«

Francesca drückt sich gegen mich: »Okay.« Pause. »Die Lotti ist dir nicht sehr sympathisch, oder?«

»Ist das so offensichtlich?«

»Ich will diejenige fassen, die die Gualtieri getötet hat, das hast du immer wieder gesagt, du hast nie die arme Signora Lotti mit eingeschlossen.« Sie nimmt das Blatt wieder zur Hand und rückt ein wenig von mir weg. »Ich muss mich konzentrieren.«

Auch ich muss mir Mühe geben, meine Gedanken beieinanderzuhalten.

»Sind wir mit der Mörderin fertig? Im Augenblick fällt mir nichts mehr ein.« Sie wedelt mit dem Blatt Papier. »Siehst du, bei diesem System der Nummerierung kann man an der richtigen Stelle Ergänzungen machen, ohne alles noch einmal schreiben zu müssen.«

Ich sehe das Gesicht Anselmis vor mir, wenn ich ihm das erkläre. Iachino gefällt es vielleicht, es ist immerhin etwas Neues.

»Jetzt kommen wir zu den Gegenständen. Zwei: Kamelie. Zwei eins: mehr über Kamelien erfahren, also das Buch von Borgese lesen, auch wenn es langweilig ist. Zwei zwei: symbolische Bedeutung? – Den *Florario* konsultieren, das

Buch, das ich gekauft habe. Zwei drei: Borgese teilt die Fotos in zwei Stapel auf, Nando in vier. In Blumengeschäften und Gärtnereien nachfragen. Was wissen wir schon darüber? Das könnte interessant sein.«

»Wir müssen auch herausfinden, welche Bedeutung Kamelien für die Mörderin haben.«

»Dann hätten wir die Lösung schon fast.«

»Drei …« Ganz plötzlich bricht Francesca in Tränen aus.

»Eins, zwei, drei, du bist an der Reih'.« Sie wischt sich die Tränen aus dem Gesicht, sie hasst es, wenn man sie weinen sieht. »Und drei bin ich.«

»Ich werde nicht zulassen, dass dir etwas passiert. Bin ich nun Polizeikommissar oder nicht?«

»Wenn sie dich aber doch treffen will, Anto, dich leiden lassen will … Pass auf.« Sie zählt an den Fingern ab. »Der erste Mord, um dich zu warnen, der zweite ist eine Frau, die mit deiner Mutter zu tun hat. Wenn ich die Nummer drei bin«, sie fasst an den dritten Finger, »dann sag du mir, wer die Nummer vier ist?«

Ich schaue ihr in die Augen und verspüre dieselbe Panik, sie schnürt mir die Kehle zu, ich bringe kein Wort heraus. Jemand, der meinen Job macht, weiß, dass er sich in einer Paniksituation eine Kugel einfangen kann oder einen Messerstich in den Hals. Das gehört zu den Risiken. Theoretisch weißt du, dass ein Verrückter umgehen und deinen Lieben etwas antun kann. Theoretisch. In der Praxis sieht das ganz anders aus, es ist viel schlimmer.

»Manu.« Wer von uns das ausspricht, ist unwichtig.

Francesca erstarrt in meinen Armen. Sie ist eigentlich keine furchtsame Frau. Doch ich weiß nur allzu gut, wie Panik aussieht, als dass ich sie nicht erkennen würde. Auch ich ließe mich gerne trösten und beruhigen, doch das muss ich zurückstellen. »Wir können uns auch irren. Und wenn wir

Recht haben, dann können wir sie aufhalten, bevor sie handelt.«

»Wir können Manu schützen.«

»Das ist selten der beste Weg. Man kann niemanden für immer schützen, nicht über längere Zeit, ohne sein Leben zu ändern. Und niemals absolut sicher. Jedes Mal, wenn jemand wirklich zuschlagen wollte, dann hat er es trotz aller Schutzmaßnahmen getan.« Francesca lebt in einer Welt der Worte. Auf sie haben sie eine tiefe und unmittelbare Wirkung. Ich habe einfach drauflosgeredet, um sie zu beruhigen, und beim Zuhören hat sie sich wieder unter Kontrolle gebracht.

»Also müssen wir mit Hochdruck arbeiten, Anto.« Sie sitzt mit untergeschlagenen Beinen auf dem Bett. Sie hat genau denselben Ausdruck von Entschlossenheit, Kompetenz und Überzeugungskraft im Gesicht wie damals, als ich sie in Rom bei einem Seminar über Monitoring und Evaluation kennen gelernt habe. Auf der Rückreise saßen wir dann zufällig im selben Abteil und haben entdeckt, dass wir gar nicht weit voneinander wohnten. Es heißt, dass Eisenbahnreisen langweilig sind – nun, es kommt immer auf die Gesellschaft an.

»Die Mörderin will dir nicht nur begegnen. Nein, sie will dich leiden sehen, Anto. Ich glaube, das habe ich schon gesagt. Aber warum will sie das?«

»Verrückte gibt es überall.«

»Sie ist nicht verrückt, Anto. Sie ist geistig klar und denkt einfach nur auf ihre sehr eigene Weise.«

»Und sie tötet.«

»Ja, sie tötet. Um dich leiden zu lassen. Du solltest versuchen herauszufinden, wer sie ist.«

»Was tue ich denn deiner Meinung nach? Das heißt, was machen wir, ich und die anderen zwei oder drei armen Wichte, die von Beruf Polizist sind?«

»Ich habe dir schon einmal gesagt: Wenn ein Weg nicht zur Lösung führt, dann versuche ich, einen anderen einzuschlagen. Eins ist sicher: Dich will sie leiden lassen. Bist du also die richtige Person, um herauszufinden, wer sie ist?« Sie sieht mich an und dann wieder weg. »Nein, ich glaube doch nicht.«

Ich schweige.

»Keiner von uns weiß, wem er ein Leid zugefügt hat, vor allem, wenn wir es getan haben, ohne es zu wollen.«

»Es muss doch ein konkretes Ereignis gegeben haben.«

»Wenn du nicht so blind wärst, könntest du es sehen.«

»Ich sehe noch sehr gut, Fran.«

»Ich meine das im übertragenen Sinn. Wenn du zu dicht dran bist, kannst du die selbstverständlichsten Dinge nicht erkennen, außerdem fehlt dir der Blick aufs Ganze.«

»Dann komme ich da nicht weiter. Mir bleibt nur die traditionelle Ermittlung.« Ich nehme das Blatt Papier, das sie fallen gelassen hat. »Es lief doch so gut.« Ich lese. »Wir waren bei drei angelangt.«

»Drei: das Farbtöpfchen. Vielleicht erinnert sich jemand, es verkauft zu haben, an eine Frau oder einen Mann, der oder die auf die Beschreibung passt. Vielleicht bekommen wir damit noch ein paar Informationen mehr. Vier ... Mir fällt nichts mehr ein.« Sie schaut auf die Uhr. »In drei Stunden klingelt der Wecker, du solltest noch ein bisschen schlafen.«

»Das gilt auch für dich.«

»Ich kann auch noch schlafen, wenn ich Manu zur Schule gebracht habe, oder am Nachmittag.« Ja, jetzt fällt es mir wieder ein, sie hat ja eine Woche Urlaub genommen. »Aber du solltest schlafen, sonst schläfst du noch am Schreibtisch ein, und Anselmi ...« Sie schlägt das Laken zurück und schiebt mich darunter, wie ein zu groß geratenes Kind. »Ich schreibe unsere Notizen noch einmal ordentlich ab.«

Ich versuche zu protestieren, ich will, dass sie hier bei mir schläft, doch sie hat Recht. Ich bin so müde, dass ich das Gefühl habe, ich werde in einem Boot vom Ufer weggetrieben …

Francesca weckt mich, nicht der Wecker. »Zeit, aufzustehen, Anto, ich habe dir Kaffee gemacht.« Sie trägt ihren weißen Frottee-Bademantel, doch das will nichts heißen, sie mag nämlich keine seidenen Negligés, und Bademäntel sind universell einsetzbar.

»Hast du ein bisschen geschlafen?«

»Ja.« Sie sieht mich an. »Hier neben dir, doch du hast es nicht gemerkt.« Sie geht zur Tür. »Mach leise, Manu schläft noch.«

Die Scheiben der Duschkabine sind beschlagen, in den Vertiefungen der Gummimatte im Duschbecken steht noch das Wasser. Sie hat eben erst geduscht. Ich schnuppere, ja, das ist ihr Shampoo.

Die Küche ist aufgeräumt, und sie hat offenbar auch den Boden gewischt.

Auf dem Tisch die Espressomaschine mit Untersetzer, Zuckerdose und zwei Espressotassen.

Sie sitzt schon da und wartet mit dem Kaffee auf mich. Ihr Gesicht wirkt frisch und glatt, als hätte sie die ganze Nacht geschlafen. Beim Einschenken sagt sie: »Ich habe die Notizen noch abgeschrieben« und reicht mir ein sauberes, ordentliches DIN-A4-Blatt.

Sie hat alles noch einmal in den Computer getippt und ausgedruckt, und ich habe nichts gehört. »Hast du wirklich geschlafen?«

»Ich war nicht müde.«

Dienstagmorgen, nach neun Uhr

Da wären wir also, jeder mit seinem Blatt voller Notizen.

Ich übertrage Anselmi gleich die Aufgabe, die Arbeit zu koordinieren. Er ist der einzige Sorgfältige von uns dreien, und außerdem liebt er Schreibtischarbeit. Er wird aufschreiben, was zu tun ist und wer sich darum kümmern soll. Wir werden ihm die Ergebnisse liefern, die er wiederum an die Gruppe weitergibt. Ich weiß, dass das eigentlich mein Job wäre, aber ich habe keine Lust, hier drinnen eingesperrt zu sein und die Hände in den Schoß zu legen.

Ich habe das von Francesca beschriebene Blatt genommen, ihre exzentrische Nummerierung ausgestrichen und habe drei Kopien davon gemacht, für jeden eine.

Anselmi hat ebenfalls ein Papier, von dem er Kopien gemacht hat, und schlägt Iachino vor, dasselbe zu tun.

Ich lege die drei Listen nebeneinander und markiere zunächst die gemeinsamen Punkte.

Vielmehr den gemeinsamen Punkt: den Nachbarn von Gina Gualtieri und Jolanda Lotti und deren Verwandten die Zeichnung zeigen.

»Machst du das, Iachino?« Er ist einer der wenigen, bei dem mir das Sie nicht über die Lippen kommt. Und doch sollte ich mich bemühen, denn eigentlich duze ich Menschen nicht gerne, die mich siezen.

»Natürlich, Commissario«, sagt er, denn er ist ein Arbeitstier. »Eines habe ich nicht auf die Liste gesetzt, denn es ist mir erst jetzt eingefallen: Soll ich es auch im Büro der Signora herumzeigen?«

»Welcher Signora?«

»Im Büro Ihrer Frau, Commissario. In der Consulting-Agentur.« Er spricht rasch weiter: »Der Brief wurde ja dorthin geschickt. Der Mörder muss sich dort herumgetrieben haben, um Informationen zu bekommen. Vielleicht weiß der Pförtner etwas.«

»Gute Idee.«

Ich bin mit dem Satz noch nicht zu Ende, da hat Anselmi den Auftrag schon in seiner Liste ergänzt und Iachino danebengeschrieben.

»Jetzt schauen wir mal, was Sie sich aufgeschrieben haben, Anselmi.«

»Das Farbtöpfchen. Das steht aber auch bei Ihnen, Commissario.« Er hat wohl keine Lust, das Büro zu verlassen, um an einem Regentag Ende März durch die Stadt zu laufen. Ob das seine Art ist, mir zu sagen, dass ich das erledigen soll?

»Damit beauftragen wir Ravazzi.« Ich wende mich Anselmi zu, »Geben Sie ihm das Phantombild in beiden Versionen und die Angaben auf dem Farbnäpfchen und schicken Sie ihn dann los.«

»Ich könnte zuerst bei den Schreibwarengeschäften anrufen, um herauszufinden, wer den Artikel überhaupt führt.«

»Auch bei Geschäften mit Künstlerbedarf.«

Und er schreibt auf:

– Schreibw.gesch. und Künstlerbed. anr. (Anselmi)

– mit Phantombild Mann/Frau hingehen (Ravazzi).

»Was ist mit deiner Liste, Iachino?«

»Die Perücke, Commissario.«

»Das haben wir schon ermittelt«, stellt Anselmi klar, pikiert darüber, dass jemand auf die Idee kommen könnte, er hätte ein Indiz vernachlässigt. »Die gibt es in der Karnevalszeit bei Standa. Sie werden dort zu Hunderten verkauft, man nimmt sie für ein Clownskostüm. Ausgeschlossen, dass sich dort jemand an alle erinnert, die so eine Perücke gekauft haben. Das ist anders als bei Künstlerfarben.« Beim letzten Satz hat seine Stimme einen belehrenden Ton angenommen.

»Das habe ich nicht gemeint. Ich weiß, dass Sie das recherchiert haben. Ich habe etwas anderes gemeint«, antwortet Iachino und verstummt dann.

»Weiter, Iachino«, fordere ich ihn auf. Auch ich fühle mich hin und wieder von Anselmi gemaßregelt.

Iachino räuspert sich: »Eine Prostituierte wurde ermordet, neben ihr hat man eine rote Perücke gefunden.«

»Es ist nicht bekannt, dass die Gualtieri rote Perücken benutzt hätte.«

»Ganz ruhig, Anselmi. Lassen wir …«, ich will schon sagen »den Jungen«, doch ich schwenke gerade noch rechtzeitig um, »Iachino ausreden.«

»Eine Kreuzabfrage mit zwei Suchbegriffen: ›Prostituierte‹ und ›rote Haare‹.« Er macht eine Pause, dann spricht er weiter. »Man muss nur in den Archiven schauen.«

»Darum kümmern Sie sich bitte, Anselmi.«

Der lächelt, auch wenn die Idee von Iachino ist. Er liebt solche Recherchen. Er notiert: Prostit. roth. (Anselmi).

»Kamelien. Ist das eine zufällige Wahl? Ist es Zufall, dass beim ersten Mord eine Sorte und beim zweiten eine andere genommen wurde?« Ich lege das Buch, das Francesca mir besorgt hat, auf den Tisch. »Ich glaube nicht.« Ich schlage die Seite 553 auf. »Anselmi, Sie sollten Kopien dieser und der Folgeseite machen. Lesen Sie sich das bitte durch, vielleicht kommt Ihnen eine Idee.«

Während Anselmi schreibt, streckt Iachino die Hand aus, klappt das Buch zu, wobei er den Finger als Lesezeichen nimmt. *Florario*. Er sieht mich an. »Was soll das heißen? Davon habe ich noch nie gehört.«

»Die Sprache der Blumen. Jede hat eine Bedeutung.«

»Wie sind Sie denn an ein solches Buch gekommen, Commissario?«, fragt Iachino, Anselmis vorwurfsvollen Blick ignorierend.

»Ich habe geheiratet.« Eine nebulöse Antwort, aber nahe an der Wahrheit, denn schließlich hat meine Frau das Buch entdeckt.

Ich weiß, dass er gerne nachfragen würde, doch auch ich muss auf meinen Ruf achten – ein Hauch von Geheimnis ist nie verkehrt!

»Ich würde gerne noch einmal mit Torrazzi reden. Das Medikament.« Ich schlage die Akte auf, sorgfältig wie er ist, hat er natürlich den Namen des Präparats aufgeschrieben. »Ich wüsste gerne mehr darüber, zum Beispiel in welchen Fällen es verschrieben wird und warum.«

»Meine Tante hatte mal einen Ischiasanfall.«

»Ich auch«, schaltet sich Anselmi ein, doch Iachino spricht weiter: »Eine furchtbare Sache. Sie konnte weder stehen noch sitzen. Dann haben sie ihr ein Schmerzmittel gegeben. Vielleicht hat die Mörderin ja tatsächlich gehinkt, vielleicht hat sie ein steifes Bein. Möglicherweise hat sie jetzt oder hatte sie früher schon Schmerzen. So war sie schon im Besitz des Medikaments und hat dann einfach die Dosis erhöht.«

»Sehr gut, Iachino«, lobe ich ihn, und er wird rot. »Ich rede mit Torrazzi.«

Das Telefon klingelt: ein interner Anruf. Beim Abnehmen weiß ich schon, dass es Serra ist. Ich bin mir sicher, dass er auf den neusten Stand gebracht werden will, was den Fall betrifft. Ich weiß, dass ich keine guten Nachrichten für ihn habe.

Er jedoch hat gute Nachrichten für mich: Er werde noch weitere drei Tage fort sein, er wolle nur mal kurz hören. Ich gebe das an die anderen weiter und lehne mich zurück. »Ich glaube, das war's für den Moment. An die Arbeit.«

Anselmi steht auf. Iachino ebenso, doch statt zu gehen, setzt er sich wieder.

»Was ist los?«

Er nimmt sein Notizbuch, schlägt es auf und sieht mich an. »Gestern habe ich mit der Tochter der Lotti gesprochen, ja, ich weiß, ich muss noch einmal mit dem Phantombild hingehen, doch das wusste ich gestern ja noch nicht.« Er wirft mir einen verschmitzten Blick zu. »Sie hatten wirklich Recht, Commissario, sie ist eine … na ja, jedenfalls als Frau nichts Besonderes. Und irgendetwas aus ihr herauszubekommen … man muss ihr alles einzeln aus der Nase ziehen. Sie sagt, sie will mitarbeiten, rückt aber mit nichts raus. Doch ein bisschen was habe ich über ihre Mutter erfahren. Wenn Sie, Commissario, nicht über das Medikament gesprochen hätten, dann hätte ich es vielleicht vergessen, und möglicherweise ist es ja auch ganz unbedeutend.«

»Zur Sache, Iachino.«

»Die Mutter litt an Schmerzen im Rücken und in den Beinen. Vor drei Jahren ist sie einmal im Hausflur gestürzt, dort sind drei Stufen, und der Läufer war schlecht befestigt. Da hat sie die Hausverwaltung verklagt. Ich weiß es deshalb, weil die Tochter mich gefragt hat, ob der Prozess auch weitergehen würde, obwohl die Mutter tot ist, und dass sie die Kosten getragen hätte, sie, nicht die Mutter, und dass es ja im Grunde richtig wäre, eine Entschädigung zu bekommen, die könnte man dann vielleicht spenden, es ginge aber doch ums Prinzip. Ich konnte sie nicht stoppen, Commissario.«

Ich schaue ihn an. Es ist mir nicht ganz klar, was das mit unserem Fall zu tun hat. »Uns interessieren die Schmerzen der Mörderin, nicht die des Opfers. Oder sollen wir annehmen, dass die Lotti die Gualtieri umgebracht hat? Dann hat sie sich selbst getötet, und als sie tot war, noch einen Finger abgeschnitten und an mich geschickt, und dann hat sie noch aus dem Leichenschauhaus den Brief an meine Frau geschrieben?«

»Ich musste es Ihnen aber doch sagen. Man kann ja nie wissen, wozu es gut ist.«

»Natürlich, Iachino. Das hast du richtig gemacht. Schreib ein paar Zeilen und gib sie Anselmi, damit er sie in die Akte heftet.«

»Ich wollte Ihnen nicht Ihre Zeit stehlen, Commissario.« Er steht auf.

»Keine Sorge, ist schon in Ordnung.«

Endlich allein.

Stille. Frieden.

Endlich kommt die Ermittlung in Gang. Nur darf ich mich nicht von Panik übermannen lassen. Es ist eine Ermittlung wie jede andere.

Nach und nach werde ich die eingeforderten Fakten bekommen, und mit viel Geduld wird sich ein stimmiges Bild ergeben.

Indessen sollte ich meine Hausaufgaben machen.

Das Buch des Professors – dabei sitze ich wenigstens und kann mich ein bisschen ausruhen. Es war eine schöne Nacht, so schön, wie ich sie schon lange nicht mehr erlebt habe, aber genau deswegen ist mir danach, mich zu entspannen.

Es regnet – ein Märzregen, der nach Schirokko riecht. Endlich einmal ist mir mein Schreibtisch nicht zuwider.

Und das Büro ohne Anselmi auch nicht.

Ich lese und mache mir Notizen. Blütezeit ist jedenfalls im Winter und im Frühjahr. Die Pflanze ist sehr gut an der ligurischen Küste und an den oberitalienischen Seen akklimatisiert.

Dann kommen die technischen Details … Ob die Mörderin die wohl kennt … Sie wird doch wohl kein Diplom in Botanik haben und auf die *Camellia japonica* spezialisiert sein!

Doch auch Nando hat kein Diplom und versteht trotzdem etwas davon. Vielleicht arbeitet sie in einer Gärtnerei oder in einem Blumenladen.

Ich schreibe das auf.

Der Tag zieht sich hin, ich bin müde. Zu früh noch für die Ergebnisse der Befragungen, die ich angeleiert habe. Einer dieser düsteren Tage, an denen der Frühling noch weit weg scheint. Am liebsten würde man sich in ein Bett verkriechen und schlafen – in Ermanglung von Anderem.

Ob Francesca sich noch einmal hingelegt hat?

Da ich sie kenne, bezweifle ich das. Sie wird am Schreibtisch sitzen und irgendwelchen Überlegungen für ihre Arbeit nachhängen. Oder für die Ermittlung. Ich könnte sie anrufen und fragen, ob sie Lust auf ein gemeinsames Mittagessen hat.

Ich strecke die Hand aus, und das Telefon klingelt: »Commissario Mariani.«

»Torrazzi. Ich habe Anselmi getroffen, und er hat mir gesagt, dass du mit mir sprechen willst.«

»Ja, wann immer du Zeit hast.«

»Ich gehe jetzt eine Kleinigkeit essen. Wenn du willst …«

Er ist einer der wenigen Freunde, die ich hier habe, der Einzige, mit dem ich hin und wieder über Persönliches spreche. Und wie ich verabscheut er die Kantine, vor allem deshalb, weil dort jeder jeden im Auge hat. Er nennt das den Kloster-Effekt.

»Ich lasse Anselmi eine Nachricht da.«

Wir gehen in dieselbe *Tavola calda*, in der ich vor ein paar Tagen schon mit Francesca gewesen bin. Als würde er meine Gedanken lesen, fragt er mich, wie es meiner Frau geht, während wir überlegen, was wir nehmen sollen.

»Gut. Und auch zwischen uns steht es ganz gut.«

Anflug eines höflichen Lächelns.

»Und dieser Fall macht ihr Sorgen«, sage ich.

»Welcher Fall?«

»Gualtieri und Lotti.« Torrazzi sieht mich verstört an. Er

hat kein Namensgedächtnis. »Die abgetrennten Zeigefinger.«

»Ach die! Was hat Francesca damit zu tun?« Er nennt sie beim Vornamen, denn wir treffen uns ab und zu auch privat. »Hat sie deinetwegen Angst? Aber du weißt doch, dass sie ein dickes Fell hat. Ist sie schwanger?«

»Ich glaube nicht. Warum?«

»Schwangere Frauen leiden unter irrationalen Ängsten. Na gut, Francesca ist wirklich eine sehr vernünftige Frau.«

»Francescas Angst ist nicht irrational.« Mit irgendjemandem muss ich sprechen, mit jemandem, den ich kenne und den nicht mehr viel wundert. »Es sieht so aus, als habe der Mörder mich und meine Familie im Visier.« Beim Essen erzähle ich ihm dann von den letzten Wochen.

»Diese Geschichte ist wirklich nicht schön, Antonio. Wenn ich dir irgendwie helfen kann ... Aber nur, wenn ich nichts schriftlich formulieren muss ...« Mit diesem letzten Satz versucht er, die Spannung abzubauen, doch keiner von uns lacht.

»Deswegen wollte ich dich ja sehen. Das Medikament, das der Gualtieri injiziert wurde ...«

»Ich habe den Namen des Wirkstoffs doch aufgeschrieben.«

»Chemie war noch nie meine Stärke.«

»Es ist ein Wirkstoff, den man in vielen Medikamenten findet. Er ist leicht zu dosieren und gut verträglich. Zumindest in der vorgeschriebenen Dosierung.«

»Natürlich.«

»Nebenwirkungen sind selten und halten auch nicht lange an: Schläfrigkeit und Kopfschmerz, wie alle Analgetika. Über längere Zeit eingenommen, können sich auch Magenprobleme einstellen.«

»Klar.« Ich schiebe den Teller weg und trinke einen Schluck Bier. »Wogegen wird es verschrieben?«

»Ich dachte, das weißt du. Gegen Schmerzen ...«, er zögert beim Versuch, einen genauen, für einen Laien verständlichen Begriff zu finden, »... es wird bei Entzündungen des Schultergelenks, Ischias und Halswirbelsyndrom verschrieben ... bei akuten Schmerzen also.« Auch er ist fertig und schiebt den Teller weg.

»Kaffee?«

Er nickt.

»Sie kann sich die Spritze nicht selber gegeben haben, oder?«

»Nein, das glaube ich nicht.«

»Ist es schwer, Injektionen zu spritzen?«

»Nein. Man muss keine ausgebildete Krankenschwester sein. Diese war sogar ganz gut gemacht.« Er lacht. »Die Spritze, meine ich, nicht die Gualtieri.« Er lacht wieder. »Nicht, dass die Gualtieri nicht gut gemacht wäre, doch ich habe von der Injektion gesprochen.«

Torrazzis Problem: Die Worte und Sätze scheinen sich gegen ihn aufzulehnen. Wenn er spricht, kann er es ja richtigstellen, aber wenn er sie schwarz auf weiß niederschreibt, dann weiß man nie, was er meint.

»Ein winzig kleines Hämatom, so groß wie ein Fünfzigcentstück. Wer das gemacht hat, war gewiss kein Fachmann, aber er hatte eine ruhige Hand.«

»Jemand, der daran gewöhnt ist, sich selbst zu spritzen, weil er muss?«

»Möglich.« Wir stellen die leeren Tassen ab. Die Mittagspause ist zu Ende.

Als wir schon fast bei der Questura sind, kommt mir plötzlich ein Bild in den Sinn, und ich muss lachen. Es ist ein hysterisches Lachen.

»Was ist denn, Antonio?«

»Die Tochter der Lotti hat Iachino erzählt, dass die Mutter

Schmerzen im Rücken und am Bein hatte.« Ich bleibe stehen und packe ihn am Arm, er soll dasselbe Gefühl von Absurdität verspüren wie ich. »Da habe ich Jolanda Lotti vor mir gesehen, wie sie der Gualtieri das Medikament verabreicht, und sie dann erstickt …«

»Und ihr den Finger abschneidet.«

»Keine schlechte Idee. Aber wer hat die Lotti umgebracht?«

»Es geht auf Ostern zu. Die Gualtieri ist wiederauferstanden. Vielleicht ist ja jetzt auch für die Huren die Zeit der Auferstehung gekommen.« Wir reden und lachen wie die Blöden, nur wenige Schritte von der Questura entfernt, direkt an der Scalinata delle Caravelle. Es hat aufgehört zu regnen, doch die Luft ist noch keineswegs frühlingshaft. Torrazzi albert weiter: »Zuerst die Allerberühmteste: Maria Magdalena, dann die Kurtisanen und die leichten Mädchen. Und dann, um zur Musik zu kommen, sie: Violetta, la Traviata, die Kameliendame.«

Das Lachen bleibt mir im Halse stecken.

»Was hast du gesagt?«

»Weiß ich nicht mehr, Antonio, einfach nur dummes Zeug.«

»Die Kamelien, was haben Kamelien mit Huren zu tun?«

»Sag bloß, du weißt nicht, dass Violetta die Kameliendame genannt wurde und dass sie eine Kurtisane war!« Er summt etwas vor sich hin. »Das ist Verdi, schon mal von ihm gehört?«

»Aber ja doch, ja. Außerdem stand das ja auch in dem Buch. Im *Florario*, das Buch über die Bedeutung der Blumen. Marguerite Gautier, die Kameliendame. Es ist bekannt, dass sie eine Prostituierte war …«

»Man nannte sie eine Dame der *Demi-monde*.«

»So direkt habe ich die beiden Dinge bisher nicht miteinander in Verbindung gebracht.« Ich sehe ihn an. »Du scheinst ja ein Experte auf dem Gebiet zu sein.«

»Mein Schwager ist Musikliebhaber. Einen Platz im Carlo Felice und CDs von Verdi bis zum Abwinken. Ein bisschen was habe ich mir beigebracht. Da ich wenig von Musik verstehe, habe ich die Libretti und die diversen Anekdoten gelesen, damit ich ein wenig mitreden kann und nicht immer wie ein Idiot dastehe. *La Traviata* ist seine Leidenschaft, also befasse ich mich mit den vermeintlichen Musen, Alphonsine, Violetta, der Callas und Margot.«

Wir stehen genau vor der Questura, die Leute, die hinein- und hinausgehen, schauen uns irritiert an, denn ich halte ihn am Arm fest und rufe: »Margot? Was für eine Margot?«

»Das ist die Kurzform von Marguerite, auf Französisch. Warum?«

»Nichts.« Weil ich selbst nicht weiß, warum der Name mich so berührt hat. »Entschuldige bitte.« Ich lasse seinen Arm los.

»Du brauchst eine Pause, Antonio.« Wir gehen ins Gebäude.

Ravazzi ist bei Anselmi.

»Gibt es etwas Neues?«, frage ich und setze mich an meinen Schreibtisch.

»Ich habe Ihre Anweisungen ausgeführt, Commissario«, Ravazzis Stimme nimmt einen förmlichen Ton an, »nachdem ich die Aufstellung der Geschäfte mit Künstlerbedarf, die Farben der Marke Venezia vertreiben, erhalten hatte.«

Anselmi schaltet sich ein. »Fünf in ganz Genua.« Ravazzi spricht weiter: »Ich habe mich zu den Geschäften begeben, um zu fragen, ob man sich an jemanden erinnert, der die Marke Venezia gekauft oder Erkundigungen darüber eingezogen hat. Ich habe mit dem am nächsten liegenden Geschäft angefangen.« Ravazzi hört sich an wie ein Handbuch. »Beim ersten habe ich bereits ins Schwarze getroffen.« Er blättert in seinem Notizbuch. »Toneatto in der Via Sauli. Eine Frau hat sich vor ein paar Tagen nach der Marke Venezia erkundigt. Nach genau diesem Artikel und dieser Farbe. Sie schien sehr interessiert zu gewesen zu sein.«

»Hast du ihnen die Zeichnung gezeigt?«

»Viel besser. Die Inhaberin hat mir eine genaue Beschreibung gegeben. Etwa dreißig Jahre alt, groß, kurze Haare. Kein auffälliger Akzent. Sie hat eine Tochter oder hat zumindest behauptet, eine zu haben, nämlich als sie eine Schachtel ungiftige Stifte gekauft hat.« Seine Stimme hebt sich in Erwartung meines Beifalls.

»Ihre Tochter heißt Manuela.«

»Woher wissen Sie das, Commissario?«

»Das war meine Frau.« Jetzt bin ich ihm doch noch eine Erklärung schuldig. »Sie hat sich als Laienermittlerin betätigt.« Jetzt habe ich sie vielleicht doch zu schlecht wegkommen lassen. »Sie war es, die entdeckt hat, dass die Farbe Magentarot ist.«

Er schaut mich an, als sei ich verrückt geworden.

Genug mit den Erklärungen: »Machen Sie weiter mit Ihren Befragungen, Ravazzi. Und gehen Sie auf jeden Fall zu Toneatto zurück und zeigen Sie dort das Phantombild herum. In Ordnung?«

»Ja, Commissario. Wie Sie wünschen.« Und er stürmt nach draußen.

Anselmi zeigt keine Regung. Ob ich irgendwann einmal etwas entdecke, was ihn aus der Ruhe bringt? Etwas anderes als eine falsch eingeordnete Akte. »Ravazzi ist sehr gewissenhaft«, stellt er in den Raum. Eine Bemerkung, die alle möglichen Interpretationen zulässt, sie kann in Lobeshymnen münden oder in Kritik wegen Mangels anderer für einen guten Ermittler unabdingbarer Qualitäten. Anselmi hat mir den Ball zugeworfen, jetzt wartet er darauf, dass ich ihn zurückspiele.

Ich lasse ihn jedoch aus dem Spielfeld rollen. »Wirklich sehr gewissenhaft.« Pause. »Haben Sie etwas von Iachino gehört?«

Er schüttelt den Kopf: »Nein, Commissario.«

Ich berichte ihm in aller Kürze, was mir Torrazzi über das Medikament gesagt hat, und er macht sich Notizen.

Telefon. Die Zentrale. Ein Telefonat für Iachino. Man rufe bei mir im Büro an, weil die Einsatzzentrale gesagt habe, dass Iachino meinem Fall zugeordnet sei.

»Iachino ist unterwegs. Geben Sie mir das Telefonat.«

Rauschen, Rascheln, dann eine Frauenstimme: »Marco?«

Hoffentlich habe ich jetzt kein Privatgespräch angenommen!

»Hier spricht Commissario Mariani, Agente Iachino ist dienstlich unterwegs, Signora.« Ich sollte der Dame vielleicht mitteilen, dass es nicht gestattet ist, während der Dienstzeit private Telefongespräche zu führen. Doch bin ich ja der Erste, der zurzeit dieser Dienstanweisung zuwiderhandelt.

»Oh, Signor Mariani, ich habe Ihre Stimme gar nicht erkannt!«

Signor Mariani! Hier bin ich Commissario Mariani!

»Hier spricht Monica Defranchi, die Sekretärin der Agentur, in der Ihre Frau arbeitet, erinnern Sie sich an mich?«

Natürlich erinnere ich mich an sie. »Ja, natürlich, um was geht es denn?«

»Ich wollte mit ... also mit Iachino sprechen. Er hat mir gesagt, dass ich ihn anrufen soll, wenn es etwas gibt. Ja, ich weiß, ich hätte Sie auch direkt anrufen können, Signor Mariani. Oder muss ich Sie Commissario nennen?«

»Das ist egal.« Hauptsache, du kommst jetzt zur Sache

und erzählst mir, warum du angerufen hast und was passiert ist. Und wenn das jetzt nur ein Trick ist, um dir Iachino (Marco) zu angeln, der nach Auffassung meiner Frau ein hübscher Lockenkopf ist, kann ich zwar, was dich betrifft, nichts machen, aber bei Iachino werde ich dafür sorgen, dass ihm die Lust vergeht.

»Der Pförtner, wissen Sie, wen ich meine? Der Dicke mit dem Mundgeruch.«

»Ja.« Bitte, erzähl schon weiter.

»Der Umschlag mit dem Brief. Der von gestern, den hat er dem Laufjungen gegeben. Der Pförtner holt immer die großen Poststücke, außer, wenn es Einschreiben sind. Die kleineren Sachen nehme ich aus dem Briefkasten. Klar?«

»Ich glaube, ich habe es begriffen.«

»Und als ich heute aus der Pause zurückkomme, treffe ich ihn, ich treffe ihn immer …«

Auch Francesca trifft ihn immer. Der Fettwanst guckt den Frauen eben immer gerne auf die Beine. Er hält immer Wache, so der Kommentar meiner Frau.

»Da komme ich auf die Idee, ihn zu fragen, warum der Umschlag nicht im Briefkasten war, sondern in seinem Kabuff. Er war doch gar nicht so groß, sage ich zu ihm. Und er antwortet, dass der Brief an ein Päckchen geheftet war. Wieso, haben Sie das Päckchen denn nicht bekommen? Und ich antworte mit Nein. Und er sagt, dass es dann der Laufjunge verloren haben muss, doch ich antworte, dass das wohl kaum möglich ist. Es geht hin und her, und so überrede ich ihn, in seinem Kabuff nachzuschauen.«

Bitte, bitte, sag mir, was du gefunden hast.

»Auf dem Boden, auf dem Boden lag es. Einfach so hingeschmissen. Und da habe ich beschlossen, Marco anzurufen.« Pause. »Ich meine Iachino.«

»Ich weiß, dass er Marco heißt.« Ich mache Anselmi ein

Zeichen näherzukommen. »Ich hoffe, Sie haben das Päckchen nicht aufgemacht.«

»Nein, natürlich nicht, ich bin doch nicht blöd. Ich will doch keine Beweise vernichten!«

»Sehr gut. Ich schicke Ihnen jetzt einen Mitarbeiter, der das Päckchen abholen soll. Es wird nicht Iachino sein, aber nur deshalb nicht, weil er anderweitig beschäftigt ist. Mit einem anderen Fall befasst, meine ich.« Torrazzi wirkt ansteckend, auch mir entgleiten die Worte und entwickeln ein Eigenleben. Ich danke ihr und verabschiede mich.

»Und damit ist unser montägliches Päckchen doch gekommen, Anselmi.«

»Ohne uns eine Woche Waffenruhe zu gönnen.«

»Sie legt im Tempo zu.«

Anselmi nickt. »Soll ich selbst gehen oder soll ich zusehen, dass ich jemanden finde, der das erledigen kann?«

Ich hätte gesagt, dass er gehen soll, doch es hat zu regnen begonnen. Das soll ein Jüngerer machen. »Suchen Sie jemanden, der frei ist. Das ist keine schwierige Aufgabe. Wir brauchen aber die Fingerabdrücke des Pförtners!«

»Die haben wir schon. Iachino hat das schon erledigt.«

Guter Junge!

Zum Glück ist Francescas Büro nicht weit, das heißt, dass wir nach einer knappen Stunde das Päckchen vor uns liegen haben. Normales Packpapier, das übliche Etikett, und sogar ein Laie wie ich sieht, dass es vermutlich die gleichen Buchstaben sind, nur etwas blasser.

Was sie mir wohl dieses Mal schickt? Keine Gianduiotti, keine Pralinen von Romanengo. Diät ist angesagt.

Ein Buch. Sieh einer an! Normalerweise kommt das Buch nach dem Mord.

Und im Vergleich zum ersten Buch ist das Niveau ein wenig gesunken.

Ken Folletts *Die Brücken der Freiheit* aus der Reihe Omnibus des Mondadori Verlags.

Und im Innern nicht die gewohnte Aushöhlung.

Vielleicht tötet sie ja, um meine Lektüre zu fördern.

Die übliche Prozedur, Fingerabdrücke und so weiter. Obgleich wir wissen, das es zu nichts führt.

Kaum habe ich das Büro betreten, klingelt das Telefon: Francesca. Kaum eine Begrüßung, sie legt gleich los: »Monica hat angerufen. Da war noch ein Päckchen. Sie hat gesagt, dass ihr es abgeholt habt. Habt ihr es auch schon aufgemacht?«

»Nur ein Buch.« Ich nenne ihr den Titel. »Hast du es gelesen?«

»Gelesen ja, aber nicht gekauft, ich hatte es ausgeliehen. Ich warte auf die Taschenbuchausgabe.«

Wie, Francesca spart bei Büchern?

»Einige Bücher von Follett haben mir gefallen, andere nicht. Dieses nicht so sehr, und ich glaube fast, dass ich es doch nicht kaufe. Das sind Bücher, die ich höchstens fünf oder sechs Mal wiederlese. Da lohnt es sich nicht, Geld für die Hardcover-Ausgabe auszugeben.« Pause. »Außerdem ist das Lektüre für den Urlaub; und dafür wiegen sie zu viel und gehen zu schnell kaputt.«

Sie schweigt. Ich würde sie gerne fragen, wo sie ist, denn ich höre seltsame Geräusche im Hintergrund.

»Wo bist du denn?«

»Wo soll ich schon sein? Zu Hause.«

»Ich höre Geräusche.«

»Ich bin im Arbeitszimmer und drucke gerade den Entwurf eines Aufsatzes aus, den ich dann ins Büro mitnehme. Ich hatte mir das ganze Material mit nach Hause genommen, doch ich brauchte noch eine Information und habe deswegen Monica angerufen, die mir gesagt hat … Und außerdem, was soll das, dass du mich fragst, wo ich bin? Ich will nicht, dass du mich kontrollierst.«

»Ich kontrolliere dich nicht. Ich habe nur Angst um dich und um Manu.«

»Hör mal, Antonio, in diesem Buch ist nichts, was auf mich hinweist. Wenn eine Figur so heißt wie ich oder wie jemand aus der Familie, dann würde ich mich daran erinnern. Das geht doch jedem so.« Jedem wie ihr. »Weder ich noch du noch Manu kommen darin vor.« Pause. »Manu lässt dir einen Gruß ausrichten.«

»Geht es ihr gut?«

»Ja, es geht ihr gut.« Pause. »Vorhin hast du mich unterbrochen, ich wollte dich nämlich noch etwas zu dem Buch, vielmehr zu den Büchern fragen. In welchem Zustand sind sie denn? Neu gekauft oder schon ein wenig zerlesen?« Ich sehe sie vor mir: Wahrscheinlich lehnt sie barfuß am Regal hinter dem Schreibtisch und schaut beim Telefonieren dem Drucker beim Drucken zu.

»Wozu soll das deiner Meinung nach dienen?«

»Nun, hatte sie die Bücher zu Hause, oder hat sie sie extra gekauft? Wahrscheinlich gibt es noch andere Möglichkeiten, doch die fallen mir gerade nicht ein.«

»Das letzte war neu, darauf könnte ich wetten.«

»Nehmen wir einmal an, die Mörderin hat das Buch extra zu diesem Zweck gekauft. Doch sie hat es nicht gelesen, weil sie es früher schon einmal gelesen hat. Sie musste ja die Geschichte kennen.«

»Auch eine gewisse Francesca kauft die Bücher fast immer, nachdem sie sie gelesen hat.«

»Das Exemplar, das sie gelesen hat, gehörte ihr nicht, deshalb konnte sie es nicht schicken. Wie kommt man am einfachsten an ein Buch, wenn man es lesen will, ohne es zu kaufen?«

»Man klaut es.«

»Das ist nicht einfach. In den großen Buchhandlungen wie Feltrinelli geht ein ohrenbetäubender Alarm los, wenn du etwas mitnimmst, ohne zu bezahlen.«

Ich weiß, einmal ist mir das mit Manu passiert, als sie drei war, sie hatte ein Kinderbuch mitgenommen und hatte es mir nicht gesagt.

»In den anderen Geschäften behalten sie einen ganz genau im Auge.«

»Von Freunden oder Bekannten.« Anselmi ist hereingekommen.

»Die Leute hängen an ihren Sachen.«

»Also hat sie es uns geschickt, ohne es zu lesen!« Anselmi ist in Wartehaltung. »Entschuldige, aber ich muss jetzt weitermachen! Das bedeutet, dass sie es uns geschickt hat, ohne es zu lesen! Und dass man es gar nicht zu lesen brauchte.«

»Entschuldige. Ciao.« Francesca legt auf.

Auch ich lege auf: »Was ist, Anselmi?«

»Der dritte.«

»Was heißt der dritte? Jetzt fangen Sie nicht auch noch an, in Rätseln zu sprechen.« Und langsam beginne ich zu verstehen.

»Der dritte Mord. Plastiktüte über dem Kopf. Rechte Fingerkuppe abgetrennt. Am Vormittag. Sie hatten den Fall Commissario Leandri gegeben, doch der hat die Ähnlichkeiten erkannt …«

»Er hat ihn auf mich abgewälzt.« Ich stehe auf. »Gehen wir uns das einmal anschauen.«

»Mann oder Frau, Anselmi?«

»Mann, um die vierzig.«

Wer weiß, wie viele Analysen Francesca dazu machen wird. Dieses Mal ist der *Modus operandi* allerdings ein anderer. Sie hat mir nämlich keine verschlüsselte Botschaft geschickt, um mir mitzuteilen, wo sie töten wird.

»Wo wurde er gefunden, Anselmi?«

Nach seiner Antwort weiß ich, dass sie mir doch mitgeteilt hat, wo der Mord stattfinden würde.

Die Via della Libertà – die Straße der Freiheit – ist nicht weit von hier. Früher war dies mal eine hochherrschaftliche Gegend, jetzt befindet sich in fast jedem Haus im Erdgeschoss eine Werkstatt, und der Straßenbelag hat eine Patina aus Öl.

Die Leiche wurde am Vormittag gefunden, und auf der Straße davor herrscht nun das gewohnte Chaos.

Oberstes Stockwerk, der Aufzug im Treppenhaus steht offen wie ein gähnendes Maul. Er wird gerade repariert.

Die Leiche ist schon weggebracht worden. Die Kreideumrisse, die ihre Lage bezeichnen, befinden sich in einem Zimmer, das direkt von der Diele abgeht. Auch dies eine typische Genueser Wohnung: Ob die Mörderin mit jemandem, der eine solche Diele besitzt, noch eine Rechnung offen hat?

Der Raum dient offenbar mehreren Zwecken: Sofa, Fernseher und Stereoanlage in einer Ecke. In der gegenüberliegenden ein Schreibtisch mit Computer, Modem und Drucker.

Letzterer sieht so aus wie der meiner Frau.

Ich trete näher. Auf einer Mappe ein Etikett mit dem gut lesbaren Kürzel: M&V. Das kenne ich nur zu gut, ich habe es schon Tausende von Malen gesehen.

Monitoraggio e Valutazione. Kalter Schweiß bricht mir aus.

»Wer ist der Tote?«, frage ich. An der Tür war kein Namensschild.

»Leonardo Gabrieli.«

Gabrieli.

Das kann nur er sein. Bitte, bitte, nicht er!

Francesca fragen, wo ihr Kollege wohnt. Nein, besser, ich lasse sie außen vor. Vielleicht ist es nur ein Zufall, und ich jage ihr unnötigerweise einen Schreck ein.

Im Büro anrufen, die Nummer weiß ich auswendig.

Die Sekretärin nimmt ab. Ich lasse die Höflichkeiten weg und frage, ob bei ihnen ein Leonardo Gabrieli arbeitet.

»Ja, aber heute ist er nicht hier. Er hat sich Arbeit mit nach Hause genommen.«

»Wo wohnt er?«

»In Foce, in der Via della Libertà. Warten Sie …« Sie blättert in einem Adressbuch und sagt mir dann die vollständige Adresse. Kein Zweifel. »Was ist passiert, Commissario?«

Innerlich verfluche ich Leandri, der seine Fälle zunehmend schleppender angeht. Um elf Uhr wurde die Leiche gefunden, jetzt ist es fünf. Was hat Leandri in der ganzen Zeit getan? Nichts. Er hat einen gefunden, dem er den Fall andrehen kann.

Er hat nicht einmal versucht herauszufinden, wo der Tote arbeitet …

Und die Verwandten?

»Hatte er Verwandte?«

»Was ist passiert, Commissario?«

»Er wurde tot aufgefunden.«

»Nein! Gabrieli! Er ist seit drei, nein seit vier Jahren bei uns. Aber was ist denn passiert?« Sie fängt an zu weinen. Ich warte. Dann höre ich, wie sie sich die Nase putzt. »Vor zwei Jahren hat er sich scheiden lassen, seit kurzem ging es ihm endlich ein bisschen besser. Aber das werden Sie ja von Ihrer Frau wissen …«

Meine Frau spricht nicht über ihre Kollegen.

»Er hat einen Bruder, der, glaube ich, in Mailand wohnt. Weiß Francesca es schon?« Und sie korrigiert sich sofort.

»Ich bin ja blöd, dann hätten Sie mich nicht gefragt. Ihre Frau kannte ihn ja gut.«

Ja, ja, ich habe gesehen, wie sie nebeneinander her gegangen sind.

»Sie haben sich das Büro geteilt.«

Ich danke ihr, verspreche, sie auf dem Laufenden zu halten, und lege auf.

Dann rufe ich Anselmi an. »Lassen Sie sich die ganze Akte von Leandri geben. Ich will sie auf dem Schreibtisch haben, wenn ich komme.«

»Ich habe ihn schon danach gefragt, Commissario. Er hat mir geantwortet, dass er ein paar Fakten gesammelt hätte, aber sobald ihm klar geworden wäre, dass der Fall ganz sicher mit einem anderen in Verbindung steht, der nicht seiner war, hätte er der Korrektheit wegen davon abgesehen, eine Akte anzulegen. Doch er hat mir versichert, dass er alle Angaben hat und dass er sie mir so bald wie möglich zukommen lässt.«

»So bald wie möglich – sofort!«

»Das habe ich ihm auch gesagt, aber Sie wissen ja, wie Leandri ist. Und der Vicequestore ist auch nicht da …«

Natürlich, natürlich. Urlaub und Erholung.

Und ich bin hier und weiß ziemlich wenig. Das Wenige, was ich weiß, hilft mir nicht weiter und beruhigt mich überhaupt nicht. Um uns herum werden Leute umgebracht, sie kommt immer näher.

Ich sollte Francesca anrufen.

Hier ist nichts mehr zu finden, was weiterhilft. Ich kann jetzt nur noch in die Questura zurückkehren.

Als ich in mein Büro komme, sehe ich Anselmi schon an, dass von Leandri nichts gekommen ist.

Ich suche ihn auf und verstoße gegen alle Regeln gedeihlichen Miteinanders.

Nacht von Dienstag auf Mittwoch

Francesca liegt zusammengerollt auf dem Sofa. Als ich sie anrief, um ihr die Nachricht zu übermitteln, hatte sie es schon von den Kollegen erfahren. Sie hat schon mit meiner Mutter telefoniert und sie gebeten, vorbeizukommen und Manu abzuholen.

Und sie hat auf mich gewartet.

Ihr Gesicht ist versteinert mit großen Ringen unter den Augen.

Als ich nach Hause gekommen bin, war es bereits nach zehn.

Seit einer Stunde sitze ich neben ihr und warte, dass sie redet.

»Hast du ihn schon lange gekannt?« Ich hätte sie gerne gefragt, ob sie ihn gut kannte, aber das wäre vielleicht missverständlich gewesen.

»Ja.« Sie streckt die Hand aus und öffnet die Schachtel, die immer auf dem Couchtisch liegt. Sie nimmt sich eine Zigarette – wir haben immer welche vorrätig, falls rauchende Bekannte gerade mal keine Zigaretten dabei haben –, dann das Feuerzeug, eine scheußliche Handgranate aus Silber, das Hochzeitsgeschenk von Freunden. Francesca nimmt einen Zug und bläst den Rauch nach oben weg. »Verdammt, Anto.«

Anto: meine Hoffnung steigt.

»Jetzt setzt du dich hierher und sagst mir alles, was du weißt. Wer hat Leonardo getötet …«

Gabrieli, ach so. Sie reden sich ja doch mit Vornamen an.

»Mich wollte er treffen und dich auch. Ich muss diesen Mörder fassen, bevor er Manu kriegt.«

»Auch ich will ihn fassen. Das ist außerdem mein Beruf. Du bist Manus Mutter, richtig, aber ich bin auch ihr Vater.«

»Du willst ihn verhaften, ich will ihn umbringen, diesen Bastard.«

Eigentlich ist meine Frau immer gegen die Todesstrafe gewesen.

»Ihn umbringen und ihm dabei Schmerzen zufügen.«

»Du warst die Erste, die, auch ohne Beweise, behauptet hat, dass es sich um eine Frau handelt.«

»Glaub bloß nicht, ich wäre nicht in der Lage, eine Frau umzubringen! Sie tötet, das kann ich auch. Punkt. Jetzt fang an.«

»Was willst du wissen?«

Ich erzähle ihr, wie ich in Gabrielis Wohnung gegangen bin.

»Und er, wo war er?«

»Sie hatten den Leichnam schon weggebracht ...« Eine weniger brutale Art, ihr zu sagen, dass er nicht da war. »Doch er wurde in einem Zimmer gefunden, das direkt vom Flur abgeht.«

»In seinem Wohn-Arbeits-Zimmer?«

»Kanntest du seine Wohnung?« Stiche der Eifersucht. Vielleicht hat ihn ja mein Überich getötet.

»Ich bin bestimmt ein Dutzend Mal dort gewesen. Auch er war schon hier.«

»Habt ihr nicht ein Büro?« Ich schaue sie an. »Tut mir leid, das wollte ich nicht. Ich wollte keine Erklärungen.«

»Seine Frau hatte ihn wegen eines anderen verlassen, und er hatte Grippe. Einmal mussten wir ein Arbeitsprojekt durchsehen, das er auf seinem Rechner hatte. Er ist manchmal hierhergekommen, um mir Unterlagen zu bringen, wenn es dringend war und ich nicht ins Büro gehen konnte. Wenn du mir nicht glauben willst ...« Sie schweigt einen Moment. »Einmal habe ich ihm auch geholfen, seine Wohnung in Ordnung zu bringen. Die war ein richtiger Schweinestall, als Hausmann war er eine Katastrophe.« Das musste wirklich schlimm gewesen sein, denn Francesca ist keine Hausfrau, die auf Filzüberschuhen besteht und wegen eines Putzmittels in Begeisterung ausbricht.

»Ich fand es ziemlich ordentlich.«

»Natürlich. Seit etwa einem Monat kam nämlich dreimal in der Woche eine Frau zum Saubermachen, immer zu Zeiten, die ihm gut passten. Eine vom Reinigungsunternehmen unserer Firma. Er war ja so glücklich. Rita hat mein Leben verändert, hat er mehr als einmal zu mir gesagt. Und jetzt ... Schluss.« Ich spüre, dass sie es mehr zu sich als zu mir sagt. »Plastiktüte über dem Kopf?« Ich nicke. »Fingerkuppe?« Ich nicke.

Sie steht auf und beginnt im Zimmer hin und her zu gehen, leise wie eine Katze. Sie ist barfuß, und ihre Füße hinterlassen kleine Wärmespuren auf dem Marmorfußboden.

»Blüte?«

»Die sah anders aus. Und außerdem war sie rot.«

»Warte.« Sie verschwindet und kommt mit einer Art Katalog zurück. »Versandhandel für Zierpflanzen. Ich habe bei Gartenarchitekten nachgefragt und habe ihn mir heute Morgen geholt.« Sie blättert schon. »Fangen wir bei den Kamelien an.« Auf jeder Seite vier schöne und scharfe Fotos, die sie mir präsentiert wie ich Zeugen Fahndungsfotos.

»Die hier. Ich glaube, es ist diese.«

Sie liest langsam die Bildunterschrift: »Rote Kamelie, anemonenförmig. Ich erspare dir den lateinischen Namen.«

»Den *Florario* habe ich leider mit ins Büro genommen.«

»Auf meinem Schreibtisch liegt unter dem roten Haus eine Fotokopie.«

Unter dem Häuschen ganz aus roten Legosteinen – das erste Bauwerk Manus – finde ich zwei sorgfältig zusammengefaltete Blätter.

Francesca liest sie Zeile für Zeile, dann sagt sie: »Anemonenförmig: ... trügerisches Versprechen. Trügerisch.«

»Ein falsches, nicht gehaltenes Versprechen. Jemand, der sein Wort nicht hält. Der betrügt.«

»Betrug tut weh, wenn wir den, der betrügt, lieben. Wen lieben wir, Anto?« Pause. »Du, Anto, wen liebst du? Die Reihenfolge ist egal.«

»Man liebt seine Eltern, Geschwister, den Ehemann oder die Ehefrau, Kinder, Enkel. Und so weiter.«

»Eltern: deine Mutter Emma. Mütterliche Liebe. Du hast keine Geschwister. Ehefrau: ich. Und ich bin mehr als einmal betrogen worden. Ein trügerisches Versprechen. Tochter ...«

»Nein, halt, stopp! So gut kann sie uns gar nicht kennen. Wie kann sie wissen ...« Ich halte inne.

»Dass du mich betrügst.«

»Nein.«

»Du hast vielleicht gerade keine Affäre, aber das ist nur Zufall. Normal ist eine Affäre oder hin und wieder ein kleines Abenteuer oder beides zusammen.«

»Ich laufe nicht mit einem Schild herum, auf dem Ehebrecher steht.«

»Ein wunderbarer scharlachroter Buchstabe.« Pause. »Sie hätte dieses Buch schicken sollen.«

»Und wenn sie uns etwas über sich erzählt?« Francesca geht gerade an mir vorbei, ich halte ihre Hand fest und zwinge sie, sich neben mich zu setzen. »Sie hat ihre Tochter geliebt, oder ihre Mutter liebte sie. Ihr Mann hat sie betrogen, oder sie hat ihren Mann betrogen.«

»Trügerisch. Wir müssen uns die genaue Bedeutung anschauen.« Sie will schon wieder aufstehen und hinübergehen, um das Wörterbuch zu holen.

»Ja, aber warte mal. Sie hat eine Nachbarin meiner Mutter getötet und hat mir den Namen meiner Mutter geschickt. Sie hat einen Kollegen meiner Frau getötet.« Ich spüre, wie sie zittert, und drücke sie an mich.

»Sie wird dir meinen Namen schicken.«

»Aber wir dürfen die Gualtieri nicht vergessen. Sie passt nicht ins Muster.«

»Sie war der Köder, Anto. Damit hat sie dich ins Spiel geholt.«

»Das ist doch idiotisch. Sie ist eine Mörderin, und ich bin Polizist. Sie sollte mich so weit weg wie möglich wünschen.«

»Sie will, dass du leidest. Das habe ich dir schon mal gesagt.« Sie schnaubt. »Vielleicht ist es ihr sogar egal, dass sie gefasst werden könnte, wenn sie nur das erledigt, was sie sich vorgenommen hat.«

»Schöne Aussichten.« Ich lege ihr einen Arm um die Schulter. »Hast du etwas gegessen?«

»Ich habe keinen Hunger.« Sie windet sich aus meiner Umarmung. »Aber wenn wir uns von der Panik erfassen lassen, dann hat sie uns da, wo sie uns haben will. Nein, wir müssen bei klarem Verstand bleiben. Lass uns nochmal von vorn anfangen.« Sie steht auf und geht wieder im Zimmer auf und ab. »Wer hat ihn gefunden? Könnt ihr herausfinden, wann er getötet wurde?« Als sie das sagt, hat sie ein versteinertes Gesicht.

»Ein Nachbar, ein Rentner, hat ihn gefunden. Wenn er einkaufen geht, bringt er manchmal auch etwas für Gabrieli mit.«

»Ja, ich weiß.«

»Er hat geklingelt, dann hat er die Tür aufgeschlossen. Gabrieli hatte ihm einen Schlüssel gegeben. Für alle Fälle, wenn einmal der Wasser- oder Stromableser kommt, das Übliche eben. Wir nehmen an, dass er zwischen acht und neun getötet wurde. Musste er nicht zur Arbeit gehen?«

Francesca schüttelt den Kopf. »Dienstags kommt … kam er immer erst am Nachmittag. Dann blieb er lange, manchmal bis neun oder zehn Uhr abends. Wir haben ja keine geregelten Bürozeiten.«

Ich nicke.

»Was ist mit dem Arbeitsplan, den wir gestern gemacht haben?«

»Wir hatten so schön angefangen …« Um sie ein wenig abzulenken, erzähle ich ihr, wie es Ravazzi im Farbengeschäft ergangen war.

»Und was hast du gemacht?« Sie zögert und fügt dann ein »davor« hinzu.

»Ich habe versucht, das Buch zu lesen, das mir Borgese gegeben hat. Ich glaube aber nicht, dass ich etwas Hilfreiches darin finde.«

»Ein alter Baron, der sich als fortschrittlicher Demokrat ausgibt, ein schlimmer Menschenschlag. Er und seine ganze Familie.«

Ich bin für einen Augenblick verwirrt. Francesca und ich reden seit einigen Tagen pausenlos miteinander und tauschen Informationen aus: Wen hast du gesehen, mit wem hast du gesprochen, so dass ich zwischenzeitlich nicht mehr weiß, was ich selbst oder was ich von ihr erfahren habe. Doch bei Borgese bin ich persönlich gewesen.

»Ich bin zu Borgese in die Fakultät gegangen. Ich habe mich mit Lucas vorgestellt. Dann habe ich meinen ganzen Charme ausgepackt, habe ihm ein Märchen aufgebunden und ihn mit meinem schönsten Lächeln und schmierigen Komplimenten bedacht. Denn seit einigen Tagen frage ich mich, woher die Mörderin die ganzen schönen Kamelien hat. Ich habe ihm also erzählt, dass ich für eine statistische Erhebung wissen müsse, wo bestimmte Blütenpflanzen in der Stadt oder im Umland gezüchtet würden. Sie stehen doch ganz bestimmt mit allen Gärtnereien in Kontakt … und solchen Scheiß …« Sie muss sehr verwirrt sein, denn normalerweise geht sie sehr bewusst mit Worten um, sie hat eine sehr gute Kinderstube.

»Er hat mir gesagt, dass er das nicht wisse, doch er hat mir eine Liste mit allen Pflanzenzüchtern gegeben und mir geraten, sie abzuklappern.«

»Das kann man schon machen.« Auch wenn ich darin keine Lösung sehe.

»Er befasse sich nur mit Fragen auf einem bestimmten wissenschaftlichen Niveau, hat er mehrfach betont. Wenn Flora hier wäre – das ist meine Schwester, sagt er –, sie könnte Ihnen die Informationen geben, die Sie brauchen: Sie beschäftigt sich mit Gartenbau. In ihrer Penthousewohnung, sie wohnt in der Via Pisacane, hat sie einen hängenden Garten mit genau den Zierpflanzen, die Sie interessieren. Fast das ganze Jahr über blüht bei ihr irgendwas. Ich frage ihn, ob seine Schwester verreist ist. In dieser Jahreszeit, antwortet er, führt sie ausländische Besuchergruppen durch die Gärten am Lago Maggiore und an den anderen Seen. Eine Gruppe nach der anderen. Sie ist bestimmt noch eine ganze Woche weg. Es ist immer so: vier Wochen dort und zwei in Genua. Jedenfalls kann ich Ihnen die Adresse ihrer Unterkunft nennen. Sie wohnt in Stresa. Er hat mir eine Visitenkarte gegeben, sie liegt da drüben zusammen mit der Liste der Gärtnereien und Zierpflanzenbetriebe. Ich habe sie mitgenommen, auch wenn ich nicht glaube, dass sie uns etwas bringt.« Sie sieht jetzt schon besser aus.

»Wie auch immer, du hast von Borgese mehr erfahren als ich!«

»Wie auch immer! Iachino hatte Recht. Dass ich mehr erfahren habe, liegt daran, dass ich jeden Tag mit solchen Scheißkerlen zu tun habe.« Sie schweigt einen Moment. »Sie hat die Pause von einer Woche nicht eingehalten. Die Abstände werden kürzer.«

»Viele Serienmörder lassen die Abstände zwischen den Morden immer kürzer werden, so wie Süchtige ihre Dosis immer erhöhen müssen.«

»Das hast du mir schon mal gesagt. Doch das hier ist kein Serienmörder. Den Mord, den eigentlichen Mord, muss sie noch begehen. Die anderen dienen nur der Vorbereitung. Das spüre ich. Es ist, als wäre sie hier, und ich könnte das in ihren Augen, in ihren Gesten lesen.«

»Das geht mir auch manchmal so. Ich habe keine Beweise, aber ich spüre, dass eine bestimmte Person der Schuldige ist.«

»Hast du dich schon jemals geirrt?«

»Manchmal habe ich keine Beweise gefunden, das heißt aber nicht, dass ich mich geirrt habe. Manchmal habe ich Beweise gefunden, die die Falschen überführt haben, aber das kam nicht oft vor.«

»Was hast du dabei empfunden?«

»Wenn du die Dinge nicht sofort vergessen kannst, dann hast du bei diesem Job verloren.« Ich hoffe, dass sie nicht weiterfragt, über dieses Thema spreche ich nicht gern.

»Kein Finger dieses Mal?«

»Nein. Und keine Pralinen.«

Sie reibt sich die Augen.

»Du hast heute nicht geschlafen, stimmt's?«

Schweigen.

»Dann ist es Zeit, ins Bett zu gehen.«

»Aber ich musste doch wissen ...«

Sie schläft fast sofort ein. Ich bleibe mit offenen Augen liegen. Als ich das letzte Mal auf die Uhr schaue, ist es drei.

Dann fängt der Traum an.

Ich sehe ihr Gesicht nicht.

Ich höre ihre Stimme nicht und nehme keine Bewegung wahr.

Und doch ist sie da. Ich spüre ihren Hass, sie kommt auf mich zu, dringt in meinen Körper ein. Sie zerfrisst mich.

Plötzlich ist es hell.

Fran ist neben mir: »Ich musste dich wecken, du hast geschrien.«

Sie streicht mir mit den Händen übers Gesicht.

»Ein Albtraum?«

Wie kann ich ihr sagen, dass es nicht ein Albtraum ist, sondern der Albtraum.

»Ich habe geschrien. Du hast gesagt, ich habe geschrien, was denn?«

»Weißt du, auch ich habe geschlafen, und es war so undeutlich …« Sie weicht mir aus.

»Ich will es wissen.«

»Lasst mich, ich habe nichts damit zu tun. Sie ist eine Hure. Nur eine Hure. So etwas in der Art.« Sie spricht, ohne mich dabei anzuschauen, ich verstehe, was sie empfindet. »Dann habe ich dich gerüttelt, und du bist aufgewacht. Das muss ein schlimmer Albtraum gewesen sein. Ich konnte dich doch nicht einfach weiterschlafen lassen.«

»Natürlich nicht.«

»Während ich dich gerüttelt habe, noch bevor du wach warst, hast du einen Namen geschrien.« Sie sieht zu mir hoch. »Von einer, die ich nicht kenne. Margot.« Sie fragt nicht weiter.

Margot. Ich kenne keine Margot. Ich kann mich nicht erinnern, eine Margot gekannt zu haben.

Margot. Torrazzi. Marguerite Gautier. Die Kameliendame.

Francesca steht auf. »Ich muss schlafen, ich lege mich drüben hin.«

Ich weiß, dass ich nicht mehr einschlafen kann. Ich höre sie durch die Wohnung gehen. Auch sie kann nicht mehr schlafen. Ich hier und sie dort.

KAPITEL 4

Mittwoch

Es ist acht Uhr, und ich mache mich gerade fertig. Ich habe dann doch noch wie ein Stein geschlafen. Nach dem Aufwachen habe ich Francesca in der Küche vorgefunden, sie hatte sich gerade Kaffee gemacht.

Es klingelt. »Ich gehe schon, Antonio.«

Ich höre sie reden und folge ihr in den Flur. Vor der Wohnungstür steht ein Kurier: »Ich soll das hier abliefern.«

»Das muss ein Irrtum sein, wir haben keine Torte bestellt«, protestiert Francesca und dreht sich zu mir um. »Stimmt's, Antonio, wir haben doch keine Torte bestellt?«

Ich wende mich an den Kurier: »Kann ich bitte den Lieferschein sehen?« Adressat: Francesca Mariani und dann die Adresse. Absender: Antonio Mariani. Soweit ich mich erinnere, habe ich nichts an sie geschickt. Ware: Torte. Ich halte dem Kurier meinen Dienstausweis unter die Nase und bitte ihn, mir seine Papiere zu zeigen. »Für welche Firma arbeiten Sie?«

»Nicht für eine Lieferfirma. Ich bin von Tonitto. Ich fahre Bestellungen aus.« Dann kann er endlich gehen.

»Ich muss das Päckchen zur Spurensicherung bringen.«

»Es ist an mich adressiert, und ich mache das Paket auf, das du mir geschickt hast.« Sie streckt die Hand aus. »Na gut! Dann habe ich es eben geöffnet, ohne darüber nachzudenken. Mein Mann, mein lieber Ehemann, hat mir einen süßen Gruß geschickt, und ich habe das Geschenk meines lieben Mannes aufgemacht. Es kam einfach erst, als du schon weg warst.« Sie streckt auch die andere Hand aus. »Ich muss doch wissen, was es ist. Was denkst du eigentlich? Welches versteckte Indiz hoffst du zu finden? Du wirst genau das finden, was sie dich finden lassen will.«

Ich gebe ihr das Päckchen.

Weißes Papier mit goldenem Muster. Weg damit. Seidenpapier. Weg damit. Gebogener Kartonstreifen.

Sie nimmt ihn weg, und eine Torte kommt zum Vorschein, eine weiße Torte mit Zuckerguss, Sahnetupfen und bunten Verzierungen. Eine kleine Torte, aber doch eine Hochzeitstorte. Als hätte man nur die oberste und kleinste Etage einer mehrstöckigen Hochzeitstorte genommen.

Er im Frack und sie im weißen Kleid. Zerbrochen.

Francesca nimmt es besser auf, als ich gedacht hätte. Nur ein Kommentar: »Trügerisches Versprechen. Die rote anemonenförmige Kamelie.«

»Ich muss die Torte zur Analyse ins Labor bringen.«

»Warum denn? Glaubst du vielleicht, sie hat sie vergiftet? Sie besitzt doch schon selbst genug Gift. Da braucht es nicht noch mehr.« Sie streckt eine Hand aus, steckt den Finger in die Sahne und leckt ihn ab. »Vorzüglich. Ganz frisch. Du kannst immer sagen, dass ich probiert habe und nicht daran gestorben bin.«

»Vielleicht erinnern sich die bei Tonitto daran, wer diesen merkwürdigen Auftrag erteilt hat.«

»Bestimmt jemand, der der Zeichnung ähnlich sieht, irgendwie phantasievoll zurechtgemacht. Denn Phantasie hat sie ja, unsere herzallerliebste Mörderin.«

Ich würde gerne bei ihr bleiben, aber ich muss los.

Später, sehr viel später, stehe ich dann bei Tonitto.

»Ja, natürlich erinnere ich mich daran, wer den Auftrag erteilt hat. Ihre Sekretärin, Signor Mariani.«

»Ich habe keine Sekretärin.«

»Aber … wie hätte ich das wissen sollen?«, fragt sie, rückt mit einer zögernden Geste ihr Häubchen zurecht und schielt zur Kassiererin hinüber.

»Das zerbrochene Brautpaar … Haben Sie sich über einen so merkwürdigen Auftrag nicht gewundert?«

»Merkwürdig? Wir wundern uns über gar nichts mehr. Vor einiger Zeit mussten wir eine Scheidungsfeier organisieren. Von bekannten Persönlichkeiten, nein, ich nenne keine Namen, das wäre nicht korrekt. Es tut mir sehr leid, wenn sich jemand einen schlechten Scherz mit Ihnen erlaubt hat, Signor …« Sie zögert.

»Es geht hier nicht um schlechte Scherze. Es geht um eine Ermittlung in einem Mordfall. Nicht einer, sondern drei Morde. Und ich bin nicht als Privatmann hier, der eine Beschwerde vorbringt …« Doch der Einwand dürfte völlig sinnlos sein. Meinen Dienstausweis habe ich schon vorgezeigt und habe mich außerdem mit meinem Titel und allem drum und dran vorgestellt. »Ich bin hier als Kommissar, zuständig für die öffentliche Sicherheit und mit einer Ermittlung befasst.«

»Ich würde Ihnen ja behilflich sein, aber ich weiß nichts. Da kam eine Frau, hat etwas in Auftrag gegeben und hat bar bezahlt.«

»Glauben Sie, dass Sie sie wiedererkennen würden?«

»Ich weiß nicht, ich kann es versuchen.«

Ich zeige ihr meine Auswahl an Phantombildern, doch sie schüttelt den Kopf. »Nein, nein, es war eine Frau um die fünfzig, sehr kultiviert, gut frisiert, graues Haar. Keine modische Frisur, aber gut frisiert, das Haar fiel füllig über die Ohren. Klassische Brille.«

»Lippenstift?«

»Natürlich war sie ein bisschen geschminkt. Ein sehr zarter Lippenstift, etwas heller als diese Veilchen hier.« Sie zeigt auf ein Schälchen mit Zuckerveilchen.

»Körpergröße?«

»Ich weiß nicht, eher klein«, sie zögert, »knappe einssechzig.«

Ich nehme einen Stift und zeichne ein paar Haare um das Gesicht und ein Brillengestell und zeige ihr die Zeichnung.

»Ja, vielleicht. Aber beschwören könnte ich es nicht.«

Ich bitte auch sie, noch einmal darüber nachzudenken, ob sie etwas gesehen oder gehört hat, was weiterhelfen könnte.

»Nein, nichts.«

Dann noch ein Versuch, nicht einmal sehr ins Blaue hinein: »Haben Sie vielleicht bemerkt, ob sie hinkte?«

»Nein.«

»Sie hat nicht gehinkt?«

»Nein, ich weiß es nicht. Es war in der Haupteinkaufszeit. Ich hatte vor ihr einen Kunden bedient, und dann stand sie da. Die Beine kann ich von hier aus nicht sehen. Und nach ihr war sofort ein anderer Kunde dran.«

»Und sie hat sich als Sekretärin von Dottor Mariani vorgestellt?«

»Ich komme von Dottor Mariani, ich bin seine Sekretärin. Wortwörtlich.«

Nun, dafür, dass sie sich an nichts erinnert, erinnert sie sich an ziemlich viel. Vielleicht gelingt es mir nur nicht, Zugang zu ihr zu finden. Vielleicht könnte Francesca das ja … Sie hätte Polizistin werden sollen. Wir sind ein ungleiches Paar. Ein zerbrochenes Paar …

»Haben Sie sich über den Auftrag mit dem zerbrochenen Brautpaar nicht gewundert?« Stimmt, das habe ich schon einmal gefragt, aber es kann doch nicht sein, dass sie nicht einen Hinweis für mich hat!

»Wir wundern uns nie. Außerdem haben wir einen solchen Auftrag schon einmal bekommen. Auch mehr als einmal. Wie ich Ihnen schon gesagt habe, feiern einige Ehepaare ihre Scheidung oder Trennung.« Sie rückt ihr Häubchen zurecht. »Merkwürdig war ein anderer Wunsch, und da mussten wir ein bisschen schummeln.«

Wäre ich nicht so hartnäckig gewesen, dann hätte sie mir das nicht erzählt.

»Wissen Sie, Signor Mariani«, sinnlos, sie zu korrigieren, sie hat mich jetzt schon als Privatmann abgespeichert. Eine Privatsache und ein Gefühl der Übelkeit. »Wir dekorieren Hochzeitstorten immer mit Zuckerblüten.«

Sie hält inne. Ich nicke. Blüten, schon wieder Blüten.

»Sie wollte Kamelien darauf haben. Ich habe den Chefkonditor gefragt. Der hat eine Weile überlegt, dann hat er Ja gesagt. Doch er hat kleine weiße Rosen genommen und hat sie als Kamelien ausgegeben.«

Die Mörderin wollte mir also eine mit Kamelien dekorierte Torte schicken.

Wieso diese Kamelien-Manie?

Ich bedanke mich und gehe.

Was bedeuten sie ihr? Oder gefallen sie ihr einfach? Oder verabscheut sie sie?

Schließen wir die letzten beiden Möglichkeiten einmal aus. Nicht, weil sie weniger wahrscheinlich wären, sondern weil sie für die Ermittlung nichts bringen.

Obwohl: Wüsste man, warum sie ihr gefallen oder warum sie sie verabscheut, wäre das schon eine Spur. Eine Liebe oder ein tief verwurzelter Hass.

Die Gedanken kommen und gehen und prallen aufeinander, bevor sie noch ganz fertig sind.

Unter den vielen Menschen auf der Via Venti in der Stoßzeit – eigentlich ein Dauerzustand – komme ich mir vor wie eine Billardkugel, die zwischen den Banden hin und her rollt.

Aber nehmen wir einmal an, die Kamelien hätten eine Bedeutung.

Eine absolute oder eine auf jemanden bezogene Bedeutung?

Das heißt, für alle gültig oder nur für sie? Wenn das Zweite zutrifft, habe ich keine Chance.

Doch für den ersten Fall habe ich das Buch über die Sprache der Blumen. Während ich denke und mich wie eine Billardkugel bewege, lasse ich mich automatisch in Richtung Foce zur Questura weiterschieben.

Kehrtwendung. Feltrinelli ist auf der anderen Straßenseite und in Richtung Piazza De Ferrari.

Ich gehe hinein und verlange, mit dem Filialleiter zu sprechen, nachdem ich meinen Dienstausweis vorgezeigt habe.

»Der Filialleiter ist auf einer Fortbildung. Vielleicht können wir Ihnen trotzdem behilflich sein ...«

Der Mitarbeiter führt mich in ein Büro und bittet mich, einige Minuten zu warten. Es werden nicht mehr als fünf, und es lohnt sich. Ein Mann Ende dreißig kommt herein, er sieht aus, als habe er viel Geduld.

In aller Ruhe erkläre ich ihm, dass ich für eine Ermittlung einige Bücher zu Rate ziehen müsse – ich könne auch größte Vertraulichkeit garantieren, er nickt –, die von Blumen handeln, aber nicht davon, wie man sie anpflanzt, sondern von ihrer Bedeutung, und ich führe das übliche Beispiel an: Rosen bedeuten Leidenschaft.

»Wenn etwas zu diesem Thema publiziert wurde, dann haben wir es möglicherweise auch da, in diesem Fall können wir es in kürzester Zeit heraussuchen und Ihnen zur Verfügung stellen. Wenn Sie noch einige Minuten warten würden, dann rufe ich den Kollegen, der diesen speziellen Bereich betreut.«

Wieder nicht mehr als fünf Minuten. Auch dieser Mann,

jünger, größer und kräftiger als der andere, macht ein geduldiges Gesicht. Ich spule meine schöne kleine Rede ab und schließe mit der rituellen Floskel: »Das würde mir wirklich sehr helfen.«

»Wir haben ein sehr umfassendes Buch zu diesem Thema. Es ist kürzlich erst erschienen, und man findet sich gut darin zurecht. Italienisch?«

Und er sieht mich fragend an.

»Bleiben wir fürs Erste bei italienischen Büchern.« Ich habe keinen Hinweis darauf, dass sie andere Sprachen spricht. *Emma* war die italienische Ausgabe, und auch der Follett. Vielleicht kann sie ja Deutsch oder Spanisch. Doch man muss sich ja erst einmal eine Arbeitshypothese zurechtlegen.

»Den *Florario* von Cattabiani, bei Mondadori erschienen.«

Das ist das Buch, das mir Francesca gegeben hat.

»Haben schon andere Kunden danach gefragt? Wie viele Exemplare haben Sie davon verkauft?«

Vielleicht hat sie es in einer anderen Buchhandlung gekauft, doch diese ist die größte Genuas, man kann einfach hineingehen und sich nehmen, was man will, ohne jemanden erst darum bitten zu müssen.

»Vor einigen Tagen …«, sagt er zögernd.

»Ich kann Ihnen größte Vertraulichkeit zusagen, sofern es nicht den Fall betrifft«, sage ich, obwohl mir das bloß für ein Buch ein wenig übertrieben vorkommt, aber im Augenblick geht der Wahn vom Schutz der Privatsphäre um.

»Das ist nicht das Problem. Aber wissen Sie, Sie haben sich mit Ihrem Namen vorgestellt, und die Dame heißt wie Sie. Sie ist eine Stammkundin, deshalb wissen wir das. Manchmal benutzt sie einen anderen Nachnamen, aber wenn sie sich die Bücher nach Hause schicken lässt, dann benutzt sie den Namen Mariani.«

Mir ist zum Lachen zumute. Francesca. Wie bei den Farben. Und ich habe Ravazzi damit aufgezogen.

»Das ist meine Frau.«

Wenn er das seltsam findet, lässt er es sich nicht anmerken.

»Noch jemand anderes?«

»Wissen Sie, es ist nicht so, dass viele Exemplare davon verkauft worden sind. Es gehört zu den Büchern, die wir bestellen, damit wir …« er zögert, dann spricht er weiter, »ein gewisses Sortiment aktueller Erscheinungen vorrätig haben. Normalerweise sind das Bücher, die gewissermaßen blind von bestimmten Institutionen, Gesellschaften, speziellen Schulen oder Universitäten bestellt werden. Die vorehelichen Beziehungen außer Acht gelassen.« Von ihm ein kurzes Lachen.

Ich fühle mich wieder wie ein Schüler, wenn der Geschichtslehrer plötzlich von etwas ganz anderem geredet oder das Thema gewechselt hat, um zu prüfen, ob man aufgepasst hatte. »Voreheliche Beziehungen?«

»Wir nennen das so, wenn jemand, bevor er ein Buch kauft, es fast vollständig liest, jeden Tag ein bisschen.«

»Wie meine Frau.«

Er bricht in Lachen aus und nickt.

»Und dazu … also … haben Sie irgendwelche Leser dieser Art bemerkt?«

»Einen anderen Stammkunde noch, er unterrichtet Latein und Griechisch am Andrea Doria. Das wissen wir, weil Lehrer bei uns Rabatt bekommen.«

»Wie ist er? Nicht der Rabatt, der Kunde, meine ich.« Der Mörder schickt mir ja eigentlich Bücher, wenn ich nun völlig auf dem falschen Dampfer wäre?

»Wenn Sie wollen … wir haben seine Kundendaten …«

»Nein, nur ein paar Angaben. Wenn ich dann doch noch mehr brauche, komme ich wieder.«

»Ich weiß, dass er kurz vor der Pensionierung steht. Das hat er mir erzählt. Bald gehe ich in Pension und dann kann ich endlich an meinem Buch arbeiten. Er ist Experte für irgendeinen griechischen Dichter.« Pause. »Es tut mir leid, dass ich Ihnen nicht behilflich sein kann, aber wissen Sie, wir sind wahrscheinlich nicht die einzige Buchhandlung in der Stadt, die dieses Buch vorrätig hat. Doch wir können überprüfen, wie viele Exemplare wir geliefert bekommen haben und wie viele noch da sind.«

»Und aus der Differenz ergibt sich, wie viele verkauft worden sind. Gute Idee.«

Er geht zum Computer. »Wir benutzen ein ganz gewöhnliches Programm, das für uns optimiert wurde. Wir geben die Daten des Buches ein und erhalten die Informationen, die wir brauchen.«

Ich trete näher.

»Hier, sehen Sie.« Mit der Spitze seines Bleistifts zeigt er auf einen Eintrag. »Hier haben wir zwei Dutzend Exemplare bestellt.« Dann deutet er auf die nächste Zeile. »Elf sind noch nicht verkauft.«

»Und dreizehn verkauft.«

»Fünfzehn.« Ohne den Blick vom Bildschirm abzuwenden.

»Zwei Dutzend ergibt vierundzwanzig. Vierundzwanzig minus elf ergibt dreizehn.«

»Das dreizehnte Exemplar. Für jeweils ein Dutzend bestellte Exemplare legt der Verlag ein Gratisexemplar für den Buchhändler drauf. Das ist nichts Ungewöhnliches.«

Nun, wie soll sich jemand mit meinem Job in diesem Land voller Gesetze, Normen und ineinander verstrickter und verborgener Gewohnheiten zurechtfinden.

Er lässt immer noch Text über den Bildschirm laufen und setzt dann den Drucker in Gang. »Ich drucke Ihnen die Seite aus, dann noch die Liste der Gesellschaften, Institutionen und so weiter, die bestellt haben. Übrig bleiben dann die Privatkunden, die hierherkommen und direkt bei uns kaufen. Für solche Bücher ist das die Minderheit.«

Ich danke ihm, auch wenn das wohl nichts helfen wird. »Gibt es noch weitere Gebräuche, die mich, wenn ich sie nicht kenne, auf eine falsche Spur bringen könnten? Wie vorhin die Geschichte mit dem dreizehnten Exemplar.«

»Nein. Nur eines vielleicht. Nicht immer stimmt die offizielle Adresse einer Institution mit der Lieferadresse überein. Wissen Sie, Commissario, wenn es eine kleine Einrichtung ist, dann ist das Büro oft nicht besetzt. Also nehmen sie die Privatadresse eines Mitarbeiters. Das erklärt dann, dass es hin und wieder zwei Adressen gibt. Die erste ist die offizielle, die brauchen wir für die Steuer. Die zweite ist aus praktischen Gründen erforderlich, die auf der Hand liegen.« Er gibt mir die Listen. Mit all diesen Dingen habe ich ihm gut und gern eine halbe Stunde gestohlen. Und ich weiß nicht, ob ich nun klüger bin als vorher.

»Entschuldigen Sie, die letzte Frage eines Unwissenden.«

»Fragen Sie nur, kein Problem.«

»Kann ich von allen Buchhandlungen so etwas bekommen?«, und ich schwenke die Blätter mit den Aufstellungen.

»Es kann länger dauern, wenn die Buchhandlung noch nicht oder nur zum Teil computerisiert ist. Doch alle müssen von jedem Titel nachvollziehen können, wie viele Exemplare hereinkommen und wie viele rausgehen, schon allein wegen der Steuer. Und weil es einfacher ist, haben wir noch eine Liste der Privatkunden, die sich nach Hause liefern lassen.«

»Danke.«

»Die Sache mit dem dreizehnten Exemplar gilt für alle Buchhandlungen. Das müssen Sie berücksichtigen.«

Ich verlasse die Buchhandlung und stehe auf der Via Venti. Es ist noch mehr los als vorhin. Jetzt habe ich einen Job für Anselmi, den er vom Telefon aus erledigen kann.

Aber was wird dabei herauskommen? Nichts. Aber zumindest haben wir das Gefühl, etwas zu tun.

Und es ist schon fünf Uhr.

Wir sind drei kleine Schweinchen: Anselmi, Iachino und meine Wenigkeit.

Der böse Wolf ist die Mörderin.

Und die drei kleinen Schweinchen machen Jagd auf den Wolf.

Oder macht der Wolf Jagd auf uns? Wir hoffen zu gewinnen. Wie auch immer, wir legen uns richtig ins Zeug. Wir sitzen alle drei in meinem Büro, lesen und vergleichen Berichte. Es ist elf Uhr vormittags, und wir sind schon seit acht Uhr bei der Arbeit.

Gestern ging es von morgens acht bis abends acht auch so, mit einem einzigen Resultat: Kopfschmerzen und schlechte Laune bei allen.

Anselmi: »So ein Fall ist mir noch nicht untergekommen.«

Iachino: »Ich verstehe gar nicht, was das überhaupt für ein Fall ist. Das hat nicht viel mit den Serienkillern zu tun, die wir in der Ausbildung hatten.« Pause. »Und auch nicht mit denen aus dem Fernsehen oder dem Kino. Ich habe mir *Das Schweigen der Lämmer* und *Sieben* als Video ausgeliehen und angeschaut.«

Anselmi: »Lernen wir also jetzt vom Kino?«

Iachino: »Man kann nie wissen.«

»Und?« Ich.

»Mir war hundeelend. Mir wird schlecht, wenn ich in einem Film Gewalt sehe. Ich hoffe dann nur noch, dass er bald vorbei ist.« Pause. »Nein, ich habe nichts gelernt.«

Iachino hat wohl etwas mit Francesca gemein. Ich habe entdeckt, welche Filme sie sich angeschaut hat. Ebenfalls *Das Schweigen der Lämmer* und *Sieben*. Außerdem die *Stumme Zeugin* und zwei oder drei andere Filme dieser Art. Ihr ist nicht schlecht geworden. Ihr wird von nichts schlecht. Auch als sie mit Manu schwanger war, war ihr nicht schlecht.

Manu.

Es genügt, an sie, die so klein und so schutzlos ist, zu denken, und ich habe das Gefühl zu sterben. Das ist kein gewöhnlicher Fall. Es steht mehr als mein Leben auf dem Spiel.

»Das kann ich nicht glauben«, sagt Anselmi. Ruhig und überlegt. Bevor er spricht, hat er einen Bericht nochmals gelesen und ihn mit einem anderen verglichen. Nun, bei unserer Arbeit braucht man Geduld, und Anselmi hat Geduld.

Ich schaue zu ihm hinüber und warte ab.

»Leonardo Gabrieli wurde tot in dieser Art Arbeitszimmer gefunden, und es gab keine Hinweise auf Handgreiflichkeiten.«

Ich nicke zum Zeichen, dass ich ihm folgen kann. Vielleicht verstehe ich langsam. Die vielen Blumen haben mir so den Blick verstellt, dass ich das nicht schon früher bemerkt habe.

»Gabrieli war einen Meter siebzig groß.« Zwei Zentimeter kleiner als Francesca. »Er hat achtundsechzig Kilo gewogen. Da war es sicherlich nicht einfach, ihn dazu zu bringen, dass er sich eine Plastiktüte über den Kopf ziehen lässt. Doch es gibt weder Anzeichen für einen Einbruch noch für einen Kampf.«

»Was schließen wir daraus, Anselmi?«

»Ich weiß nicht. Aber es ist bedenkenswert.«

Typisch: Er reißt die Probleme an, und dann wäscht er seine Hände in Unschuld, wenn es um die Lösungen geht. Ob der da oben wirklich sein Doppelgänger ist?

»Der Mörder kannte das Opfer und konnte sich ihm deshalb nähern, ohne Verdacht zu erregen. Vielleicht hat er es wie ein Spiel aussehen lassen, wie einen Scherz unter Freunden«, sagt Iachino und schaut uns an, um zu sehen, ob wir seine Idee nachvollziehen können.

»Da müsste er aber wirklich blöd gewesen sein, alle Zeitungen haben doch von den beiden vorherigen Morden berichtet. Wer würde denn den Kopf in eine Plastiktüte stecken? Nur ein Idiot.«

Das Telefon läutet. »Da will jemand mit Ihnen sprechen, Commissario, es geht um den Fall Leonardo Gabrieli.«

Ein heißer Tipp: o ja, danke.

»Hier ist Monica Defranchi, Signor Mariani. Entschuldigen Sie die Störung. Ich hätte auch Francesca fragen können, aber wissen Sie …«

»Worum geht es?« Ich weiß, das ist ein wenig brüsk, aber ich hatte eigentlich auf einen heißen Tipp gehofft.

»Der arme Leonardo. Gabrieli. Ich wollte sagen, der arme Leonardo war mit seinem Projekt noch nicht ganz fertig, das müssen wir jetzt machen. Er hatte sich aber die ganze Dokumentation mit nach Hause genommen. Das sollte man eigentlich nicht, aber alle tun es …«

»Und die brauchen Sie jetzt.«

»Ah, Sie haben mich gleich verstanden!« Ihre Stimme wird weich und schmelzend wie immer, und in den Augen Marco Iachinos glimmt ein hoffnungsvoller Schimmer. Ich habe am Anfang des Telefonats die Mithörfunktion und das Tonband angestellt, eben weil ich auf einen heißen Tipp gehofft habe.

»Ich denke, Sie können sich holen, was Sie brauchen. Wollen Sie selbst hingehen?«

»Ja. Denn ich weiß, wonach ich suchen muss.«

»Wenn es bei Ihnen in einer Stunde geht, dann schicke ich einen Mitarbeiter. Er wird natürlich prüfen, was Sie mitnehmen, und Sie werden eine detaillierte Quittung unterschreiben müssen …«

Sie lässt mich nicht ausreden. »Natürlich. Wir brauchen nur drei Disketten, auf denen die statistischen Daten gespeichert sind, die wir bearbeiten müssen.«

Ich kann nicht recht folgen, Anselmi schnappt nach Luft, und Iachino ist ein einziges Strahlen.

»Einverstanden?«, frage ich.

Monica Defranchi bejaht.

Ich schicke Iachino. Er findet Gefallen an Computern. Und an Monica.

Zurück bleibt unser Lieblingsduo: Anselmi-Mariani.

Schweigend.

Vielleicht hätten wir auf ewig so verharrt, wäre nicht die Bombenmeldung gekommen.

Eine Bombe, tatsächlich.

Wir bekommen oft Anrufe von Verrückten, die erklären, sie hätten da oder dort eine Bombe deponiert. In Schulen, wenn Prüfungen bevorstehen, in Sportstadien oder in Theatern. Jeder tut, was ihm gefällt. Wir gehen dann hin und finden Gott sei Dank nichts. Wobei wir hoffen, dass wir wirklich gründlich gesucht haben.

Ein Verrückter oder eine Verrückte, die Stimme lässt das Geschlecht nicht erkennen, hat angerufen, um uns mitzuteilen, dass er oder sie eine Bombe im Bruco deponiert hat.

Nun, il Bruco ist eine Art grünes Monster mit Schuppen.

Ein überaus praktischer und durchdachter Fußgängersteg über den Viale Brigate Partigiane, der Unsummen gekostet hat, dauernd instand gesetzt und von allen Winden gepeitscht wird – Tramontana, Scirocco, Libeccio und Mistral.

Nur wenige Verrückte benutzen ihn, denn unter ihm befindet sich ein bequemer Überweg, mit dem man schnell und ohne Treppen zu steigen über die Straße kommt.

Das Sprengkommando ist wie üblich hingefahren und hat als einzig verdächtiges Objekt eine verschnürte Schachtel gefunden.

Sie wird unter tausend Vorsichtsmaßnahmen geöffnet: im Innern eine weitere Schachtel, fein säuberlich in Geschenkpapier eingewickelt und mit einem Aufkleber versehen, auf dem mein Name steht.

Deshalb haben sie mich angerufen. Auf den ersten Blick scheint er auf der üblichen Schreibmaschine getippt worden zu sein. Man wird sehen.

Das Päckchen wird geöffnet.

Kamelie in Rosa. Das Brautpaar von der Torte, zerbrochen. Tüte mit Fingerkuppe.

Es braucht nicht sonderlich viel Phantasie, um dabei an Gabrieli und seinen fehlenden Finger zu denken.

Und sie schickt es mir.

Bei diesem Mord habe ich Anspruch auf drei Botschaften: Das Buch – war es wirklich dazu gedacht, mir den Weg zu weisen? Die Hochzeitstorte – um zu unterstreichen, dass meine Frau unter Beschuss steht? Und jetzt noch einmal das Brautpaar, die Blüte, genau die gleiche wie die in Gabrielis Hand, und die Fingerkuppe.

Drei Botschaften.

Bei den anderen waren es zwei.

Normalerweise verspüren Menschen wie meine Mörderin Lust, wenn sie ein Ritual wiederholen. Die Wiederholung eines Rituals befriedigt sie wie der Mord selbst.

Und wenn ich mich geirrt hätte, und eine der drei Botschaften beträfe gar nicht den Tod Gabrielis?

Dann kann es nur die Ankündigung eines weiteren Mordes sein.

Brautpaare, überall Brautpaare. Was hat Francesca gesagt? Dass die Mörderin flexibel ist. Dass der Mord an Gabrieli ein

Teil der Botschaft ist, die den dritten Mord ankündigt? Den Mord, der für sie der dritte Mord ist?

Also kann das auserwählte Opfer nur Fran sein.

Ich nehme den Kopf zwischen die Hände, schließe die Augen und versuche, in Ruhe darüber nachzudenken, welchen Spuren ich noch nicht nachgegangen bin.

Das Schlimme ist, dass bei jedem Versuch, die Ermittlungen mithilfe von Schemata und Arbeitsteilung zu rationalisieren, etwas geschieht, das alles wieder über den Haufen wirft.

Wohin ist Anselmi verschwunden?

Und warum ist Iachino noch nicht zurück?

Schon wieder das Telefon. Ich nehme beim zweiten Läuten ab.

»Commissario?«

Es ist Iachino, er ist ziemlich aufgeregt. Will hoffen, dass es nicht nur die Nähe zur Sekretärin meiner Frau ist.

»Was ist los?«

»Als er getötet wurde, hat er am Computer gesessen und gearbeitet.« Iachino spricht leise. »Also kann es nicht wie ein Scherz angefangen haben.«

»Drück dich deutlicher aus.«

»Ich habe es so gemacht, wie Sie gesagt haben, Commissario, ich bin zu Gabrielis Wohnung gefahren, und gleich darauf ist Signora Defranchi gekommen.«

Ich höre ihre Stimme aus einiger Entfernung.

»Ja, ich sage es ihm. Sie lässt Ihnen einen Dank ausrichten.«

»Hör zu, Iachino, wenn das, was du entdeckt hast, vertraulich ist, dann schick sie weg, bevor du weitererzählst.«

»Aber sie hat es doch entdeckt!«

»Na gut, dann schieß los.«

»Es waren drei Disketten. Zwei lagen auf dem Schreibtisch in einer dieser Mappen …«

»Was für Mappen?«

»Solche aus festem Leder, ähnlich wie eine Brieftasche. In einer Ecke befindet sich das Kürzel M&V.«

So eine Diskettenmappe habe ich nie gesehen. Hätte ich aber müssen, denn auch Francesca bringt oft Disketten aus dem Büro mit. »Gib mir mal die Defranchi.«

Er zögert nur einen Augenblick. »In Ordnung.« Geräusche, dann ihre Stimme: »Worum geht es, Signor Mariani?«

»Diese Diskettenmappe ... bei meiner Frau habe ich solche noch nie gesehen ...«

»Die haben wir ganz neu. Die ersten sind am Montag gekommen. Viel Gutes haben sie nicht gebracht.«

In diesem Augenblick kommt Anselmi herein und sieht mich an. Ich stelle auf Mithören und bedeute ihm, sich zu setzen.

»Geben Sie mir Iachino bitte noch einmal.« So ist mein Leben eben. Wege, die ins Nichts führen, andere, die sich verlieren und wieder auftauchen. Sie gabeln und verzweigen sich, treffen wieder aufeinander ...

»Commissario?«

»Weiter«, sage ich. Anselmi hat sein Notizbuch aufgeschlagen und schreibt mit.

»In der Mappe waren also nur zwei Disketten. Wo ist die dritte, haben wir uns gefragt. Monica hat sie gefunden.« Eben war sie noch Signora Defranchi. »Sie kennt sich mit Computern aus.« Ich würde ihm gerne sagen, dass er auf den Punkt kommen soll. »Die war nämlich noch im Laufwerk. Wissen Sie, Commissario, das ist der Schlitz, in den man die Diskette steckt, wenn man mit ihr arbeiten will.«

Ich verstehe wirklich nicht, worauf er hinauswill. »Komm zur Sache.«

»Ein erfahrener Nutzer wie Gabrieli hätte nie den Computer ausgemacht, wenn die Diskette noch im Laufwerk steckt. Das ist das Erste, was einem beigebracht wird.« Pause. »Monica sagt, dass man vor dem Ausschalten schon ganz automatisch überprüft, ob das Laufwerk leer ist.«

»Und?«

»Man hat ihm die Tüte über den Kopf gezogen, während er gearbeitet hat, und dann hat der Mörder den Computer ausgeschaltet. Aber er hat keine Ahnung von Computern und hat deshalb die Diskette im Laufwerk gelassen. Es ist jemand, der nichts von Computern versteht, Commissario.«

Er sagt das in einem Ton, als habe er Monica Defranchi vor dem elektrischen Stuhl gerettet und sei sich dafür ihrer ewigen Dankbarkeit gewiss. Er hat zu viele Fernsehkrimis gesehen. Der Mörder kann auch nur so getan haben, als verstünde er nichts von Computern.

»Die Daten auf der Diskette sind zum Teil ruiniert ...«

»Woher willst du das wissen? Hast du nicht selbst gesagt, dass das nicht unbedingt passieren muss?«

Meine Stimme hat einen drohenden Ton angenommen, das merke ich selbst. Aber man zerstört keine Spuren in Gegenwart eines Zeugen oder auch eines möglichen Tatverdächtigen. Was weiß ich: Monica Defranchi kannte Gabrieli, vielleicht hatten sie ein Verhältnis, und er wollte sie abservieren, weil er sich in eine andere verguckt hat, vielleicht in meine Frau, und da hat sie ihn umgebracht.

Und die anderen Morde und das ganze Drum und Dran? Werde ich jemals herausfinden, was dahintersteckt?

»Wir haben es überprüft, Signora Defranchi und ich.«

»Bring die Diskette sofort hierher. Wir lassen sie von unseren Experten untersuchen. Wir geben sie der Defranchi zurück, sobald wir die erforderlichen Analysen gemacht haben. Denn jetzt ist sie vielleicht ein Beweisstück in einem Mordfall.« Und niemand hat sie vorher entdeckt. Gefunden hat sie eine Außenstehende, eine Amateurin. Geschulte Polizisten haben einen ausgeschalteten Rechner gesehen und haben nicht einmal überprüft, ob etwas im Laufwerk ist.

Anselmi und ich wieder unter uns.

»Was meinen Sie dazu, Anselmi?«

»Das kann ein nützlicher Hinweis sein.« Er stützt die Ellbogen auf den Tisch und faltet die Hände zu einem Dach. »Ich war gerade dabei, die Ergebnisse der Ermittlungen, die Sie angeordnet hatten, zu sammeln.«

»Und? Was Neues?«

»Ich würde sagen, es hat sich einiges bestätigt.« Er steht auf, kommt zu meinem Schreibtisch und gibt mir einen bereits aufgeschlagenen Ordner. »Eine Nachbarin der Lotti glaubt, die Frau auf der Zeichnung gesehen zu haben. Am Morgen des Mordes.«

»Na ja, das ist ja schon ein paar Tage her!« Will heißen: Ist sie glaubwürdig, oder ist sie eine von denen, die irgendetwas erzählen, weil sie sich interessant machen wollen, wenn auch in gutem Glauben? Schließlich standen diese Morde auch in den Zeitungen, und die Presse suhlt sich seit einigen Tagen darin.

»Die beiden ursprünglichen Phantombilder, das von Nando und dann die männliche Ausgabe, haben ihr nichts gesagt. Doch da war noch die Zeichnung mit dem Lippenstift. Und da hat sie sofort gesagt: ›Ja, das ist sie. Mir gefällt der Lippenstift in dieser Farbe auch gut.‹ Was meinen Sie dazu, Commissario?«

»Das könnte eine Spur sein.« Die Nachbarin der Lotti erinnert sich an die Mörderin, wahrscheinlich weil deren Lippenstift eine Farbe hatte, die ihr, der Nachbarin, gefällt. Meine Mutter dagegen erinnert sich an sie, weil ihr die Farbe nicht gefällt. »Auch meine Mutter hat eine Erinnerung an die Mörderin, die mit diesem Lippenstift zusammenhängt.«

Anselmi nickt. Doch er hört mir nicht recht zu, weil er unbedingt weitererzählen muss. »Dann habe ich sie gefragt, ob die Frau gehinkt hat.«

Sehr gute Frage von Anselmi.

»Ein kleines bisschen vielleicht. Als hätte sie Angst, das Knie zu sehr zu belasten. Vielleicht das rechte. Meine Schwägerin, sagt sie, geht auch so, nachdem sie am Meniskus operiert worden ist. Mit Laser, eine tolle Sache, die OP ist gut verlaufen. Aber sie hat immer noch Angst, das Knie zu belasten. Bei ihr ist es aber das linke. Sie kommt mir glaubwürdig vor.«

Und ich habe meiner Mutter nicht erzählt, dass die Mörderin vielleicht hinkt. Oder habe ich es ihr doch erzählt?

»Und deswegen kommt es mir eigenartig vor, dass der Mörder, vielmehr die Mörderin – denn es scheint sich ja wohl um eine nicht mehr junge, zierliche Frau mit einem kaputten Bein zu handeln«, sagt Anselmi und nimmt seine Rede, die durch das Telefonat mit der Defranchi, die Bombe im Bruco und die Computerfrage unterbrochen wurde, wieder auf, »... dass diese Mörderin also Gabrieli eine Plastiktüte über den Kopf ziehen konnte, der wirklich nicht gerade schwächlich war. Gut, er hat am Computer gearbeitet, aber er stand doch nicht unter Hypnose.«

Nun, wenn Francesca am Computer arbeitet, dann hört sie auch nicht immer gleich, was ich sage, aber wenn Manu mit ihr spricht, dann hört sie sie sofort. Und Francesca ist jemand, der mit äußerster Konzentration arbeitet. Also ergibt die Feststellung Anselmis schon einen gewissen Sinn.

»Und wenn man eine Plastiktüte über den Kopf gezogen bekommt, dann dauert es noch ein paar Minuten, bis man erstickt, und man kann versuchen, die Tüte wieder wegzuziehen. Aber es gibt überhaupt keine Anzeichen für Gewalt oder einen Kampf.« Er redet wie ein Wasserfall, das kann mir auch passieren, und dann vergesse ich manchmal sogar, dass ich nicht alleine bin. »Die Gualtieri war mit Medikamenten vollgepumpt, die Lotti war zart und dazu noch schlecht beieinander, die Überraschung und der Schreck, und das Spiel ist gemacht.«

»Aber Gabrieli hätte reagieren können, da haben Sie Recht, Anselmi. Das müssen wir im Auge behalten.« Ich blättere in der Akte, um nachzusehen, ob ich meiner Mutter gesagt habe, dass die Mörderin hinkt.

Nichts, ich habe nichts dergleichen aufgeschrieben. Ich lese meine Notizen mehrmals durch, finde aber nichts. Es kann aber wichtig sein.

»Anselmi, können Sie sich erinnern, ob ich meiner Mutter gesagt habe, dass die Mörderin hinkt?«

»Ich habe ihre ganzen Notizen gelesen, Commissario, doch das stand nirgendwo.«

»Dann rufe ich sie an.«

Als ich den Hörer abnehme, geht Anselmi, der immer sehr diskret ist, hinaus. Er hat meine Mutter einmal gesehen, und ich vermute, sie hat ihm Angst eingejagt – meine so unkonventionelle Mutter.

»Ah, Nino, was ist? Alles in Ordnung? Willst du mit Manu sprechen? Sie spielt drüben mit ihren Legos.« Meine Tochter ist eigentlich sehr lebhaft, doch wenn man ihr Legosteine gibt, dann wird sie brav wie ein Lamm. Und wenn man sie dann stört, wird sie zur Löwin.

»Nein, Ma, ich wollte mir dir sprechen. Ich weiß nicht, ob ich dir eine bestimmte Sache schon gesagt habe.«

»Hast du schon wieder deine Allergie?«

»Was hat denn meine Allergie damit zu tun?«

»Wenn du die Antihistaminika nimmst, wirst du immer schläfrig und vergisst alles.« Zwar sind seit meinem letzten Allergieanfall zehn Jahre vergangen, doch sie hat es nicht vergessen.

»Nein, keine Allergie. Es ist nur, weil die Dinge sich überschlagen.« Pause. »Habe ich dir gesagt, dass die Mörderin vielleicht hinkt?«

»Nein, das hast du mir nicht gesagt. Seit wann weißt du das?«

»Seit ein paar Tagen.«

»Dann hättest du damit ja auch noch bis nächstes Jahr warten können.« Doch sie ist nicht sehr gekränkt, denn sie ist gerade damit beschäftigt, die neue Information zu verarbeiten. »Oder hältst du mich als Zeugin nicht für hilfreich? Glaubwürdig sagt ihr dazu.«

»Natürlich bist du glaubwürdig, Ma. Und das weißt du auch. Was soll das eigentlich? Bist du auf Komplimente aus, oder was?«

»Nein, natürlich nicht. Du hast mir nichts von diesem Hinken berichtet. Man kann auf viele verschiedene Arten hinken. Hast du eine Vorstellung, wie sie hinkt?«

»Eine Zeugin hat gemeint, es sei das Knie. Sie hat gesagt, dass die Frau genauso hinke wie ihre Schwägerin nach einer Knieoperation.«

»Auf Anhieb fällt mir dazu nichts ein. Doch das Gefühl, sie schon einmal mit dem Lippenstift in dieser furchtbaren Farbe gesehen zu haben, habe ich immer noch. Ich arbeite daran.«

Also dann, bis bald und tschüss.

Als Anselmi wieder ins Zimmer kommt, bringe ich ihn auf den Stand, und auch er meint: »Hoffen wir einmal, dass Ihre Mutter sich erinnert. Vielleicht hilft ihr der neue Hinweis dabei.«

Der Nachmittag geht vorbei, es wird Abend: immer noch nichts Neues.

Ich fahre nach Hause.

Die Wohnung ist leer und still. Manu ist bei meiner Mutter

und Francesca im Büro. Jemand muss ja nun die Arbeit von Gabrieli erledigen, zumindest die dringendsten Projekte.

Ich öffne den Kühlschrank, vielleicht könnte ich mir ja etwas zu essen machen. Doch dann schließe ich ihn wieder. Lieber doch nur Kaffee und einen Keks dazu. Francesca kommt nach Hause, als ich bei der zweiten Tasse Kaffee und dem zweiten Schwung Kekse angelangt bin, denn während des Kauens habe ich gemerkt, dass ich Hunger habe.

»Ich habe heute Morgen in aller Eile das Haus verlassen und habe nichts vorbereitet«, sagt Francesca.

»Das ist schon in Ordnung.«

»Monica hat mir erzählt, was passiert ist. Die Diskette und der ganze Rest.« Sie hat ihre Steppjacke ausgezogen und im Flur aufgehängt, und irgendwo muss sie auch ihre Schuhe gelassen haben, denn jetzt ist sie barfuß. »Wie ich diese Schuhe hasse!«

»Ich weiß.«

»Ist noch welcher da?«, fragt sie und deutet auf die Espressomaschine.

»Ja.«

»Ich bin zum Umfallen müde.« Sie nimmt sich eine Tasse aus dem Abtropfgitter und schenkt sich ein. Ein Löffelchen Zucker, dann sitzt sie mir gegenüber und greift nach einem Keks. »Sonst was Neues?«, fragt sie, was sich aber eigentlich anhört wie: ›Schonschtwaschneusch‹, denn sie spricht mit vollem Mund.

Ich kann die Tage und die Ereignisse nicht mehr auseinanderhalten, alles ist zu einem wirren Knäuel geworden. Sollte ich auf die Reihenfolge der Geschehnisse einen Eid ablegen, müsste ich diesen verweigern. Ich würde keinen Eid ablegen. Doch mit Sicherheit war die Bombe im Bruco heute.

»Sonst was Neues?« Sie hat hinuntergeschluckt und fragt noch einmal.

Ich erzähle ihr von der vermeintlichen Bombe im Bruco, von der Botschaft mit dem zerbrochenen Brautpaar und der rosa Kamelie. Und von der Kuppe des rechten Zeigefingers. »Die anderen Male waren es nur zwei Botschaften, dieses Mal waren es drei.«

»Ich habe es dir schon einmal gesagt: Sie hält sich nicht strikt an ihre Rituale, sie ist flexibel.«

»Wie auch immer, die Zahl drei macht mir jedoch Sorgen. Ob eine der Botschaften vielleicht schon den nächsten Mord ankündigt?«

»Ich glaube nicht.« Ein weiterer Keks verschwindet. »Wie wäre es, wenn ich noch einen Kaffee machen würde?«

Ich nicke und frage sie über die Schulter, während sie am Herd hantiert: »Warum glaubst du das nicht?«

»Sie konnte dir den Finger ja kaum mit der Torte schicken.« Sie dreht sich um und drückt sich die Espressomaschine an die Brust, um sie zuzuschrauben. »Schau mal, Anto, bei den ersten Sendungen war es einfach, niemand hat Verdacht geschöpft. Sie konnte Paolo, den Sohn der Palleris, nutzen, sie konnte deiner Mutter ein Päckchen schicken und eines vor unserer Tür lassen. Doch es ist schwieriger geworden: Sie weiß, dass die Aufmerksamkeit größer wird.«

»Aber du sagst doch, dass sie gefunden werden will.«

»Nicht, bevor sie das getan hat, was sie tun muss. Sie musste auf den Lieferservice von Tonitto zurückgreifen, doch konnte sie ihnen ja schlecht den Finger zuschicken, mit der Bitte, ihn als Überraschung auf die Torte zu tun. Deswegen die dritte Botschaft. Und dazu noch ziemlich originell: Sie hat sie dir nicht geschickt, sie hat sie dich holen lassen.« Sie dreht sich um und zündet die Gasflamme unter dem Espressokocher an, dann wendet sie sich mir wieder zu. »Machst du aus, wenn der Kaffee durchgelaufen ist? Ich gehe unter die Dusche.«

Allein. Doch die Wohnung ist nicht leer und auch nicht still. Wenn ich die Ohren spitze, höre ich außer dem Brodeln des Wassers, das den Siedepunkt erreicht hat, deutlich die Geräusche, die Fran beim Duschen macht. Seit Ewigkeiten duschen wir nicht mehr zusammen. Ich drehe die Flamme aus, egal, ob das Wasser nun durchläuft oder nicht, und gehe zum Bad.

Ich trete ein. Durch die Scheibe aus Riffelglas kann ich sie sehen, wie sie sich das Wasser über den Körper laufen lässt.

»Anto?«

Einen Augenblick lang bin ich versucht, nicht zu antworten. Ich sehe mich in die Schlüsselszene des Vaters aller Thriller versetzt: *Psycho*.

»Anto? Was machst du da? Wenn du duschen willst, zieh dich aus und komm. Ich bin gleich fertig.«

»Ich hatte eigentlich etwas anderes im Sinn.«

»Nun komm schon. Du kannst mir wenigstens noch den Rücken einseifen.«

Später sitzen wir im Bademantel am Küchentisch. Das Duschen und der Sex danach hat uns hungrig gemacht.

Es ist spät geworden, die richtige Zeit für einen kleinen Mitternachtsimbiss, Spaghetti aglio olio e peperoncino.

Genau das Richtige für jemanden, dessen Wecker noch vor sieben Uhr klingelt.

Wir reden über alles Mögliche. Um sie zum Lachen zu bringen, erzähle ich ihr, wie meine Mutter die Geschichte mit der Allergie wieder hervorgekramt hat.

»Immer, wenn sie merkt, dass du müde und abgespannt bist. Das weißt du doch, Anto.«

Ich nicke.

»Vielleicht ist ihr nicht klar, dass du müde bist, weil du wenig schläfst, und nicht wegen der Antihistaminika«, sie mischt die Spaghetti mit der Gabel gründlich durch, »die machen einen fertig. Der arme Leonardo ...«

Ja, Gabrieli.

»In dieser Jahreszeit hat Leonardo immer unter seiner Allergie gelitten. Er hatte schon alles versucht: Allergietests, Impfungen. Nichts. Er hat solche Hustenanfälle bekommen, dass man geglaubt hat, er stirbt gleich.«

Sie stockt. Wie alle, die über einen soeben Verstorbenen reden und das Wort sterben benutzen. Als ob es den Tod noch verschlimmern würde.

Anselmi, Anselmis Frage. Ob hier vielleicht die Antwort ist. »Und, wie hat er sich über Wasser gehalten?«

»Mit Salven von Antihistaminika. Er hatte die verschiedensten Typen. Welche mit Breitenwirkung, mit sofortiger Wirksamkeit, welche mit verzögerter Wirkung. Tropfen, Tabletten, Sprays. Manchmal ist er vor dem Bildschirm eingenickt, und ich musste ihn wachrütteln. Auch wenn mir das leid tat, denn ich hätte ihn gerne ein wenig ausruhen lassen. Aber so hat er wenigstens nicht gelitten.«

Torrazzi soll die Dosis Antihistaminika im Blut überprüfen und mir sagen, ob sie Ursache einer außergewöhnlichen Schläfrigkeit sein kann.

Francesca spricht weiter. »Ihm war das sehr peinlich. Deshalb hat er einen anderen Weg gesucht. Er hat weniger Pillen geschluckt, dafür aber immer mit zwei Fingerbreit Wodka. Ich habe ihm gesagt, dass das verrückt sei, dass ihn der Alkohol vielleicht für den Moment aufputschen, ihn danach aber umso schlimmer beuteln würde. Abgesehen davon, dass er damit seine Gesundheit ruinieren würde. Aber das hat ihn nicht interessiert. Er schlief seltener ein. Doch wenn es mal vorkam, dann reichte es nicht, ihn an der Schulter zu rütteln, da brauchte es Kanonenschüsse.«

Torrazzi: Alkoholspiegel prüfen.

Mir wird leichter, so als ob die Probleme sich langsam zu lösen begönnen.

»Jetzt gieße ich die Spaghetti ab.«

Ich zucke zusammen, ich war mit meinen Gedanken weit weg.

»Dachtest du an den Fall?«, fragt sie, nicht einmal vorwurfsvoll.

Ich reiche ihr meinen Teller und nicke.

»Wenn das alles vorbei ist, müssen wir die Dinge zwischen uns klären.«

Was soll das heißen: die Dinge zwischen uns klären? Ich frage sie nicht, weil ich befürchte, dass sie sagt, dass wir uns für eine Weile trennen sollen. Die Mitternachtsspaghetti haben ihren Reiz verloren.

»Du solltest etwas essen, sonst kippst du irgendwann noch um.« Sie steckt sich eine Gabel voll in den Mund. »Die sind gar nicht schlecht.«

»Ja, sicher«, antworte ich und zwinge mich, eine Gabel voll zu essen.

»Was ich nicht verstehe: Warum im Bruco«, fragt sie, während sie eine zweite Portion Spaghetti um die Gabel wickelt. »Sie hätte diese Bombe, die keine Bombe war, doch irgendwo deponieren können.«

»Bequem, zentral und wenig Leute.« Die zweite Gabel Spaghetti rutscht schon besser.

»Du kannst nicht nur von Kaffee leben. Dann wirst du krank und vergisst außerdem, wie es ist, ganz normale Dinge zu essen.« Sie passt auf, dass ich nicht die Nudeln auf dem Teller herumschiebe und nur so tue, als äße ich. Dann spricht sie weiter: »Zentral. Ja. Bequem. Ja. Wenn du einmal überlegst, dann ist doch alles im Zentrum passiert, bevorzugt in Foce.«

»Zwei von drei Morden. Aber für die Lotti ist sie bis nach Circonvalmonte gegangen.«

»Wenn sie die Wahl hat« – Pause und Gabel mit Spaghetti – »dann nimmt sie Foce.« Sie zeigt mit der Gabel auf mich. »Corso Torino und Via della Libertà.«

»Corso Magenta passt nicht ins Muster.«

»Sie konnte deine Mutter ja nicht bitten umzuziehen.«

»Und was bedeutet diese Bevorzugung?«

»Vielleicht gar nichts. Aber vielleicht ist es einfach die Gegend in der Stadt, die sie am besten kennt. Es ist ein Stadtteil, in dem viel in Bewegung ist, in dem viele öffentliche Verkehrsmittel fahren.«

»Fährt sie kein Auto?«

»Das Knie.«

»Das kann auch gespielt sein. Wie auch immer, viele Menschen mit Knieproblemen fahren trotzdem Auto.« Während wir reden, habe ich meinen Teller Spaghetti leergegessen, beim Essen habe ich Appetit bekommen.

»Ich kann sie mir nicht in einem Auto vorstellen.« Francesca sieht mich an. »Bist du noch hungrig?«

»Ja, von den Spaghetti habe ich doch Hunger bekommen.«

Sie steht auf, kramt im Tiefkühlfach und holt ein ins Papier einer Bäckerei gewickeltes Päckchen heraus. Schon wieder ein Päckchen, seit einer Weile begleiten Päckchen mein Leben. »Focaccia. Gestern habe ich einen Vorrat gekauft und ihn ins Gefrierfach getan. Wir backen uns ein ordentliches Stück im Ofen auf.«

Sie schneidet ein Stück von der Focaccia ab und legt es auf das Backblech. Unterdessen schalte ich den Ofen an.

»Sie ist gleich fertig.« Focaccia in den Ofen. »Als hätten wir sie frisch von Mario geholt.«

Hätte ich sie in diesem Moment nicht aufgefangen, wäre sie zu Boden gesunken. Sie ist blass. Leichenblass nennt man das.

Ich drücke sie an mich. »Was ist mit dir, Fran?«

So habe ich sie noch nie gesehen.

»Ich habe sie gesehen.« Sie schließt die Augen.

»Wen hast du gesehen?«

»Sie. Ich habe sie gesehen.« Francesca zittert leicht. »Ich stand bei Mario in der Schlange.« Langsam erholt sie sich wieder. »Mach aus, einen Moment noch, dann mach aus.«

Ich hatte die Focaccia schon vergessen.

»Ich stand in der Schlange und habe mich umgedreht. Du weißt schon, wie das ist, man hat das Gefühl, dass jemand von hinten drängelt.« Pause. »Nein, eigentlich habe ich mich umgedreht, weil ich das Gefühl hatte, jemand hätte mich gerufen.« Sie deutet auf den Ofen. »Mach aus.« Dann löst sie sich aus meiner Umarmung und lässt sich auf einen Stuhl gleiten. »Holen wir sie raus. Wir haben sie aufgebacken, dann sollten wir sie auch essen.«

Ich tue, was sie sagt.

»Ich habe mich umgedreht. Da war aber niemand, den ich kannte. Ich habe auch nicht weiter darüber nachgedacht. Francesca ist ein häufiger Name.« Ich weiß, mir geht es mit Antonio genauso. »Beim Umdrehen habe ich die Frau hinter mir angestoßen. Ich habe mich entschuldigt, und sie hat gelächelt und irgendwas gesagt.«

Sie nimmt ein Stück Focaccia und beißt ab. »Sie ist sehr gut.«

Ich weiß nicht, wie sie das macht, ich jedenfalls habe schon wieder einen Knoten im Magen.

»Das war sie, Anto. Wie in der Beschreibung. Die weibliche Ausgabe.«

»Du solltest wegen des Phantombildes in die Questura kommen. Du bist diejenige, die ihr vermutlich am nächsten gekommen ist.«

»Aber ich habe sie mir doch kaum angeschaut.«

»Hattest du jemandem erzählt, dass du zu Mario gehen würdest, um einen Vorrat an Focaccia zu kaufen?«

»Nein, niemandem. Ich habe es gestern Vormittag ganz spontan beschlossen, als ich meine übliche Pause gemacht habe. Ich habe mir gesagt: Wenn ich mich beeile, bin ich in einer halben Stunde wieder zurück. Keiner kann das vorher gewusst haben, weil ich es selbst vorher nicht wusste.« Sie sieht mich an. »Aber es kommt mir nicht sehr wahrscheinlich vor, dass wir zufällig zur selben Zeit im selben Geschäft waren, oder?«

»Dann ist sie dir gefolgt.«

»Nehmen wir einmal an, dass sie es war, die mich gerufen hat. Warum hat sie das getan?«

»Vielleicht wollte sie dein Gesicht sehen. Aus der Nähe, im dichten Gedränge eines Ladens. Vielleicht wollte sie gesehen werden. Möglicherweise glaubt sie, dass wir schon so etwas wie eine Phantomzeichnung haben, dass du sie vielleicht darauf schon gesehen hast, und sie wollte dich erschrecken.«

»Sie hatte so erloschene Augen.«

»Sie kann aber nicht blind sein.«

»Das meine ich nicht. Erloschen. Mehr als traurig. Tote Augen.«

»Lass dich bloß nicht von Panik packen.« Dabei bin ich es doch, der völlig panisch ist. »Komm morgen früh in die Questura. Mit mir zusammen, wenn du willst, oder später …«

»Auch ich hatte eine Familie. Eine Tochter. Das hat sie gesagt. Und ich hatte überhaupt keine Familie oder Tochter erwähnt.«

Und Francesca trägt auch keinen Ehering. Den hat sie auf der Hochzeitsreise im Meer verloren, und wir haben ihn nie ersetzt. »Vielleicht hat sie vor sich hin geredet, und das galt gar nicht dir, vielleicht hat sie eigentlich mit jemand anderem gesprochen.«

»Bist du verrückt? Oder willst du, dass ich glaube, dass ich verrückt bin? Sie macht sich die Mühe, mich zu verfolgen, mir in einen Laden nachzugehen, es so anzustellen, dass ich sie sehe. Und dann redet sie, aber nicht mit mir?« Francesca beißt in ein Stück Focaccia und gießt sich die zwei Fingerbreit Pinot ein, die von den Spaghetti übrig geblieben sind.

»In Ordnung. Sie will, dass du weißt, dass sie eine Familie hatte. Fast alle Menschen haben eine Familie. Das scheint mir keine besondere Information zu sein.« Ich will, dass sie von etwas anderem redet und dass sie sich beruhigt. »Was ist sie für ein Typ?«

»Vierzig, fünfundvierzig Jahre. Aber keine von denen, die immer nach der neuesten Mode gekleidet sind, mit Markenklamotten und so weiter. Nein, eher schon ein bisschen verwelkt, aber gepflegt. So wie früher, als eine Fünfundvierzigjährige nicht mehr jung war. Klar?«

Ich nicke.

»Größe ...«, sie zögert, als müsse sie diese im Vergleich zu ihrer eigenen Körpergröße abschätzen, »einssechzig, aber eher knapp. Zierlich. Braune, leicht gewellte, kurze Haare. Amarantfarbener Lippenstift, ihr Kennzeichen. Wenig Brust und wenig Hintern. Unscheinbares Gesicht. Sie musste bestimmt nicht viel tun, um sich als farbloser Mann zu verkleiden.«

»Bist du sicher, dass sie es war? Im Grunde ist die einzige Übereinstimmung der Lippenstift.«

»Ich habe das Phantombild gesehen, das du deiner Mutter gezeigt hast. Sie ist es, in der weiblichen Version. Wahrscheinlich war das jetzt die natürlichste Ausführung. Wenn die überhaupt existiert. Bräunlicher Mantel mit einem Webpelzkragen. Getragen, anständig, sauber. Sie hat keinen Cent zu verschwenden.«

Ich weiß, dass Francesca zuverlässig ist, sie hat eine hervorragende Beobachtungsgabe, und ihre Beschreibungen sind sehr präzise. Eine ideale Zeugin.

Ich strecke mich: »Ich denke, es ist langsam Zeit, ins Bett zu gehen und zu versuchen, ein paar Stunden zu schlafen.« Ich stehe auf, und sie ebenfalls.

»Ich bin todmüde. Aber ich weiß nicht, ob ich schlafen kann.«

Doch am Ende bin ich es, der eine schlaflose Nacht verbringt, und als ich aufstehe, liegt sie noch immer auf dem Bauch in unserem Bett und atmet leise. Ich ziehe mich lautlos an, hinterlasse ihr eine Nachricht und verlasse die Wohnung.

Der Corso Gastaldi liegt noch fast im Dunkeln, doch oben der Himmel ist hoch und blau. Weiter hinten steht über den Dächern der Innenstadt, hinter den Silhouetten der Wolkenkratzer von Corte Lambruschini, voll und leuchtend der Mond.

Auch Anselmi beginnt zu strahlen, als ich ihm von den Antihistaminika erzähle, und er platzt gleich heraus: »Ihre Frau, Commissario, ist ja auch eine außergewöhnliche Frau.« Als ich ihm von der Bäckerei erzähle, ist er besorgt.

»Sie sollte am Vormittag vorbeikommen, Anselmi, um sich das Phantombild und die Verbrecherkartei anzuschauen. Mir wäre es am liebsten, wenn Sie sich persönlich darum kümmerten.«

»Ja, natürlich.« Eine Pause. »Bevor Sie gekommen sind, hat Ihre Mutter angerufen. Sie hat gesagt, es sei wichtig, doch sie wollte nicht bei Ihnen zu Hause anrufen, weil es beruflich sei. Sie hat die Bitte hinterlassen, dass Sie sie zurückrufen. Es sei aber nicht dringend.« Typisch für meine Mutter, auf diese

Art sagt sie einem, dass man sich beeilen soll, doch Anselmi, der sie ja nicht kennt, hat es wörtlich genommen.

Sie nimmt beim zweiten Läuten ab. »Ciao, Nino. Ich wollte dich nicht erschrecken. Manu geht es gut.«

Ich atme wieder.

»Gestern Abend ist meine Freundin gekommen. Erinnerst du dich an Enrica?« Ja, natürlich erinnere ich mich an sie. Wer sie einmal kennen lernt, vergisst sie nie wieder. Die einzige Frau, die meine Mutter, was Charakterstärke angeht, noch übertrumpft. Seit zwanzig Jahren spielen die beiden miteinander Canasta. Ich sehe aber nicht, was sie mit der ganzen Sache zu tun hat. »Ich habe mit ihr über den Fall gesprochen, den du bearbeitest ...« Wahrscheinlich weiß jetzt die ganze Stadt über diesen Fall Bescheid und arbeitet an dessen Lösung mit, vielleicht sogar auch die Mörderin. »Du weißt ja, dass ich vor Enrica keine Geheimnisse habe und dass sie sehr diskret ist. Und während ich ihr noch erzähle und ihr gerade das Gefühl beschreibe, das ich hatte, als ich das Phantombild gesehen habe, da fällt mir ein, wo und wann ich ihr begegnet bin.«

Ich stelle auf Mithören, und Anselmi greift nach seinem Notizbuch.

»Ich hatte Recht mit dem Gefühl, sie mit der Lotti zusammen gesehen zu haben. Im Krankenhaus vor vielleicht zwei oder drei Jahren. Sie lagen im selben Zimmer. Aber zu welcher Zeit genau, kann ich nicht sagen.«

»Welche Station?«

»Ganz sicher Orthopädie, 3. Stock, Ostflügel.«

»Sicher?«

»Ich bin seit Jahren ehrenamtlich bei der AVO tätig. Sie behaupten, ich sei eine, die auf die Orthopädie gehört. Ich erinnere mich, dass die Lotti und die Frau, die wir suchen, für eine kurze Weile Bettnachbarinnen waren. Das sind dort alles Vierbettzimmer, außer einigen kleineren für die schlimmeren Fälle. Doch es lagen auch noch andere bei den beiden im Zimmer.«

»Bist du wirklich ganz sicher?«

»Die Lotti hat immer nur verlangt, dass die Jalousien so zu- oder aufgezogen wurden, wie sie es wollte, und sie hat andauernd mit den anderen beiden gestritten. Die Dritte habe ich nur deswegen bemerkt, weil sie immer so still war. Als wäre ihr alles egal. Das Einzige, worum sie gebeten hat, war, ob ich ihr nicht einen Lippenstift kaufen könne. Sie hat mir den leeren Stift gegeben und auch das Geld für einen neuen. Obwohl ich das gar nicht wollte. Es sollte ein Lippenstift in genau derselben Farbe sein.«

»Erinnerst du dich noch, warum sie im Krankenhaus lag?«

»Sie durfte nicht aufstehen. Die Station ist auf Knieprobleme spezialisiert, doch sie nehmen auch andere Fälle. Die Lotti hatte sich verletzt, als sie auf dem schlecht befestigten Läufer im Treppenhaus ihres Hauses ausgerutscht ist.« Ja, ich erinnere mich, dass die Tochter mir von diesem Unfall erzählt hat. »Seit gestern Abend grüble ich darüber nach, aber mehr fällt mir nicht ein. Tut mir leid.«

»Du warst ganz prima, Ma.« Anselmi pflichtet mit raumgreifenden Gesten bei. »Das meint auch mein Kollege Anselmi.«

»Hat er alles gehört, was ich gesagt habe?«

»Natürlich. Du hast mir ja nichts Persönliches erzählt.«

»Du hättest es mir trotzdem sagen können. Ich habe das Recht, das zu wissen – beim nächsten Mal …« Sie verabschiedet sich und legt auf.

»Eine Frau mit Charakter.« Anselmi hat sich nicht zurückhalten können.

»Mit viel Charakter, manchmal auch mit schlechtem.«

»Besser ein schlechter Charakter als gar keiner. Und sie hat eine hervorragende Beobachtungsgabe. Sie würde eine gute Polizistin abgeben.«

Wir könnten eigentlich ein neues Team bilden: meine Frau, meine Mutter und ich. Oder die beiden allein, denn ich bin ja offenbar der Unfähigste von allen.

»Das ist ein Job für Sie, Anselmi: Fragen Sie die Tochter der Lotti, wann ihre Mutter im Krankenhaus lag. Wenn sie es nicht mit Sicherheit weiß, dann hat sie bestimmt die Rechnung noch, da sie ja einen Prozess gegen die Hausverwaltung führt. Dann fragen Sie bei der Krankenhausverwaltung nach. Vielmehr, das Beste wäre es, die beiden Angaben zu vergleichen. Und dann herausfinden, wer in den fraglichen Zeiträumen im selben Zimmer lag. Und dann einen nach dem anderen ausfindig machen.«

»Eine nach der anderen, Commissario. Alles Frauen.«

»Dem Personal, das in der Zeit von vor zwei bis vier Jahren auf der Station angestellt war, das Phantombild zeigen, das heißt die verschiedenen Versionen, auch die, die meine Frau noch erstellen wird.«

»Eine Arbeit für jemanden, der Vater und Mutter erschlagen hat …«

»Ja, aber die erste konkrete Spur.« Ich schaue auf die Uhr, es ist fast zehn, und Francesca ist noch nicht gekommen. Ich unterdrücke meinen Impuls, zu Hause anzurufen. Wir waren noch nie ängstlich. Nur eifersüchtig.

Ich bin eifersüchtig. Und ich habe allen Grund dazu, wenn ich sehe, mit welcher Vertrautheit sie Iachino grüßt, den sie ja höchstens zweimal gesehen hat. Aber er ist ja so ein hübscher Lockenkopf, der mich so gut nachäffen kann, dass man sich vor Lachen fast auf dem Boden wälzen muss. Durch die geschlossene Tür hindurch höre ich sie scherzen, sie haben sich offenbar im Flur getroffen.

»Iachino!« So hat mich noch niemand einen Untergebenen anbrüllen hören. Anselmi sieht zu mir hinüber, ohne Erstaunen zu zeigen, als wisse er, welcher Dämon für diesen Schrei verantwortlich ist.

»Ja, Commissario ...« Iachino steckt seinen Lockenkopf durch die Tür, und hinter ihm drängt sich Francesca herein. Rote Mokassins, roter Regenmantel, braune Baumwollhose, brauner Pullover. So erzählt, nicht sehr sexy, der Anblick aber schon. Und Francesca weiß das. »Ich bin wegen des Phantombildes gekommen. So früh ich konnte.«

Ihr Blick durchbohrt mich. Sie hasst Leute, die ihre Machtstellung ausnutzen. Genau wie meine Mutter ist sie im Grunde ihres Herzens Anarchistin.

Warum sie einen Bullen geheiratet hat, ist mir ein Rätsel.

Iachino ist das einzig greifbare Opfer, ich schäme mich zwar, aber ich habe mich gerade nicht im Griff. »Hast du nichts Besseres zu tun, als dich im Flur herumzutreiben, Iachino?«

»Ich war eigentlich gerade auf dem Weg zu Ihnen, Commissario. Aber wenn Sie im Augenblick keine Zeit haben ...«

»Ich habe es nicht eilig«, sagt Francesca.

»Anselmi, Sie sollten die Aussage meiner Frau aufnehmen und alles Übrige regeln.« Ich wende mich Francesca zu. »Da wir verwandt sind, könnte es sein, dass es nicht zulässig ist, wenn ich das mache.«

»Natürlich.« Sie wirft Anselmi ein strahlendes Lächeln zu. »Ich kann draußen warten oder wo auch immer Sie wollen. Ich kenne die hiesigen Gepflogenheiten nicht. Wenn Sie mich brauchen, rufen Sie mich.«

»Kommen Sie einfach mit mir, Signora Mariani«, sagt Anselmi und führt sie aus dem Büro.

Jetzt bin ich mit Iachino allein. »Also, was gibt es denn so Dringendes?«

»Wissen Sie, Commissario, manche Ihrer Kollegen haben Probleme damit, wenn die Untergebenen etwas tun, ohne sie vorher zu fragen.«

Ich nicke. Immer reden alle und reden und kommen nie zur Sache, und ich habe das Gefühl, nicht mehr viel Zeit zu haben, um diese Bestie aufzuspüren.

»Ich weiß, dass Sie nicht so sind, Commissario.«

Natürlich bin ich nicht so. »Setz dich und komm zur Sache.«

»Ich habe das Phantombild genommen, das wir mithilfe des Junkies erstellt haben.«

»Ex-Junkie. Und er heißt Nando Bonacelli.« Damit er es begreift.

Doch Iachino ist so in Fahrt, dass er gleich weiterredet: »Ich habe es den Nachbarn von Gabrieli und den Ladenbesitzern in der Gegend gezeigt. Eine kleine Veränderung – eine Brille mit einer billigen dunklen Fassung – an der Version, die uns« – er zögert kurz – »Bonacelli gegeben hat, und drei Leute haben sie sofort als Rita erkannt, als die Frau, die seit ein paar Monaten bei Gabrieli geputzt hat.«

Stimmt, Francesca hat mir von ihr erzählt. Rita. Ganz bestimmt hatte sie keinen Vertrag. Putzfrauen, die nicht schwarzarbeiten, sind eine Seltenheit. Also wird es nicht einfach werden, sie zu finden …

»Das ist aber noch nicht alles, Commissario.«

Ich mache ihm ein Zeichen, dass er weitersprechen soll.

»Als ich gegangen bin, ist mir ein Nachbar, Lorenzo Simonelli, aus dem Stockwerk darunter gefolgt, aber so, dass seine Frau es nicht gemerkt hat, und hat mir gesagt, dass er sicher ist, sie von früher zu kennen. Doch dass er aus der ganzen Sache draußen bleiben will.«

»Entweder drinnen oder draußen.«

»Seine Frau ist ein Drachen.« Pause. »Er hat Rita vor ungefähr fünfzehn Jahren kennen gelernt.«

»Wie alt ist dieser Simonelli?«

»Neunundsiebzig. Doch er scheint geistig fit zu sein. Also vor fünfzehn Jahren hat Rita in einem Etablissement gearbeitet. Massagen und Entspannung. Er sagt, er hat sie vier oder fünf Mal gesehen, dann ist er nicht mehr hingegangen, weil es ihm zu kostspielig wurde. Und dass sie sich sehr verändert hätte.«

»Wenn sie sich so verändert hat, wie kann er sicher sein, dass sie es war?«

»Das habe ich mich in diesem Moment auch gefragt, Commissario, und das habe ich ihm auch gesagt. Darauf hat er geantwortet: ein Muttermal knapp oberhalb der Kniekehle.« Er lächelt verschmitzt und spricht weiter: »In seinem Alter guckt er den Frauen noch auf die Beine. Wenn sie die Treppe hinaufgehen, bewundert er von unten die Aussicht.«

»Kapiert.«

»Er hat das Muttermal gesehen, und während er überlegt und wieder hinschaut und überlegt – ich sage das, nicht er –, ist ihm schließlich eingefallen, wann er sie schon einmal gesehen hat.«

O Gott, sind wir jetzt in einem Fortsetzungsroman gelandet?

»Er sagt, dass sie ein hübsches Mädchen um die dreißig war, nicht so vertrocknet wie jetzt – das hat Simonelli wörtlich gesagt.«

Wenn wir Glück haben, ist sie zumindest einmal von der Sitte aufgegriffen worden. Dann ist sie in der Kartei.

Oder jemand von den Ehemaligen erinnert sich an sie.

Wenn wir kein Glück haben, dann ist es trotzdem ein Indiz, das zu dem passt, was Nando uns erzählt hat.

»Aber das ist noch nicht alles, Commissario. Die muss

wirklich Eindruck bei Simonelli hinterlassen haben! Wer erinnert sich denn schon an eine Nutte, bei der er vor fünfzehn Jahren vier oder fünf Mal gewesen ist!«

Wenn ich Zeit hätte, würde ich ihn fragen, auf welchen Erfahrungen bei ihm eine solche Aussage basiert. Vor fünfzehn Jahren war Iachino noch ein kleiner Junge.

»Sie hat ihren Beruf unter dem Namen Margot ausgeübt …« Der Name in meinem Albtraum, und ich erinnere mich an keine Margot. »Und sie hatte rote Haare. Vielleicht eine Perücke. Jedenfalls rot. Ich habe ihn gefragt, ob sie gelockt waren. Nein, lang, hat er geantwortet.«

»Wie auch immer, das ist eine wichtige Übereinstimmung. Sehr gut, Iachino.«

»Doch er, Simonelli, hat gesagt, dass er nicht als Zeuge aussagt, denn wenn seine Frau das rauskriegt, lässt sie ihn dafür büßen. Aber nicht dafür, dass er in den Puff gegangen ist, seine Seitensprünge hat sie wohl immer sofort entdeckt. Nein, was die Frau zur Furie machen würde, wäre, dass alle anderen, Verwandte, Freunde, davon erführen. Der Ehemann in der Zeitung, weil er zu den Nutten geht. Schon die bloße Vorstellung hat ihn schlottern lassen, den Armen!«

»Etwas, das fünfzehn Jahre zurückliegt.« Ich kann nicht umhin zu denken, wie sehr ich schlottern würde, wenn Francesca mit derselben Unerbittlichkeit reagieren würde. Doch ihr wäre es egal, was andere davon halten, die Sache an sich brächte sie in Rage.

»Die Menschen sind seltsam. Jeder hat so seine Macken.«

»Noch etwas entdeckt?«, frage ich.

Iachino schüttelt den Kopf. Ich lasse ihn die Aufzeichnung des Telefonats mit meiner Mutter hören. »Anselmi wird sich darum kümmern, aber da du schon einmal mit der Tochter gesprochen hast …«

»Sie hat fast ausschließlich vom Unfall ihrer Mutter erzählt!«

»Nun, dann tu dir das noch einmal an und ertrag es mit Fassung, und dann sehen wir, ob wir noch ein bisschen mehr herauskriegen. Anselmi nimmt mit der Sekretärin im Krankenhaus Kontakt auf.«

Genau in diesem Augenblick kommt Anselmi zur Tür herein. »Sie wollten mich sprechen, Commissario?«

»Nein, ich habe Iachino über die Sache mit dem Krankenhaus informiert. Was ist mit meiner Frau?«

»Sie hat sich das Phantombild angeschaut, hat bestätigt, dass es sich um die Frau handelte, und hat ein paar Korrekturen gemacht. Und in der Kartei ist nichts zu finden!«

»Das war zu erwarten. Wenn sie von der Sitte in die Kartei aufgenommen wurde, kann das ja auch fünfzehn Jahre her sein, und sie hat sich seit damals sehr verändert.«

Ich sehe ihm an, dass er mir nicht folgen kann. Aber ja, ich Idiot! Er war ja nicht dabei, als Iachino mir von dem Rentner Simonelli erzählt hat. Ich bringe ihn in aller Kürze auf den neusten Stand.

»Eine schöne Nachricht, da ergeben sich viele Möglichkeiten.« Eine solche Aussage aus Anselmis Mund ist das Höchste. »Wir könnten überprüfen, ob die Gualtieri mit einer gewissen Margot gearbeitet hat.« Er wendet sich an Iachino. »Adresse des Hauses, in dem Rita gearbeitet hat?« Eine knappe Frage, als wollte der Experte den Grünschnabel überrumpeln.

»Via Odessa. Er erinnert sich nicht mehr, wie das Haus aussah, auch innen nicht. Es wären so viele Jahre vergangen. Ich glaube, er wollte es mir einfach nicht sagen.«

»Sehr gut. Jetzt teilen wir die Aufgaben untereinander auf. Anselmi geht der Spur nach, die meine Mutter aufgetan hat …«

»Aber mit der Tochter spreche ich, oder?«, schaltet sich Iachino ein.

»Ja, das hatten wir ja schon gesagt.« Ich lese mir die knappen Notizen durch, die ich mir gemacht habe. »Dann müssen wir prüfen, ob die Gualtieri schon einmal mit einer gewissen Margot gearbeitet hat. Und die Spuren von Margot suchen.« Ich lehne mich zurück. »Zwei schöne Fährten. Wir kriegen sie.«

KAPITEL 5

Überprüfen, vergleichen. Ausschließen.

Vier Aufenthalte hat es bei Jolanda Lotti im Krankenhaus San Martino, Haus Monoblocco, Orthopädie, 3. Stock, Ostflügel insgesamt gegeben. Nach einer ersten Schätzung müssen mindestens dreißig Personen überprüft werden.

Die Durchsicht der Sittenkartei ist noch viel aufwändiger.

Natürlich führen beide Wege zu Ergebnissen, aber sie brauchen Zeit. Sie werden zu Ergebnissen führen, wenn keine Aufzeichnug verloren gegangen ist, wenn es keine Übertragungsfehler gegeben hat, wenn die Krankenhausinsassen leicht zu finden sind, wenn ..., wenn ...

Trotz all dieser Wenns sind wir in der »Die Lösung des Falls steht bevor«-Stimmung, und wenn wir auch nicht gerade fröhlich sind, so haben wir doch zumindest nicht das Gefühl, ganz unfähig zu sein.

Wir tun unsere Arbeit und machen sie gut. Wir haben für den Fall sogar frische Kräfte engagiert, die wir von anderen Fällen abgezogen haben.

Torrazzi hat bestätigt, dass Gabrieli mit Antihistaminika vollgepumpt war – auch wenn er eine fachgerechtere Formulierung gewählt hat – und dass sein Blut Spuren von Alkohol aufweist. Also ist unsere Annahme wahrscheinlich richtig, dass er getötet wurde, als er wegen seiner Medikamente praktisch besinnungslos war.

In der Via Odessa gibt es ein Freudenhaus, wie man damals sagte. Doch keine Spur von einer gewissen Rita-Margot.

Das Telefon klingelt. Man teilt mir mit, dass eine Krankenschwester der besagten Station sich an die Frau erinnert, die wir suchen. Sie hat sie aufgrund des von meiner Frau angefertigten Phantombildes wiedererkannt. Vielleicht ist das der Glücksfall, auf den ich gewartet habe.

Ich könnte sie bitten, in die Questura zu kommen, doch die Atmosphäre bei uns macht unbescholtene Besucher nur nervös, und außerdem habe ich nichts dagegen, mir die Örtlichkeiten einmal selbst anzuschauen. Schnüffeln, großer Detektiv spielen.

»Ich komme zu Ihnen.«

Es ist keine Besuchszeit, und ich muss dem Wachmann meinen Dienstausweis unter die Nase halten. Kranke und Verwandte, Ärzte, Krankenschwestern, Tragen, Infusionsgalgen, Papierkram. Müde, geschäftige, besorgte, verstörte Gesichter.

Metallene Aufzüge, vollgeschmiert mit fußballfanatischen, politischen und düsteren Graffiti.

Überquellende Aschenbecher unter »Rauchen verboten«-Schildern.

Die Orthopädie ist eine Art verrückter Kindergarten. Laufwagen jeglicher Form und Größe. Stöcke und Stöckchen.

Mein Kollege begleitet mich bis zu einem Büro, das von drei Ärzten genutzt wird: »Man hat mir gesagt, dass wir diesen Raum benutzen können. Ich rufe Ihnen die Krankenschwester.«

Die Ärzte gehören bestimmt nicht zu den ganz Wichtigen, denn der Raum ist klein und geht nach hinten hinaus, kein grandioser Blick über die Stadt, sondern nur auf die Stützmauer, und wenn man nach oben schaut, sieht man die Felsen und ein Fleckchen Himmel.

Die Schwester ist um die fünfzig, kurzgeschnittenes Haar,

das einmal blond war, übergewichtig oder vielleicht nur kräftig gebaut. Wie auch immer, sie hebt alleine einen Kranken von siebzig Kilo hoch.

»Entschuldigen Sie, wenn ich Sie von der Arbeit abhalte, Signora ...« Den Namen habe ich vergessen.

»Meine Personalien habe ich Ihrem Kollegen gegeben. Für den Bericht. Auch wir haben unseren Ärger mit der Bürokratie. Alle nennen mich beim Vornamen. Marinetta. Sind Sie Emmas Sohn?« Sie kramt in einer Schublade und holt ein zerdrücktes Zigarettenpäckchen hervor. »Zigarette? Dies ist eine Freizone. Alle drei sind Raucher und gute Menschen. Oder schockiert sie das?«

»Bei meinem Job?«

»Wissen Sie, Sie ähneln Ihrer Mutter sehr. Als man mir erzählt hat, dass ein gewisser Commissario Mariani kommen würde, ist mir eingefallen, dass Emma Mariani hieß, als sie verheiratet war, und dass sie einen Sohn hat, der bei der Polizei ist.« Sie hat sich die Zigarette angezündet und nimmt einen genussvollen Zug. »Doch dann habe ich mir gesagt, dass das nicht sein kann, doch als ich Sie gesehen habe, gab es keinen Zweifel mehr. Der gleiche Körperbau, die gleichen Hände. Die Gesichtsknochen, der Schädel. Wissen Sie, das ist mein Beruf, und ich kenne Emma ja schon, seit sie bei der AVO ist.« Noch ein Zug.

Es ist deutlich, dass sie bei jeder Gelegenheit versucht, sich zu entspannen.

»Ich erinnere mich an sie. Ja, ich erinnere mich«, noch ein Zug, »nie hatte ich eine geduldigere Patientin. Nie hat sie sich beklagt. Sie konnte sich gar nicht bewegen. Beide Beine.« Sie zeigt bei sich auf die Stelle unterhalb des Knies. »Und ein Arm. Sie war ganz und gar auf Andere angewiesen. Nur einmal habe ich sie wütend gesehen, als ihr nämlich ein Foto aus der gesunden Hand auf den Boden gefallen war. Dieses Foto hat sie auch im Schlaf festgehalten. Sogar in den OP wollte sie es mitnehmen, all die Male.«

Marinetta ist eine Fundgrube an Informationen, ich weiß nicht, wie viel sie mir nützen, aber vielleicht verstehe ich langsam, was für eine Frau die Mörderin ist. Widersprechen sich doch bislang alle Informationen, die ich über sie habe.

»Nehmen Sie einen Kaffee? Um diese Uhrzeit sollte im Schwesternzimmmer ein Kaffee auf dem Herd stehen. Ich brauche jetzt dringend eine Tasse. Macht es Ihnen etwas aus, wenn wir hinübergehen?«

Wir gehen also in eines der Nachbarzimmer. Eine Menschentraube steht um eine Espressomaschine herum, die gerade aufhört zu brodeln.

Sie reicht mir eine Tasse. »Zucker?«

Ich schüttle den Kopf.

Nehme einen Schluck. Gar nicht schlecht, nein, eigentlich ziemlich gut.

Sie scheint meine Gedanken gelesen zu haben: »Je mehr eine Espressomaschine zu tun hat, desto besser ist der Kaffee. Und diese hier arbeitet im Akkord.« Sie trinkt einen Schluck. »Eine ungewöhnliche Frau, eine äußerst ungewöhnliche Frau, wo sie doch eine so gewöhnliche Erscheinung war. Doch sie hat sich nie beklagt, da war nur dieses verzweifelte Weinen, als ihr das Foto heruntergefallen war.«

»Wissen Sie, was auf dem Foto war?«

»Wir haben es alle gesehen, aber mir hat sie es wirklich gezeigt. Es war ein Familienfoto, eine junge Frau, ein junger Mann und ein etwa sechsjähriges Mädchen. Ich habe sie gefragt, ob die junge Frau ihre Schwester sei. Sie hat die Brille abgenommen und hat mich mit ihren erloschenen Augen angesehen.«

Dasselbe Wort hat Francesca benutzt.

»Erloschen?«

»Nicht, dass sie blind gewesen wäre. Es war, als ob ein Schmerz, ein starker Schmerz ihr den Lebenswillen genommen hätte, und außerdem trug sie immer diese dunkle Sonnenbrille. Nicht, weil das Licht sie störe, hat sie zu mir gesagt, sondern um sich dahinter zu verstecken.« Pause. »Und da habe ich sie gefragt, ob das ihre Schwester sei, denn an der Kleidung konnte man sehen, dass es ein aktuelles Foto war, höchstens zwei oder drei Jahre zuvor aufgenommen. Das bin ich, hat sie gesagt, ich, als ich noch eine Tochter, eine Familie, ein Leben hatte. Nun, zu uns kommen häufig Menschen, deren Familien durch Unfälle vernichtet sind. Und diejenigen, die überleben, sind oft so.« Sie nimmt sich einen Stuhl und bedeutet mir, mich auf einen anderen zu setzen. »Setzen wir uns hierhin, oder sollen wir lieber wieder rübergehen?«

»Das ist egal.«

»Also hier, dann rauche ich wenigstens nicht. Da habe ich sie gefragt, ob es ein Unfall war. Nein, hat sie geantwortet, weiter nichts.«

»Sie haben mir erzählt, dass sie wegen Beinbrüchen hier war, was ist ihr denn passiert?«

»Wissen Sie, manchmal haben wir unsere Zweifel. Doch wenn es keine absolute Sicherheit gibt … Wir sind ja auch hier, um Menschen zu heilen, nicht, um sie zu beschuldigen. Ein Schwindelanfall auf dem Balkon ihrer Wohnung, und sie ist hinuntergefallen, ein darunter geparktes Auto hat den Aufprall abgemildert. Ob der Sturz ansonsten tödlich gewesen wäre? Wahrscheinlich ja.«

»Versuchter Selbstmord?«

»Das habe ich nicht gesagt. Außerdem, wozu sie anzeigen? Es hätte ohnehin keine größere Strafe gegeben als die, die ihr das Schicksal auferlegt hat. Am Leben zu bleiben, drei chirurgische Eingriffe und mindestens sechs Monate völlige Bewegungsunfähigkeit. Druckbrand und so weiter. Natürlich, wenn sie das auf dem Foto war und sich seit damals schon sehr verändert hatte, aber aussah wie ihre eigene Schwester, dann war sie bei ihrer Entlassung wirklich eine Andere.«

»Wie war sie denn?«

»Mager. Es war schwierig, sie zum Essen zu bewegen.«

»Eigenartig, dass meine Mutter sich nicht an sie erinnert.« Sie hat ein vorzügliches Gedächtnis, und ein solcher Fall hätte bestimmt einen tiefen Eindruck bei ihr hinterlassen.

»Vielleicht war sie in der Zeit hier, als Ihre Mutter keinen Dienst auf unserer Station hatte.«

»Sie würde aber doch immer kommen, und wenn die Welt unterginge.«

»Ja, ich weiß, Emma ist so eine. Doch manchmal, wenn auf anderen Stationen Ehrenamtliche fehlen, dann schicken sie eben so jemanden wie sie, der sich schnell eingewöhnen kann.«

Das ist eigentlich auch nicht wichtig.

»Ja, aber wenn wir Schwierigkeiten haben, die genauen Daten der Krankenhausaufenthalte herauszufinden, was sein kann, dann können wir auch in den Unterlagen der AVO nachsehen, in welchen Zeiträumen Ihre Mutter nicht hier bei uns war. Die sind dort sehr genau.«

An der Art, wie sie mich ansieht, erkenne ich, dass sie gerne wieder an die Arbeit gehen würde. Doch ich habe noch eine Frage: »Hat sie jemals Besuch gehabt?«

»Wenn, dann habe ich es nicht mitbekommen. Und sie hat auch mit niemandem Freundschaft geschlossen. Sie hatte nur zwei Bedürfnisse. Das Foto in der Hand zu haben …«

»Sie, eine jüngere Frau, ein Mann und ein Mädchen …«

»Mutter, Ehemann und Tochter.«

»Und das andere Bedürfnis?«

»Sie war ja eigentlich nicht eitel, reinlich ja, aber sie legte keinen Wert auf gutes Aussehen, nicht wie so manche, die sich immer kämmen und im Spiegel anschauen. Doch ihr Lippenstift, der war ihr wichtig. Sie hat ihn zwar nie aufgelegt, aber den Stift wollte sie immer zur Hand haben.«

»Amarantfarben?«

»Woher wissen Sie das? Sie hatte mir erzählt, dass ihrer Tochter diese Farbe gefiel.«

»Und was hat sie Ihnen von dieser Familie erzählt?«

»Nur, dass sie keine Familie mehr hat. Dass alle tot sind.« Marinetta steht auf. »Ich weiß nicht, ob es richtig ist, wenn ich Ihnen das sage, aber sie hat mir das mit einer Stimme gesagt, mein Gott, diese Stimme … wie eine Tote.« Sie schaut mir ins Gesicht, als sie schließt: »An mehr kann ich mich nicht erinnern. Wenn mir doch noch etwas einfällt, melde ich mich.«

»Erinnern Sie sich noch an den Namen?«

»Ach, wissen Sie, hier kommen so viele Menschen her, es ist leichter, sich an ein Gesicht oder an einen Fall zu erinnern als an einen Namen. Man erinnert sich ja immer an das Besondere. Vor etwa drei Monaten hatten wir hier eine Violetta Rosa. Diesen Namen vergisst man nicht so leicht. Die hatte außerdem noch rote Haare. Doch ich verspreche, dass ich darüber nachdenken werde …«

Ich frage sie, ob sie weiß, wie sie mich kontaktieren kann, auch wenn sie mir eine aufgeweckte Person zu sein scheint. Ich danke ihr, danke der Stationsschwester und habe die Station fast schon verlassen, als mich ein energisches »Mariani!« zurückruft.

Wir stehen im Flur. »Entschuldigen Sie, vielleicht sollte ich Sie nicht so nennen. Doch Ihre Mutter hat so viel über Sie gesprochen, dass ich Sie zu kennen glaube.«

»Keine Sorge, Marinetta, lassen wir die Formalitäten beiseite.«

»Eine Blume, sie hieß wie eine Blume. Erinnern Sie sich an

das Lied von Cocciante?« Und sie stimmt leise und falsch das Lied an: »Margherita è vera ...«

»Margherita?«

»Margherita.«

Dann ist also aus Margherita die Nutte Margot geworden.

Und als Putzfrau war sie Rita.

Marguerite Gautier, die Kameliendame, la Traviata.

»Ist das ein guter Hinweis?« Marinetta muss das erfreute Lächeln bemerkt haben, das über mein Gesicht flog.

»Ein guter Hinweis. Er erhellt einige unklare Punkte und kann uns helfen, sie zu fassen.«

»Können Sie mir sagen, warum Sie sie suchen?«

Ich schüttle den Kopf. »Aber ich kann Ihnen sagen, dass es wichtig ist, sehr wichtig. Es kann helfen, Leben zu retten.«

»In Ordnung. Dann ist es gut.« Ich verlasse die Station.

Viel Verkehr, verstopfte Straßen – wegen Arbeiten am Straßenbelag, Baustellen der Telecom oder weil sie es eben immer sind. Weniger als vier Kilometer vom San Martino zur Questura und viel mehr als vier Kilometer bloß liegende Nerven.

Doch kaum habe ich Anselmi über das Gespräch mit der Krankenschwester unterrichtet, entschädigt mich sein halbes Lächeln für allen Ärger. »Endlich tut sich was. Eine schöne Spur.« Und er schreibt alles fleißig in sein Notizbuch.

Als ich nach Hause komme, erzähle ich auch Francesca von der Neuigkeit, sie ist froh und voller Hoffnung. »Endlich einmal eine Spur, die sie nicht bewusst gelegt hat.«

Die schöne, zuversichtliche Stimmung hält sich zwei Tage lang, dann macht sich wieder Unruhe breit, nicht der Hauch einer Margherita unter den Namen der ehemaligen Patienten und auch nicht in der Sittenkartei.

Serra sucht sich ausgerechnet diesen Zeitpunkt aus, um

nach dem Stand der Ermittlungen zu fragen. »Wissen Sie, Mariani, die sitzen mir schon im Nacken. Der letzte, wie hieß er noch ...«

»Leonardo Gabrieli.«

»Genau der. Ein paar Zeitungen schreiben schon von Industriespionage, von Finanzintrigen. Eine verschwundene Diskette. Dass Sie mir das nur bald aufklären.«

Jetzt fehlt nur noch, dass er sagt: »Das ist eine Anweisung.«

Wenn er so ist, finde ich ihn unerträglich. Und er ist immer so. Trotzdem heißt es, er sei intelligent. Wahrscheinlich gehen wir uns einfach nur gegenseitig auf die Nerven. Eine Frage der Chemie.

Doch das ist nichts Neues, und ich würde dem Ganzen einfach den Rücken kehren, wäre da nicht diese hübsche Überraschung.

Sie kommt mit der Post. Ganz banal mit der italienischen Post. Und das nach all den phantasievollen Schnörkeln. Ein Päckchen in normalem Packpapier, an meine Wenigkeit, Questura, Via Diaz, Genua adressiert.

Nach dem üblichen Ritual – Fotos und diverse Vorsichtsmaßnahmen – enthüllt es seinen Inhalt.

La lunga vita di Marianna Ucria von Dacia Maraini, Verlag Mondadori. Das lange Leben der Marianna Ucria.

Das macht jeglicher Happy-End-Atmosphäre schlagartig den Garaus.

Aus dem Titel sind einige Buchstaben entfernt worden, kleine akkurat herausgeschnittene Rechtecke. Die verbleibenden Buchstaben ergeben einen neuen Titel: LA VITA DI MANU – Das Leben von Manu. Auch beim Namen der Autorin wurden Veränderungen vorgenommen. Dacia ist verschwunden, und zwei Buchstaben des Nachnamens wurden vertauscht, so dass daraus Mariani wurde.

Das Leben von Manu Mariani. Einzigartig in seiner Deutlichkeit.

Perfekt.

Im Buch befindet sich die gewohnte Höhlung, eine rosafarbene Blüte und eine Ähre.

Kopie des Blumenzüchterkatalogs mit den Fotos der Kamelien. Wenn mir die Angst nicht das Hirn verbrannt hat, ist es die, die Sasanqua rosea genannt wird. Und jetzt der *Florario*: Sasanqua rosea bedeutet: Ich werde dich festzuhalten wissen, du wirst mir nicht entkommen.

Und die Ähre? Jedes Mal, wenn ich glaube, etwas begriffen zu haben, kommt etwas Neues hinzu, das mich aus der Fassung bringt.

Doch das Schlimmste ist die Frage, wie ich es am besten Francesca sage.

Manu im Fadenkreuz. Das ist einfach, wenn das betreffende Kind nicht gerade die eigene sechsjährige Tochter ist.

Ihr sagen, dass sie aufpassen soll, ihr verbieten, mit fremden Leuten zu sprechen oder mit ihnen mitzugehen. Wenn wir das noch einmal tun, dann setzt sich die Angst in ihr fest. Sie zu Hause behalten. Nein.

Darauf hoffen, dass wir die Mörderin kriegen, bevor sie handelt.

Den Namen Margherita vergessen und versuchen, alle Patientinnen aufzuspüren und sie mit dem Phantombild zu konfrontieren.

Auch wenn wir, um das erfolgreich durchzuziehen, für ein paar Tage mit Hochdruck arbeiten müssen.

Dieses Mal muss ich einfach Erfolg haben.

Fran hört mir reglos und ohne eine Miene zu verziehen zu.

»Wir finden sie, Fran.«

»Ja.« Dieses Ja hat keine Bedeutung, es ist kein Zeichen der

Zustimmung oder der Höflichkeit. »Du bist der Experte, was muss man jetzt tun? Ich will sie doch nicht in der Wohnung einsperren …«

»Nur so lange, bis wir die Mörderin gefunden haben.«

»Nein.«

Ich würde ihr gerne sagen, dass alles andere Wahnsinn ist.

»Wir werden vorsichtiger sein, doch wir machen so weiter wie bisher. Lassen wir sie noch ein paar Tage bei deiner Mutter. Denn das will sie ja, sie will uns das Leben unmöglich machen.« Francesca steht auf. »Ich bin müde, ich muss schlafen.« Gästezimmer.

Der Albtraum ist grauenvoll. So schlimm war es noch nie.

Ich will aufhören, doch ich töte.

Fran und meine Mutter stehen einen Schritt von mir entfernt, sie sehen mich an, ich weiß, sie sprechen mit mir, ich weiß, sie flehen mich an, es nicht zu tun, doch ich, ich töte meine Tochter. Ich will es nicht, doch meine Hände gehorchen mir nicht, meine Hände töten.

Ich töte.

Am Morgen ist Francesca schon in der Küche, sie muss gerade geduscht haben. Ein höfliches Guten Morgen, sonst nichts.

»Habe ich dich geweckt?«

»Nein, Ohrstöpsel.«

Ich weiß, dass sie die unangenehm findet.

»Ich musste schlafen.«

»Ich gehe duschen«, sage ich.

Ein leichtes Nicken.

Während ich unter dem Wasserstrahl stehe, sehe ich durch das Riffelglas, wie sie hereinkommt und an die Scheibe klopft. Ich drehe das Wasser ab. »Was ist?«

»Telefon.« Pause. »Marinetta.«

Ich steige aus der Dusche, nehme den Bademantel, den mir Francesca reicht, und eile zum Telefon. »Pronto.« Dann schalte ich auf Mithören.

»Ich habe bei Ihrer Mutter nach Ihrer Privatnummer gefragt, vielleicht ist es ja wichtig. Nicht Margherita, sondern Margarita. Und es ist nicht der Vorname, sondern der Nachname. Dora Margarita. Heute Nacht habe ich ein Kreuzworträtsel gemacht. Berühmter mexikanischer Cocktail auf Tequila-Basis. Ich wusste es nicht, doch als alles ausgefüllt war, stand da: Margarita. Da ist mir blitzartig wieder eingefallen, dass es nicht der Vorname war, und dann kam mir der Vorname Dora. Denn am Anfang haben wir es falsch gemacht und haben Margherita Dora auf die Krankenblätter geschrieben. Und sie hat uns immer wieder geduldig korrigiert.«

»Danke.«

»Da ist noch etwas, was ich Ihnen sagen wollte, ich glaube zwar nicht, dass es bei dem Fall weiterhilft, aber Sie hatten mir gesagt, dass Sie etwas über diese Frau wissen wollten. Nur, zwei Kollegen sind krank ... Und ich spreche nicht gerne am Telefon.«

»Soll ich vorbeikommen, wie beim letzten Mal?«

»Ja, ich sehe auch zu, dass es nicht allzu lange dauert.«

Ich nehme den Hörer vom Ohr und schaue Fran an: »Vielleicht haben wir es jetzt.«

»Wann fährst du hin?«

»Ich gehe auf einen Sprung in die Questura, um Anselmi auf den neusten Stand zu bringen, dann fahre ich zum San Martino. Warum?«

»Nur so.«

»Gehst du ins Büro?«

»Ja, aber heute Nachmittag mache ich früh Schluss und hole Manu ab. Sie fehlt mir.«

»Vorname: Dora, Nachname: Margarita. Wir finden sie, Commissario. Das Krankenhaus war wirklich eine gute Spur.«

»Drei Dinge sind zu überprüfen, Anselmi.«

»Drei? Patienten, Sitte. Und die dritte?«

»Gehen wir davon aus, dass die anderen Überprüfungen positiv waren: die Adresse von Dora Margarita.«

»Ja.«

Und ich fahre wieder zum San Martino, jetzt kenne ich den Weg und finde die Station ohne Probleme.

Marinetta ist im Flur. Sie begleitet den Chefarzt bei seiner Morgenvisite.

Ich trete näher und zeige meinen Dienstausweis. Bitte darum, mit der Krankenschwester Maria Antonietta Valle in einer laufenden Ermittlung sprechen zu dürfen. Bedanke mich für die Zusammenarbeit.

Auch dieses Mal ziehen wir uns in das Büro der drei Ärzte zurück.

Sie kommt gleich zur Sache und ohne sich zur Einleitung eine Zigarette anzuzünden. »Sie hat Ihre Mutter erst am Ende ihres Krankenhausaufenthalts kennen gelernt. Da konnte sie mit den Krücken schon alleine aufstehen. Ich erinnere mich sehr gut daran. Neben ihr lag eine ältere Frau, eine ganz schöne Nervensäge, das sollte man zwar nicht sagen, aber auch wir sind nur Menschen. Sie beklagte sich über alles und jedes und erzählte, dass sie auf einem schlecht befestigten Treppenhausläufer ausgerutscht wäre und dass wir alles, was wir mit ihr anstellten, auf die Rechnung schreiben sollten, denn sie wollte die Hausverwaltung verklagen.«

»Die Lotti.«

»Ich erinnere mich nicht mehr an den Namen, aber sehr gut daran, wie nervtötend sie war. Im dritten Bett lag eine Kollegin aus einem anderen Krankenhaus, das keine Orthopädie hat. Eine junge und muntere Frau, die am Meniskus operiert werden sollte. Ich habe sie gestern angerufen, um gemeinsam zu überlegen, woran wir uns noch erinnern können. Wenn Sie die Telefonnummer brauchen ...«

»Ja, ich schreibe sie mir nachher auf.«

»Die Vierte, eine Frau mittleren Alters, hatte einen Motorradunfall gehabt. Große Liebhaberin von Krimis. Sie litt an Schlaflosigkeit und hat dann mit einer Taschenlampe gelesen. Auch darüber hat sich die Quengeltante beschwert. Eines Tages habe ich zu dieser Vierten gesagt – eine umgängliche und nette Person, die nur ihre Krimis brauchte und ab und zu einen hineingeschmuggelten Kaffee, nicht dieses Gesöff aus dem Automaten –, ich sage also zu ihr: Wie schade. Eine Ehrenamtliche der AVO hat einen Sohn, der Kommissar ist, aber leider ist sie momentan auf einer anderen Station. Aber vielleicht kommt sie ja wieder, bevor Sie entlassen werden. Sie antwortete: Wenn Sie uns dann vielleicht bekannt machen ... Wissen Sie, manchmal redet man einfach nur, um die Stimmung aufzulockern, und wenn man es dann mit jemand Unkompliziertem zu tun hat, dann ist das ein Segen.«

Sie erzählt gut. Ich sehe die Szene richtig vor mir.

»Und als Ihre Mutter Emma, die uns so gefehlt hat, wie vorgesehen wieder zu uns geschickt wurde, habe ich sie unserer Krimileserin vorgestellt. Ihr Sohn ist Polizeikommissar. Und Emma sagte: Antonio Mariani, genannt Nino. Nur ich nenne ihn so, und berühmt ist er, glaube ich, auch nur für mich.«

Auch meine Mutter sehe vor mir, als Marinetta so erzählt.

»Später ruft mich die Margarita an ihr Bett und fragt mich, ob diese Ehrenamtliche von der AVO wirklich die Mutter eines Polizeikommissars ist oder ob ich das einfach nur so gesagt habe. Ich sage ihr, dass es stimmt. Und nach einer Weile fragt sie noch einmal, ob das wirklich die Mutter des Kommissars Antonio Mariani ist. In diesem Moment kam mir ihre Neugierde ein wenig übertrieben vor. Auch meine Kollegin, die mit dem Meniskus, hat mich am Telefon gefragt: Wieso hat sie sich eigentlich so dafür interessiert? Da gab es doch keinen Grund. Tagelang halb in der Totenstarre und dann, zack, wacht sie auf, ist ganz aufgeregt, weil das die Mutter eines Kommissars ist.« Marinetta sieht mich an. »Was meinen Sie dazu? Das kam mir interessant vor. Aber wie hätte ich Ihnen das am Telefon erklären können?«

»Ja, natürlich.« Und so hat sie meine Mutter kennen gelernt. Die Mutter von Commissario Antonio Mariani. Zufällig. Vielleicht wollte sie sterben, der Zufall hat sie gerettet, hat sie zu meiner Mutter geführt ... Jetzt reicht es, oder ich bringe doch noch jemanden um.

»Ich sollte gehen ...«

Ich bedanke mich und danke auch im Vorbeigehen dem Chefarzt.

Draußen.

Es hat zu regnen begonnen. Regen aus einem niedrigen Himmel, keine Hügel, keine Festungen. Nur Grau in Grau.

Questura.

Anselmi ist aufgeregt: »Wir haben Dora Margarita in die Datenbank eingegeben.« Er wartet nicht ab, sondern setzt sich vor mich, reicht mir die Übersicht und trägt mir mit klarer Stimme seine Zusammenfassung vor: »Vor sieben Jahren, genau zu dieser Zeit, war sie in einen Fall verwickelt.« Er schaut mich an.

»Wer war damit betraut?«, frage ich, doch ich weiß die Antwort schon.

»Sie, Commissario.« Pause. »Ich war damals noch nicht hier, ich wurde erst ein paar Monate später versetzt.«

Er hätte sich daran erinnert. »Der Mord an einem Callgirl. Andreina Vivaldi, genannt Ninì.«

Ninì. Nein, nicht schon wieder diese verfluchte Geschichte. So viele Jahre, und es ist immer noch nicht vorbei.

»Haben Sie die Adresse herausgefunden?«

»Noch nicht. Aber wir haben sie bald.«

Als es Zeit ist, nach Hause zu gehen, ist die Adresse von Dora Margarita noch ein Rätsel.

Und ich muss mich entscheiden, ob ich Francesca etwas erzähle, und wenn ja, was.

Alles kann ich nicht sagen, aber zumindest so viel, dass die Geschichte glaubhaft wird.

Die Heimfahrt ist eine Qual.

Es ist wie bei einem Film, der schon angefangen hat. Bei jeder Ermittlung ist es ein bisschen so, aber bei dieser ist es schlimmer.

Durch einen Zufall begegnet sie meiner Mutter. Und deren Nachbarin.

Vielleicht setzt sie dann einiges dran, um jemanden kennen zu lernen, der etwas mit meiner Frau zu tun hat. Wie sie Leonardo Gabrieli wohl aufgespürt hat?

Aber ja, ich bin doch ein Idiot, hirnlos, blind und taub. Was hat mir Fran denn erzählt? Dass Gabrieli eine wunderbare Putzfrau gefunden hatte, eine, die vorher im Büro geputzt hat. Er hat sie getroffen, weil er so unregelmäßige Arbeitszeiten hat, so hat Fran gesagt. Vielleicht hat sie es ja so eingerichtet, dass er ihr begegnet.

Bei der Gualtieri kann es nicht schwer gewesen sein.

Aber warum ist sie mir gegenüber so verbittert?

Mir fehlt der Anfang des Films.

Als ich, gespannt wie eine Gitarrensaite, die Wohnungstür öffne, schallt mir Francescas Begrüßung entgegen und eine andere Stimme, die ich zunächst nicht erkenne.

Fran kommt in der Flur: »Nando ist vorbeigekommen, um einen Blick auf meine Blumen zu werfen.«

Ich lobe ihn im Stillen, weil ich damit den Augenblick der Beichte aufschieben kann. Doch nicht den Augenblick der Wahrheit.

»Guten Abend«, begrüßt mich Nando, der am Küchentisch sitzt und eine Cola vor sich stehen hat. Als ich hereinkomme, steht er auf. Angst oder gute Erziehung? Vielleicht beides.

»Guten Abend, Nando.«

»Ich bin hergekommen, um mal nach den Blumen zu schauen.«

»Los, Nando«, Francesca legt mir eine Hand auf den Arm. »Erzähl es ihm.«

»Nun, Nando, was gibt es?« Ich setze mich. »Setz dich und lass uns reden. Hast du Ärger? Bist du in irgendetwas hineingerutscht und brauchst Hilfe?«

Er schüttelt den Kopf. »Die Kamelien. Wer könnte diese vielen verschiedenen Sorten haben? Das habe ich mich die ganze Zeit gefragt.«

Jeder betrachtet die Dinge immer aus seinem ganz persönlichen Blickwinkel.

»Er oder sie hat eine Gärtnerei oder arbeitet in einer. Eine Gärtnerei mit vielen Kamelien.«

»An diese Möglichkeit haben wir auch schon gedacht. Wir haben schon alle Gärtnereien abgeklappert, alle Blumenzüchter. Nichts. Niemand, der dem Phantombild ähnelt, arbeitet dort«, wende ich ein.

»Doch es gibt ja auch Privatleute. Gärten, Terrassen, Balkone. Auch in der Stadt gibt es welche. Ich habe meine Kollegen gefragt, ob einer von ihnen schon mal bei jemandem mit einem Garten oder einer Terrasse mit Kamelienpflanzen war. Mit vielen Kamelien und verschiedenen Sorten. Die Blumenzüchter kaufen die Pflanzen nämlich bei uns und wenden sich dann wieder an uns, wenn sie jemanden für die zeitweilige Pflege ihrer Pflanzen brauchen. Wir bieten so eine Art Dauerservice an.«

»Da kennen wir uns natürlich nicht aus, diese Idee ist uns tatsächlich nicht gekommen. Eine sehr gute Idee, wirklich.«

Nando legte ein kariertes Blatt Papier auf den Tisch. Von Hand hat er dort in kindlichen, aber sehr deutlichen Druckbuchstaben eine Liste von Namen und Adressen aufgeschrieben. Etwa zehn. »Ich habe Ihnen eine Liste gemacht. Ich weiß nicht, ob sie wirklich vollständig ist. Wahrscheinlich nicht. Aber Sie haben ja bei der Polizei ganz viele Möglichkeiten, und Sie können es so machen wie ich und bestimmt alle rauskriegen. Zu jedem Namen habe ich dazugeschrieben, von wem er die Pflanzen pflegen lässt.«

Ich verstehe, was das bedeutet. Mehr noch als die Liste zu haben, ist es wichtig zu wissen, wie man an die Namen kommt: In allen Gärtnereien und Blumenzuchtbetrieben nachfragen, wer Kamelien hat.

Ich nicke.

»Ich hoffe, ich habe nicht gestört«, sagt Nando und steht auf.

Auch ich stehe auf und gebe ihm die Hand: »Kein Problem, Nando. Du warst mir eine große Hilfe. Wenn wir dir irgendwie helfen können ...«

Francesca ist deutlicher: »Wenn du Lust hast, ein bisschen zu quatschen, komm doch einfach vorbei.«

Da strahlt Nando sie an.

Dann sind wir allein. Nando ist gegangen. Seine Schuld ist ihm längst vergeben.

Wird Francesca mir meine vergeben? Nein, das weiß ich sicher.

Ich werde nicht die ganze Wahrheit erzählen.

»Wir kennen den Namen der Mörderin. Dora Margarita.«

»Margherita Dora?«

»Nein, Margarita. Nachname Margarita, Vorname Dora.«

»Vorbestraft?«

»Sie war eine Prostituierte. Sie ist nur einmal vor dreizehn Jahren aufgegriffen und in der Sittenkartei registriert worden«, sage ich und warte auf einen Kommentar, der aber nicht kommt, also muss ich weitersprechen. »Vor sieben Jahren war sie in einen Mordfall verwickelt. Ein Callgirl, Andreina Vivaldi.«

»Wie wurde sie getötet?« Ich weiß, auch wenn sie es nicht sagt, dass sie nachrechnet: Wir haben vor sieben Jahren geheiratet, drei Monate nachdem wir uns kennen gelernt hatten.

Ich würde ihr ja gerne sagen, dass der Fall Vivaldi schon gelöst war, als ich sie kennen gelernt habe, aber damit würde ich ihr auch sagen, dass es kein Fall wie jeder andere war. Daher berichte ich lieber von den technischen Details. »Sie wurde mit einem Kissen erstickt. Aber nicht, dass du auf falsche Gedanken kommst …«

»Ich komme gar nicht auf falsche Gedanken.«

»Die Margarita war nicht die Mörderin, ein Kunde hatte die Vivaldi getötet.«

»Und wie war ihre Verbindung zu dem Fall dann?«

»In den Zeitungen wurden die Namen veröffentlicht, die im Adressbuch der Toten standen. Auch der Name Dora Margarita. Ein Journalist hatte entdeckt, dass sie Jahre zuvor in der Sittenkartei stand, und hatte sie unter den Kolleginnen der Toten aufgeführt.«

»Das hat sie bestimmt gefreut!«

»Dann hat man entdeckt, dass sie gar nichts mit dem Mord zu tun hatte und dass sie außerdem schon seit einigen Jahren keine Prostituierte mehr war.«

Francesca sieht mich an, und ich hoffe, dass sie meine Gedanken nicht lesen kann. Ganz besonders einen nicht. »Natürlich hat niemand sie für diese negative Werbung, wenn wir es so nennen wollen, entschädigt«, stellt sie fest.

Ich schüttle den Kopf. Mein Nacken und die Schultern sind ganz hart vor Anspannung.

»Wenn sie seit so langer Zeit schon nicht mehr dabei war, warum stand ihr Name dann im Adressbuch?«

»Sie hat als Frisöse gearbeitet. Sonntagmorgens oder montags kam sie zu der Ermordeten in die Wohnung und hat ihr die Haare gemacht. Und das war kein Vorwand, um lukrativere Tätigkeiten zu vertuschen.«

»Und was hat sie danach getan?«

»Das versuchen wir rauszufinden.«

»Und du warst mit dem Fall betraut.« Das ist keine Frage. »Natürlich.«

»Es war nicht meine Schuld, dass ihr Name mit dieser Geschichte in Verbindung gebracht wurde und in die Zeitungen kam.« Ich habe noch die Liste von Nando in der Hand, mittlerweile ganz unverdient völlig zerknittert. Ich falte sie zusammen und stecke sie in die Tasche.

»Ich bin vielleicht blöd, aber ihr verfolgt die Schuldigen, um die Unschuldigen zu schützen. Sie war unschuldig und hätte geschützt werden müssen. Ich habe ›ihr‹ gesagt, aber ich hätte auch ›du‹ sagen können.«

»Das sagt sich so einfach.«

»Es sind ja sicher nicht alle Namen aus dem Adressbuch in den Zeitungen gelandet, oder? Wenn sie ein Callgirl war, dann standen ja sicherlich auch die Telefonnummern von Kunden drin oder von In-Lokalen, die ihr als Ausgangspunkt dienten.«

»Woher weißt du das?«

»Ich gehe manchmal ins Kino.« Pause. »Also standen nicht alle in der Zeitung?«

»Nein.«

»Nur die armen Teufel.«

Schweigen.

»Ich mach dir das Abendessen.«

»Und Manu?«

»Ich habe sie wieder zu deiner Mutter gebracht. Ich habe viel zu tun, und hier ist die Stimmung auch nicht besonders … heiter.« Pause. »Was willst du zum Abendessen?«

»Was da ist. Dasselbe, was du isst.«

»Ich habe schon gegessen.«

So macht sie mir ein Abendessen, räumt wieder ab, und dann geht jeder in sein eigenes Zimmer.

Dora Margarita ist bei mir. Ich wünschte mir, sie wäre wirklich da, dann könnte ich sie fragen, warum sie so verbittert ist. Ja, ich gebe zu, ich habe es zugelassen, dass ihr Name unter den Kolleginnen von Ninì auftauchte. Doch sie war eine Nutte gewesen, wie hätte ich wissen sollen, dass sie es nun nicht mehr war?

Wie hätte ich wissen sollen, dass sie aus einem ganz anderen Grund in dem Adressbuch stand?

Warum?

»Wie kannst du das von mir erwarten, Dora Margarita, wie hätte ich wissen können, dass du sauber warst?«

Ich knipse das Nachttischlämpchen an und nehme mir ein Buch. Ich habe Angst vor dem Einschlafen, weil ich dann vielleicht träume.

Albträume.

Andreina Vivaldi, genannt Ninì.

Ich bin wohl mit dem Buch in der Hand und bei brennender Lampe eingeschlafen, denn genauso wache ich wieder auf.

Es ist kurz vor sechs.

In der Wohnung ist es still, die einzigen Geräusche kommen von draußen.

Ich stehe auf und gehe barfuß durch die Wohnung, obwohl es noch kalt ist, denn die Heizung springt erst um sechs an. Fran schläft im Gästezimmer.

Ich wollte, ich hätte sie nie betrogen, doch man kann das Rad nicht zurückdrehen.

Ich wollte, Ninì wäre nie in mein Leben getreten.

Ich wollte, ich hätte sie nie in diesem Lokal in Carignano getroffen, wohin ich nur auf ein Bier gekommen war.

Ich schließe die Augen. Zwecklos: Die Gedanken bleiben immer dort, an den Innenseiten der Augenlider. Ich kann mich beim besten Willen nicht mehr an Dora Margarita erinnern. An nichts, was ihren so persönlichen Hass gegen mich rechtfertigt. Wie konnte sie wissen, dass ich ein Kunde von Ninì gewesen war? Und dass ich Angst hatte, dass mein Name herauskommen würde …

Ich schlage die Augen wieder auf und sehe, dass Fran aufgewacht ist: »Was ist? Geht es dir nicht gut?«

»Nein, es ist nichts. Ich wollte dich eigentlich nicht wecken.« Ich muss irgendein Geräusch gemacht haben. »Ich dachte, du hättest Ohrstöpsel.«

»Ich habe mir den Wecker auf halb acht gestellt. Ein Termin um halb neun. Wenn ich ihn dann nicht gehört hätte?«

»Anstrengender Tag?«

Sie nickt. »Und bei dir?«

Ich nicke.

»Unser Zusammenleben …«, fängt sie an und setzt sich, sie hat im T-Shirt geschlafen. »Wenn das alles vorbei ist, dieser verfluchte Fall, meine ich, dann müssen wir darüber reden. So können wir nicht weitermachen.«

Mein Magen krampft sich zusammen. Nein, bloß keine Trennung. Und nicht nur wegen Manu.

»Ich will aber mit dir und Manu leben«, rutscht es mir heraus.

Sie sagt nichts dazu, sondern schlägt die Bettdecke zurück. »Wo ich jetzt schon wach bin, gehe ich duschen. Oder willst du zuerst?«

»Nein. Ich mache in der Zwischenzeit Kaffee.« Ich liebe es, nach ihr zu duschen. Wahrscheinlich ist es nur eine Einbildung, aber ich habe den Eindruck, dass die Duschkabine ihren Geruch bewahrt.

Nein, ich muss aufhören, an das zu denken, was ich nicht haben kann. Muss meine ganze Energie darauf verwenden, den Fall zu lösen. Der Zettel von Nando. Ich hole ihn aus dem Schlafzimmer und nehme ihn mit in die Küche, um ihn zu lesen, während der Kaffee durchläuft.

»Fertig, die Dusche ist frei.«

»Ja«, antworte ich, lese aber weiter.

Sie setzt sich neben mich. Mit nassen Haaren, in den feuchten Bademantel gewickelt.

»Pass auf, dass du dich nicht erkältest, die Heizung ist noch nicht richtig warm.«

Sie achtet gar nicht darauf. »Ist das der Zettel von Nando?«

»Was meinst du dazu?«, frage ich.

»Ich habe ihn nicht gelesen.« Sie sieht mich an. »Du musst mir nicht glauben, wenn du nicht willst. Doch ich habe ihm gesagt, dass es besser ist, wenn er ihn dir direkt gibt.«

Ich lege das Blatt auf den Küchentisch und drehe es so, dass sie es lesen kann. Dann stehe ich auf, um die Gasflamme auszudrehen.

Sie atmet mit geschlossenen Augen tief ein: »Du magst ja etliche Fehler haben, aber dein Kaffee am Morgen … kann Tote erwecken.« Sie öffnet die Augen wieder. »Antonio, was fangt ihr nun mit dieser Liste an?« Sie überfliegt das Papier. »Was für Namen!« Sie liest zwei, drei Namen vor, die in der Stadt etwas zählen. »Eine Borgese. Ob das die Schwester von Manlio Borgese ist?«

»Wahrscheinlich. Er hat dir doch erzählt, dass sie in der Via Pisacane wohnt, die Adresse stimmt.« Ich schenke den Kaffee ein.

Sie trinkt ihre Tasse in kleinen Schlucken aus.

»Wir werden einen nach dem anderen kontaktieren … Oder besser nein, ich werde Nandos Rat befolgen. Er wollte mir eine Methode beibringen, nicht nur eine Liste aushändigen. Wir werden alle Pflanzenzüchter und Gärtnereien anrufen, um zu erfahren, wer in der Stadt Kamelien im großen Stil hat.«

»Vielleicht hat sie ja nur eine einzige Pflanze.«

»Es waren Blüten von vier verschiedenen Sorten.«

»Geh dich fertig machen.«

»Und was tust du heute?«

»Ich gehe arbeiten. Doch am Samstag habe ich frei. Und am Nachmittag gehe ich mit deiner Mutter und Manu in den Park, wenn es nicht regnet.«

Der Vormittag geht mit Warten vorbei. Kurz vor elf dann die Adresse der Margarita.

Ich fühle mich wie bei den letzten Seiten eines Buchs oder den letzten Sequenzen eines Films.

Hausdurchsuchung beantragen. Wird ohne Diskussion genehmigt. Das Problem ist, dass niemand aufmacht.

Den Hauseigentümer zu suchen und sich aufschließen zu lassen, würde zu viel Zeit kosten …

Aus der Tür zur Nachbarwohnung schaut eine junge schwangere Frau heraus, die ein Kind auf dem Arm hat. »Suchen Sie Dora?« Pause. »Ich habe Geräusche gehört, ich warte auf den Arzt.« Ich nicke und zeige ihr den Dienstausweis.

»Ich habe einen Schlüssel.« Sie kramt hinter der angelehnten Tür, das Kind weint. Dann gibt sie mir zwei Schlüssel, die an einer Schnur hängen. »Sie hat gesagt, dass sie ein paar

Tage weg ist. Aber ich habe ihre Schlüssel immer.« Sie rückt sich das Kind auf dem Arm zurecht. »Ich muss wieder rein. Das Kind ist krank«, sagt sie und macht die Tür wieder hinter sich zu.

Wir schließen auf.

Dies ist keine Genueser Diele, nur ein kleiner Vorraum, von dem drei Türen abgehen. Zwei davon stehen auf. Gegenüber die Küche, rechts ein Schlafzimmer. Ich öffne die dritte Tür: das Bad.

Es ist ein heller Tag, drei Uhr nachmittags, und die Fensterläden sind zurückgeklappt, trotzdem komme ich mir vor wie in einem Grab. Die Mauer, die den Berghang stützt, ist kaum zwei Meter von den Fenstern entfernt. Hier scheint nie die Sonne herein, und die Kälte, die ich spüre, kommt nicht nur von innen.

Die Wohnung ist sauber und aufgeräumt. Ein Einzelbett, ein zweitüriger Schrank und eine kleine Kommode nehmen fast den ganzen Raum ein.

Kein Fernseher.

Aber auf dem Möbelstück, das einmal ein Fernsehwagen war, eine Vase mit angewelkten Blumen, ein Grablicht und ein silberner Fotorahmen. Ein schöner und gut gearbeiteter Rahmen, kein versilberter Ramsch. Leer.

Bei meiner Großmutter stand ein solches Grablicht vor dem Foto eines ihrer Söhne, der in Russland gefallen war.

Wir durchkämmen die Wohnung, aber was kann sie uns schon offenbaren? Tristesse und Hoffnungslosigkeit? Das würde sogar ein Blinder merken.

Ich klingle bei der Nachbarin. Zeige den Ausweis. »Ich muss Ihnen ein paar Fragen stellen.«

»Das Kind ist aber krank.«

»Es dauert nicht lange.«

Sie lässt mich herein. »Es hat Bauchweh. Es hat bestimmt

irgendwelchen Mist gegessen.« Die Wohnung unterscheidet sich nicht von der Doras, sie ist nur unordentlicher. »Entschuldigen Sie, aber mit einem kranken Kind …« Sie bietet mir keinen Platz an.

»Kennen Sie Ihre Nachbarin gut?«

»Gut? Vor drei Jahren bin ich mit meinem Mann hierher gezogen. Ich war schwanger. Sie wohnt direkt neben uns. Wenn ich Hilfe brauche, dann ist sie da. Schon beim letzten Mal ist es schlimm gewesen, aber dieses Mal …« Sie streicht sich über den Bauch, der von einem abgetragenen und fleckigen Morgenmantel überspannt wird. »Ich hab ihm gesagt, dass er aufpassen soll, aber nein! Die Pille kann ich nicht nehmen, die vertrag ich nicht. Dann treibst du halt ab. Aber das tu ich nicht. Die Kinder sind doch unser Fleisch und Blut. Auch sie …«, sie zeigt zur Nachbarwohnung, »… denkt so wie ich. Deshalb hilft sie mir, wo sie kann. Die Wohnung aufräumen. Sie ist ganz verrückt nach Mauro, sie singt ihm immer dieses Liedchen vor. Sie waren dreihundert, sie waren jung und stark … Das kenn ich gar nicht, hab ich zu ihr gesagt. Ein Gedicht aus meiner Kinderzeit. Auch meiner Tochter …, und dann hat sie nicht mehr weiterreden können, auch ihr habe ich es vorgesungen.«

»Wissen Sie, wo sie arbeitet?«

»Sie geht putzen.« Die junge Frau zählt an den Fingern ab: »Bei einem Maler, nicht so einer, der Wände streicht, nein, einer, der Bilder malt. Sie bringt mir ab und zu Farben für Mauro mit.« Noch ein Finger. »Ein Ingenieur mit komischen Arbeitszeiten, doch er zahlt gut, und es läuft dort alles prima.« Ein dritter Finger. »Doch ihr Liebling ist die Blumensignora.«

Ich warte.

»Sie ist sehr nett und behandelt sie gut. Eine schöne Wohnung. Ein Traum, sagt Dora immer, eine Terrasse, dass dein Mauro … Den Kindern tut Licht und Grün doch so gut.

Wunderschöne Pflanzen. Die mag sie. Auch Blumen haben eine Seele, sag ich immer.«

Und wenn sie tötet, dann schickt sie Blumen.

»Und außerdem weiß sie, wie man es macht, dass sie sich halten. Wissen Sie, wegen Staglieno.«

»Staglieno, wieso Staglieno?«

»Ihre Familie hatte ein Grab auf dem Friedhof von Staglieno. Vor vielen Jahren. Das hat sie mir einmal erzählt. Vor vielen, vielen Jahren. Früher. So sagt sie immer: früher. Ich hab sie gefragt, doch sie sagt immer: früher.« Die junge Frau verhaspelt sich, und ich versuche, sie wieder auf unser Thema zu lenken. »Bei der Signora geht es ihr also gut …«

»Ja, gut, wirklich gut.« Ich merke, dass die Zeit, die sie mir gewährt, langsam zu Ende geht.

»Hat sie Ihnen die Adresse genannt?«

»Nein, ich weiß nicht. Irgendwo in der Innenstadt.«

Innenstadt, wer auf den Hügeln von Molassana wohnt, für den kann Innenstadt Via Venti bedeuten, die Gegend von Foce, aber auch Corso Sardegna mit seinen Geschäften.

»Wissen Sie, wann sie wiederkommt?«

»Nein, weiß ich nicht. Vielleicht bringt sie gerade ihre Sachen weg.«

»Wie soll ich das verstehen?«

»Sie hat die Wohnung gekündigt. Sie hat gesagt, dass sie endlich das gefunden hat, was sie gesucht hat. Seit zwei Tagen ist sie fort. Ich weiß das, weil ich heute Nacht bei ihr geklopft habe, denn das Kind ist krank, und ich war allein. Mein Mann ist beim Wachdienst und arbeitet nachts in einem Kaufhaus, und deswegen bin ich dann alleine. Wenn es nötig ist, dann klopfe ich auch nachts bei ihr. Heute Nacht habe ich geklopft, und sie ist nicht gekommen. Sie ist immer so nett. Wenn ich mit Mauro ins Krankenhaus muss, dann fährt sie mich.«

Ich warte ab.

»Sie hat ein altes Auto aus zweiter oder dritter Hand. Es ist grau und alt. Doch es läuft noch prima, und sie kann gut Auto fahren. Wissen Sie, mein Mann ist auch tagsüber weg, wenn er einen Job hat.« Ihre Augen durchbohren mich. »Ja, auch Schwarzarbeit. Das Geld reicht vorne und hinten nicht.« Das verstehe ich. »Aber immer anständige Arbeit, und Dora hilft mir dann.«

»Wissen Sie, ob sie Verwandte hat?«

»Von denen lebt niemand mehr. Ihre Mutter ist vor vielen Jahren gestorben, sie hatte es am Herz. Und ihr Mann und die Tochter … Ich darf gar nicht daran denken. Als sie mir das erzählt hat, ist mir ganz schlecht geworden.«

»Was ist denn passiert?«

»Der Mann und das Kind sind ertrunken.«

»Ein Unfall?«

»Das hat sie nicht gesagt. Ich glaube es auch nicht. Eher dass er ausgerastet ist. Das kommt vor.«

Das kommt vor. Es gibt nichts auf der Welt, das nicht vorkommt. Es kommt auch vor, dass ein Kommissar im Mordfall eines Callgirls ermitteln muss, das er gut kannte.

»Erinnern Sie sich an etwas anderes?«

Nein. Ich danke ihr und verabschiede mich. Als ich schon auf der Treppe bin, ruft sie mich zurück. Ich kehre um.

»Ich weiß nicht, ob Ihnen das was hilft … Die Blumensignora wohnt am Ort vom Lied. Das hat die Signora gesagt, als Dora das Liedchen gesungen hat. Aber mehr weiß ich wirklich nicht.«

Ich danke ihr und verabschiede mich. Ich lasse einen Polizisten zur Bewachung da, für den Fall, dass die Margarita nach Hause kommt, und sage: »Ich schicke die Spurensicherung vorbei.«

Das Bild ist noch unscharf, doch es nimmt langsam Konturen an.

Aber ich habe Dora Margaritas Spur verloren.

Und ich wüsste gerne genauer, wie ihr Mann und ihre Tochter gestorben sind. Als Verheiratete hieß sie Margarita Brucco. Ich lese das und denke an die Bombenattrappe, die sie im Bruco gelegt hat.

Sie hat mir viel von sich erzählt.

Am Freitag nichts Neues.

Keine Nachrichten von Dora Margarita. Wir haben auch das Reinigungsunternehmen gefunden, bei dem sie bis vor einem Jahr gearbeitet hat. Sie hatte dort keine Freundschaften geschlossen und war mit niemandem in Kontakt geblieben.

Wir haben Verwandte gesucht und haben nur eine Cousine des Mannes gefunden. Diese hatte Dora zum letzten Mal bei der Doppelbeerdigung gesehen, aber nicht mit ihr gesprochen, wie sie betonte.

Die Erinnerungen der Cousine und das Wühlen in den Akten bringen nach und nach Einzelheiten ans Licht.

Erschütternde Einzelheiten.

Eine herzkranke Mutter, die an Kummer starb, doch über sie erzählt die Cousine des Ehemannes wenig. Die sei ja keine Blutsverwandte gewesen, das wolle sie klarstellen.

Aber über ihren Cousin spricht sie: »Ausgerechnet mit so einer musste er sich zusammentun. Und sie auch noch heiraten und ihr seinen Namen geben. Unseren Namen! Geschämt habe ich mich dafür. Monatelang. Und dabei hatte er doch so eine schöne feste Anstellung bei der Post. Manche Leute sollte man einfach an die Wand stellen. Was glauben Sie denn, nur für ihn habe ich meine Tränen vergossen. Das Kind? Nein, ich bin ja nicht herzlos. Aber verdorbenes Blut ..., so war es schon besser für das Mädchen. Es hätte mit ihr doch genauso geendet wie mit dieser Schlampe, die ihre Mutter war: damit, dass sie das Leben anständiger Leute ruiniert.« Wie ihr Cousin war auch das Kind in einem dieser Becken ertrunken, die in den Bergen oberhalb von Bavari zum Auffangen des Regenwassers aufgestellt werden. Es war zusammen mit ihm gestorben.

Vielleicht hatten sie einen Spaziergang gemacht, doch die Cousine behauptete, es sei ein furchtbarer Regentag gewesen, ein Tag, an dem normalerweise kein Mensch draußen herumläuft.

Vielleicht war das Mädchen ausgerutscht, und er hatte versucht, es zu retten.

Vielleicht.

Die Cousine hatte alles Weitere offen gelassen, so wie die Untersuchung im Mordfall Angelo und Silvia Brucco alles offen gelassen hatte.

Als ich am Freitagabend, Manu ist schon im Bett, Francesca die Geschichte erzähle, hört sie mir zu und sagt kein Wort.

Erst viel später fragt sie mich, ob ich glaube, dass er sich getötet und das Kind mit in den Tod genommen habe.

Ich antworte nicht.

Denke wieder an Ninì. Und um den Gedanken an Ninì zur Seite zu schieben, erzähle ich Francesca, was mir die Nachbarin der Margarita erzählt hat, von ihrer Arbeit als Putzfrau, ihrer Liebe zu Kindern und zu Blumen. Ich komme zu dem Punkt, an dem ich das Gedicht rezitiere, das die Nachbarin ›Liedchen‹ nennt. Fran vervollständigt automatisch: »... und sind tot. Ich war auf dem Feld und sammelte Ähren. Ja, auch ich habe in der Schule diesen Horror lernen müssen.« Ich hoffe, dass sie weiterspricht, doch vergeblich.

Der Gedanke an Ninì ist immer noch da.

Und als ob Fran meine Gedanken lesen könne, fragt sie: »Was ist los?«

»Nichts.«

»Du siehst nicht aus, als wäre nichts.«

»Der Fall, es ist einfach ein schlimmer Fall.«

»In deinen Albträumen hast du manchmal den Namen Ninì geschrien, jetzt ist Margot dazugekommen.«

Ich schweige.

»Wer ist Ninì?«

»Andreina Vivaldi.« Ich weiß, dass sie kein drittes Mal fragen wird. Doch sie würde es herausfinden, und dann würde sie mir nie verzeihen, dass ich es ihr nicht selbst gesagt habe.

»Und du träumst immer noch von einem Fall, von einem gelösten Fall, jetzt noch, nach Jahren? Und von dem Namen, den sie als Prostituierte benutzte?« Sie wartet.

Ich weiß, dass sie nicht weiter in mich dringen wird. Doch ich weiß auch, dass, wenn ich jetzt nicht weiterrede, alles aus ist. »Ich habe sie als Ninì kennen gelernt.« Mehr brauche ich nicht zu sagen.

Schweigen.

Ich brauche ja nicht unbedingt in die Einzelheiten gehen. »Ich habe sie an einem Abend in einer Bar kennen gelernt. Wir sind dann bei ihr gelandet.«

Keine Frage. Ich kann selbst entscheiden, wann ich aufhöre.

»Ich bin noch drei oder vier Mal zu ihr gegangen. Etwa drei Monate bevor man uns gerufen hat, weil man sie gefunden hat. Sie wurde mit einem Kissen erstickt.«

Fran hat sich eine Zigarette genommen und sie angezündet. Sie hat tatsächlich mit dem Rauchen angefangen, jetzt kauft sie sich sogar welche.

»Alle haben gedacht, dass es ein Kunde war, der sie zum Schweigen bringen wollte. Vielleicht wegen eines Erpressungsversuchs.« Ich hätte auch gerne eine Zigarette. Oder eine Geste oder ein Wort. Nicht diese stumme Mauer. Oder eine Frau, die mir wenigstens eine Szene macht. »Ich hatte Angst. Angst, dass der Fall sich länger hinziehen würde, dass mein Name genannt werden würde. Ob das nur zufällig nicht herauskam oder ob ich wollte, dass die Zeitungen Bewegung in die Sache brachten: Ich weiß es nicht.«

»Ist das alles?«

»Das ist alles.«

Schweigen. Dann sagt sie: »Ich bin müde.«

Ich in unser Schlafzimmer, sie ins Gästezimmer. Es ist schon viel, dass sie mich nicht aus der Wohnung wirft oder mich verlässt und Manu mitnimmt.

Ich gehe ins Bett. Starre ins Dunkel. Dora Margaritas Schmerz brennt unter meinen Lidern, vermischt sich mit meinem und wird zu Gift.

Die leichten Schritte einer jungen und barfüßigen Frau. Ihr Atem. Laken und Bettdecke werden leise angehoben, ihr Körper schlüpft neben meinen.

Ich bewege mich nicht.

»Ich habe Angst.«

Ich schweige.

»Sie hat deinetwegen zu sehr gelitten.«

Ich rücke einen Millimeter näher.

»Nein. Fass mich nicht an.«

»Fran, ich …« Was könnte ich ihr sagen?

»Schlaf jetzt.« Eine Pause. »Morgen wird kein leichter Tag. Wir müssen Manu beschützen.«

Und ich schlafe ein. Schlafe lange, traumlos, albtraumlos.

Als ich aufwache, schläft Francesca noch. Ich stelle den Wecker aus. Es ist Samstag, Manu geht ja ganztags zur Schule und hat daher samstags frei.

Ich könnte mir eigentlich auch einen Tag Pause gönnen, denn seit diese Geschichte angefangen hat, habe ich ununterbrochen gearbeitet.

Kompromiss: Ich arbeite am Vormittag und bin nachmittags zu Hause.

Wenn es regnet, spiele ich mit Manu, andernfalls setze ich mich vor den Fernseher, während sie im Park sind.

Beim Kaffeekochen in der Küche versuche ich, möglichst leise zu sein.

Während ich warte, dass der Kaffee durchläuft, höre ich ein leises Tapsen – es gleicht dem ihrer Mutter, nur leichter.

Blaue Schlafanzughose, weißes Oberteil mit blauem Aufdruck. Die Tasche des Schlafanzugs ist so prall gefüllt, dass sie zu platzen scheint. Mit Sicherheit Legosteine. Andere Mädchen schlafen mit ihren Puppen oder ihren Teddys, Manu mit Legosteinen.

»Du bist nie zu Hause«, sagt sie und schaut zu mir hoch. Genau wie ihre Mutter hält sie nicht viel von Drumherumgerede und kommt immer gleich zur Sache.

Ich nehme sie auf den Arm: »Ab jetzt bin ich ganz viel zu Hause.«

»Der Kran, ich habe dir einen Kran gebaut.«

»Hast du Hunger?« Ich bin normalerweise nicht auf den Mund gefallen, aber bei meiner Tochter kommt es vor, dass ich nicht weiß, was ich sagen soll. Vielleicht weil ich nicht viel Umgang mit Kindern habe. Ich lebe in einer schiefen, verschwommenen, verschleierten Welt, und kindliche Direktheit, und besonders die von Manu, verwirrt mich.

»Ich will einen Keks.« Sie drückt sich an mich. »Mit Loch oder mit Zucker.« Ich habe sie immer noch auf dem Arm und hole die Dose mit den dänischen Keksen aus dem Küchenschrank. Als ich sie aufmachen will, streckt sie die Hände aus und sagt: »Ich kann die schon aufmachen.« Stolz auf ihre manuellen Fähigkeiten, drückt sie die Dose gegen die Brust und hebt geschickt den Deckel an.

Schon als sie noch klein war, waren ihre Bewegungen immer ganz sicher, selten unbeholfen. Sie war immer schon ganz selbstständig.

Sie schiebt die offene Dose zwischen uns: »Keks?«

Ich nehme mir einen. Dann setze ich sie mit ihrer Dose im Arm an den Tisch, drehe die Flamme unter dem Kaffee aus und schenke mir eine Tasse ein.

»Du solltest nochmal ins Bett gehen, es ist noch früh. Bist du nicht müde?«

»Ich bin doch aufgestanden, ich wollte dich sehen.«

»Geh doch nochmal ins Bett.«

»Ich mach dir einen Brunnen mit Loch.« Ihre Augen sind die ihrer Mutter, die Augenfarbe hat sie von mir, doch der Ausdruck ist entscheidend.

Ich will sie gerade wieder auf den Arm nehmen, da schlüpft sie weg und öffnet die Tür unter dem Waschbecken. Sie verschwindet fast im Spülschrank und taucht dann mit einem kleinen Eimer wieder auf. In dessen Boden ist ein schönes rundes Loch geschnitten, in das ein Stück Gummischlauch gesteckt wurde.

Manu drückt mir das Ganze in die Hand. »Halt das so«, befiehlt sie und lässt mich den Eimer über die Spüle halten. Dann dreht sie den Wasserhahn auf, und das Wasser fließt in den Eimer. Der durch das Loch gesteckte Schlauch fungiert als Stöpsel. »So wird es voll.« Sie lächelt, zieht den Schlauch heraus und sieht dem abfließenden Wasser zu. »So wird es leer.«

Ich stelle den Eimer ab und nehme sie auf den Arm. »Das hast du prima gemacht. Aber jetzt ab ins Bett.«

Dann trage ich sie in ihr Zimmer. Als ich sie ins Bett lege, sind ihre Augen schon zu. In der Hand einen Keks zur Begleitung und die Taschen voller Legosteine.

Sie wird ihrer Mutter jeden Tag ähnlicher. Von mir hat sie hoffentlich nur die Augenfarbe.

Als ich die Wohnung verlasse, schlafen beide.

Und mein Samstag beginnt.

Die einzige Neuigkeit kommt mitten am Vormittag.

Bei der Durchsuchung von Dora Margaritas Wohnung wurde ein Buch gefunden.

»Es ist das Buch, von dem Sie immer reden, Commissario.« Ich höre Iachino kramen, und dann liest er, jede einzelne Silbe betonend: »*Flo-ra-ri-o*. Ist es das?«

»Autor?«, frage ich. Ist es Jubel oder Angst, was mich in den Magen zwickt?

»Alfredo Cattabiani.«

»Das ist es.« Pause. »Warum hat man es nicht gleich gefunden?«

»Die Nachbarin, die, die schwanger ist, hatte es. Die Margarita hat es ihr gegeben, eben weil sie schwanger ist und im Bett liegen muss, wegen der Krampfadern muss sie die Beine hochlegen.«

»Hat sie dir nur das gegeben?«

»Unter dem anderen Bein hatte sie ein Buch, das ihr die Zeugen Jehovas geschenkt haben.«

»Stehen da irgendwelche Notizen? Im *Florario* meine ich, nicht im anderen Buch.« Vielleicht eine unnötige Präzisierung, aber man kann nie wissen.

Ich höre ihn blättern. »Auf der ersten Seite ist eine Art Marke aufgeklebt, mit Blumen und etwas in Lateinisch … das muss feucht geworden sein, die Wohnung der Nachbarn ist feucht, man kann es schlecht lesen. Ex irgendwas.«

»Exlibris.«

»Was?«

»Die besseren Leute kleben sich so etwas in die Bücher, damit jeder weiß, dass sie ihnen gehören.«

»Wie soll man das dann wissen, wenn da kein Name steht?«

»Manche schreiben ihren Namen, andere haben nur sehr persönliche Zeichnungen.«

»Hätten wir nicht jemanden weniger Vornehmen haben können, der einfach seinen Vor- und Nachnamen reinschreibt?!«

Er hat Recht.

»Hör mal, Iachino, schlag mal die Seite 553 auf.«

Er blättert. »Sie ist herausgerissen.«

So wurde das Buch, das sie nun nicht mehr brauchte, zu einer Unterlage im Bett einer schwangeren Frau.

»Kannst du die Zeichnung beschreiben?«

»Wie das Gesicht einer Frau, aus ihrem Mund kommen Blumen, und sie hat welche auf dem Kopf. Ich glaube, ich habe so etwas schon mal gesehen.«

»Du tust jetzt Folgendes, Iachino: Du kommst in die Questura, gehst zu Calandri und zeigst ihm die Zeichnung. Wenn es ein bekanntes Bild ist, dann weiß er es.« Calandri befasst sich mit Diebstählen, vor allem mit bedeutenden Diebstählen: Kunstgegenstände, Schmuck. Mit allem, wofür es einen Markt gibt.

»Er ist wahrscheinlich nicht da.«

Daran hatte ich nicht gedacht: Er neigt dazu, sich samstags unsichtbar zu machen. Die Tage, an denen er richtig viel Arbeit hat, liegen am Wochenanfang. Samstags und sonntags wird mehr geklaut als an allen anderen Tagen zusammen.

»Versuch es.«

»In Ordnung.«

Anselmi ist hinausgegangen, um sich einen Kaffee zu holen, und ich bleibe alleine zurück.

Ich habe das ganze Bild vor mir, sehe ihre Bewegungen.

Ich weiß, dass der Plan seinen Anfang vielleicht an jenem Tag im Krankenhaus nahm, als sie den Namen meiner Mutter hörte.

Und dann die Gualtieri – ja, Fran hat Recht –, um mich in ihr Spiel mit hineinzuziehen. Eine Prostituierte, wie Ninì.

Wie sie selbst es gewesen war und auch bleiben sollte, weil der Zufall es so gewollt hat.

Die Lotti: eine Nachbarin meiner Mutter. Und sie hatte ihre Mutter verloren.

Gabrieli: ein Kollege meiner Frau. Und sie hatte ihren Mann verloren.

»Sie hat auch ihre Tochter verloren.« Ich rede mit mir selbst. »Jetzt ist Manu an der Reihe, sie hat mir das Buch geschickt, um mir das mitzuteilen. Oder es ist ein anderes Kind. Genauso furchtbar.«

Jedes Mal hat sie mir vorher mitgeteilt, wo sie töten würde: der Gianduiotto, das Farbtöpfchen, das Buch von Follett.

Und was hat sie mir jetzt geschickt: eine Ähre.

Via della Spiga – die Ährenstraße. Doch das ist eine Straße in Mailand, ich sehe sie beim besten Willen nicht nach Mailand fahren.

Anselmi ist zurück. »Anselmi, wir brauchen eine Straße, die mit Ähren oder einer Ähre zu tun hat.«

»Nie gehört.« Pause. »Doch ich werde das gesamte Straßenverzeichnis durchgehen.« Er sieht auf die Uhr. »Soll ich Sie zu Hause anrufen?«

Ich will schon Ja sagen und dass ich jetzt gehe, doch ich will den Fall abschließen. Das Exlibris sehen. Ich bin zwar kein Kunstexperte, ich kenne alle, die in den Fall verwickelt sind. Ich will das Straßenverzeichnis durchsehen. Die Akte nochmals lesen, auch wenn ich sie schon auswendig kann.

»Ich bleibe. Ich lasse mir ein belegtes Panino bringen und bleibe.« Außerdem wartet zu Hause sowieso niemand auf mich.

Es ist ein klarer Tag Anfang März, jetzt sind sie bestimmt schon im Park. Von uns aus sind sie mit dem alten Panda meiner Frau zum Park von Nervi gefahren. Francesca hatte das Auto schon, als wir uns kennen lernten, und wollte nie ein anderes haben. Sie behauptet, es laufe noch sehr gut. Mit seiner grünen Farbe und den vielen schönen Bildern, die die Rostflecken überdecken sollen – Sonne, Boote, ein Panda – ist es sehr ungewöhnlich. Auf alle Fälle ein Einzelstück.

Es ist mir immer peinlich, das Gefährt auf dem Parkplatz hinter unserem Haus stehen zu sehen. Aber Fran, meine Mutter und Manu finden es ganz wunderbar. »Stell dir einmal vor, ich würde es einfach verschrotten! Es ist doch schon ein Familienmitglied.« Was soll man da noch sagen?

Ja, ich habe vor ein paar Jahren in einer Ermittlung Mist gebaut. Doch sie hätte sich ja auch den Journalisten vorknöpfen können, der damals den Artikel über ›das Adressbuch des Callgirls‹ geschrieben hat, oder den Verleger der Zeitung.

Sie hat mich ausgesucht.

Bloß nicht ablenken lassen.

Die Ähre, die Ähre.

Ich esse mein Panino, trinke das Bier und denke an die Ähre.

Iachino kommt ins Büro, und ich frage ihn, ob er eine Straße kennt, die irgendwie mit Ähre zu tun hat. »Nein.« Er sieht mich prüfend an, als sei ich verrückt geworden.

»Calandri?«

»Hat Urlaub.« Er gibt mir das Buch. »Wie auch immer …« Er korrigiert sich sofort. »Doch ich habe es ihm gebracht.«

»Du kannst ruhig wie auch immer sagen. Ich werde nicht böse. Ich weiß ja, dass du mich hervorragend nachmachen kannst. Irgendwann einmal will ich das auch sehen.« Ich nehme das Buch zur Hand. Ja, er hat Recht, auch mir kommt das Exlibris bekannt vor. Doch das Original ist anders, ähnlich, aber nicht genauso.

Wir zeigen es Anselmi, doch der schüttelt den Kopf. Er ist gerade von einem seiner mysteriösen Ausflüge zurückgekommen und hat ein ziemlich dickes, gebundenes Buch unter dem Arm. »Ich habe mir ein Lexikon besorgt. Ich suche mal nach Ähre, vielleicht finde ich ja etwas.« Er setzt sich, und genau in diesem Moment klingelt das Telefon. Es ist ein externer Anruf.

Ich nehme ab.

»Sie hat Manu.« Es ist Fran.

Ich verstehe nicht, wie sie so beherrscht sein kann. Ich, dessen Beruf Gewalttaten sind, spüre die lähmende Panik in mir hochkriechen. Mühsam bringe ich ein »Wo?« hervor.

»Am Spielplatz. Ich saß mit deiner Mutter auf einer Bank gleich daneben, und wir konnten sehen, wie sie immer wieder die Rutsche hinuntergerutscht ist. Dann hat sie mit den anderen Kindern Verstecken gespielt«, Fran unterbricht sich.

»Und als das Spiel vorbei war, war sie nicht mehr da.«

»Wir haben uns erst nichts dabei gedacht. Du weißt ja, wie stur Manu ist. Sie versucht immer, bis zum Schluss versteckt zu bleiben und dann alle freizuschlagen. Als sie dann nicht kam, haben auch wir angefangen, sie zu suchen.«

»Wann habt ihr sie zuletzt gesehen, bevor sie verschwunden ist?«

Ich höre, wie sie mit meiner Mutter spricht. »Um drei, es hat drei geschlagen. Jetzt ist es halb vier. Wenn ich es bloß gleich gemerkt hätte …«

»Man merkt das nie sofort. Wie ist sie angezogen?«

»Jeans, blauer Pulli, roter Dufflecoat.«

Ich werde also aus meiner Schreibtischschublade ein aktuelles Foto holen, vielleicht das von Weihnachten, und zusammen mit der Beschreibung … Anselmi hat über den Lautsprecher mitgehört, auch er ist blass. Er macht mir ein Zeichen, dass er sich um ein Einsatzkommando kümmern will und darum, dass die Leute die Informationen für die Fahndung bekommen.

»Wo seid ihr?«, frage ich Fran.

»Beim Spielplatz. Wir haben gedacht, wir bleiben hier. Ich rufe dich vom Handy an.« Pause. »Wir haben die anderen Kinder und die Eltern gefragt, aber nichts. Nur ein Kind hatte ein Buch, das es der Mama von Manu geben soll.«

»Ich schicke jemanden, der es abholt. Mach es nicht auf.«

»Ich habe es schon aufgemacht. Und sag mir jetzt nicht, dass ich Spuren verwischt habe.« Zum ersten Mal höre ich einen Unterton von Hysterie heraus. Weinen würde ihr helfen. Mir auch. Aber nicht Manu.

»*Der Meister und Margarita*. Sie hat eine Kamelie wie die, die mit *Marianna Ucria* kam, und eine Ähre zwischen die Seiten gelegt. Und einen verschlossenen Umschlag, der an dich adressiert ist. Ich habe ihn nicht aufgemacht.«

»Ich muss wissen, was drinsteht.«

»Ich habe noch nie einen an dich adressierten verschlossenen Brief geöffnet und gelesen.«

Im Hintergrund seltsame Geräusche, dann meine Mutter: »Ich habe den Umschlag, wenn du willst, mache ich ihn auf und lese den Brief. Ich habe schon viele Briefe an dich gelesen.«

»Ja«, antworte ich.

Ein Rascheln. »Er ist mit der Hand geschrieben. Eine große, kindliche Schrift, das ist niemand, der häufig schreibt. Margarita wird dem Meister folgen. Ich werde sterben, das Leben interessiert mich nicht mehr. Ich habe getan, was ich tun wollte. Und du bist blind, taub und gefühllos, und Manu wird sterben. Nicht Margarita wird töten, das wird der Meister tun. Das war die letzte Botschaft. Ende.«

Ich höre Francescas Stimme: »Sag ihm, dass seine Kollegen gekommen sind.«

»Gebt ihnen die Personenbeschreibung, und dann lasst ihr euch nach Hause bringen …«

Was tut man, wenn jemand die eigene Tochter entführt

hat? Nein, es hilft nicht, dass du ein Kommissar bist. Wen bittest du um Hilfe?

Francesca sagt gerade: »Deine Mutter fährt zu uns nach Hause. Wenn ich in die Questura kommen würde? Um Anzeige zu erstatten ...«

Das entspricht nicht gerade den Vorschriften.

»Ich will nicht allein hier bleiben mit dieser Verzweiflung.«

Ich gebe auf: »Gib mir mal den Polizisten.« Ich erkläre ihm die Situation. Eine Gruppe wird dort bleiben, um die Parks zu durchkämmen und die Kinder und Mütter zu befragen. Einer begleitet meine Mutter nach Hause ...

»Ich fahre alleine mit Francescas Auto, Nino. Sie gibt mir das Handy, und ich lasse es angeschaltet. Wenn etwas geschieht ...«

»Nein, du fährst mit einem Beamten zusammen. Es könnte sein, dass sie eine Nachricht nach Hause schickt.« Aber eigentlich sage ich das, weil ich sie nicht in dieser Situation am Steuer wissen will.

Fran steht vor dem Fenster, ich habe sie gebeten, sich zu setzen, doch sie hat mit den Schultern gezuckt. Ich habe sie gefragt, ob sie einen Kaffee will. Sie hat ihn mechanisch ausgetrunken.

Als Anselmi angedeutet hat, dass er uns allein lassen will, habe ich ihn zurückgehalten.

Wir wissen nicht, was wir tun sollen.

Fran wiederholt die letzten Zeilen des Briefes.

»Sie wird Manu nicht töten ...«

Ich raufe mir die Haare, so gerne würde ich sie umarmen, sie an mich drücken, ich würde gerne getröstet werden. »Sie wird sie sterben lassen ... Ich muss sie finden.«

Anselmi fühlt sich unwohl, das spüre ich, ich kenne ihn

gut genug. Als befürchte er, mitten in einen Familienstreit oder eine Versöhnungsszene zu geraten. Er blättert zerstreut in seinem Buch.

Francesca hat den *Florario* in die Hand genommen, den Iachino bei der Margarita gefunden hat.

»Das ist Flora. *Der Frühling* von Botticelli. Erinnerst du dich, wir haben das Bild in den Uffizien gesehen. Nur dass hier das Gesicht mit Tusche in Schwarzweiß gezeichnet ist. Eine schöne Arbeit.«

»Was hast du gesagt?«

»Das Exlibris stellt Flora dar.« Und während sie das wiederholt, sehe ich, wie die Erregung sie durchzuckt, dieselbe, die ich verspürt habe: »Sie brauchte den Namen nicht hinzuschreiben. Es ist Flora.«

»Flora Borgese.« Ich nehme die Liste von Nando zur Hand. »Hatte ich es doch richtig in Erinnerung: Ihr Name ist auch auf der Liste der Kamelienbesitzer. Sie kauft sie bei Savarese aus Nervi.« Ich nehme das Telefon ab und wähle die Nummer, die Nando mir aufgeschrieben hat.

»Savarese, Pflanzen und Blumen.« Es ist eine Frau.

»Ich rufe in einem Ermittlungsfall an.« Dann Name und Dienstgrad. »Beliefern Sie eine gewisse Flora Borgese mit Pflanzen?«

»Warten Sie.« Ich höre, wie sie meine Frage an jemand anderen weitergibt, dann sagt sie: »Ja, wir fahren auch zu ihr nach Hause und pflegen die Pflanzen. Sie hat ein wunderbares Treibhaus.«

Fran hat »Wo?« auf ein Blatt Papier geschrieben. »Wo wohnt sie?«

Wieder wird die Frage weitergeleitet und die Antwort kommt zurück: »In Foce, Via Pisacane.«

Fran schreibt wieder etwas auf den Zettel: »Haben Sie Schlüssel?«

»Haben Sie die Schlüssel zur Wohnung?«

Derselbe Ablauf. »Ja. Die Signora ist häufig aus beruflichen Gründen unterwegs, und die Pflanzen müssen ja gepflegt werden.«

Fran legt eine Hand auf den Hörer. »Sag ihnen, dass du jemanden schickst, der die Schlüssel abholt. Tu, was ich dir sage.«

»Ich schicke jemanden, der die Schlüssel abholt.«

»Ich weiß ja nicht recht …«

»Es geht um eine Entführung, ein sechsjähriges Kind.«

»In Ordnung.«

Ich lege auf, Anselmi hat sich schon in Bewegung gesetzt. »Carlo Pisacane, Antonio«, sagt Fran. Nennt sie mich nicht Anto, weil wir nicht allein sind? »Das Gedicht: Sie waren dreihundert, sie waren jung und stark und sind tot. Ich war auf dem Feld und sammelte Ähren … Ich weiß nicht, ob es wirklich so ging. Doch das Unternehmen Pisacanes, die Landung in Sapri und die Ährensammlerin, die sie alle hat sterben sehen. In der Schule haben sie uns dieses Grauen auswendig lernen lassen.«

Was hat die Nachbarin gesagt? Dass die Blumenfrau am Ort des Liedchens wohnt … Diese hatte das zu Dora Margarita gesagt, die es wiederum der Nachbarin erzählt hat.

Ich nicke. Ich hoffe, dass sie Recht hat, hoffe, dass das keine Sackgasse ist.

Eine andere Möglichkeit sehe ich im Augenblick nicht.

Ich sehe das Foto vor mir, der Mann und die Tochter von Dora Margarita, wie sie ertrunken in einem Wasserbecken liegen.

An ihrer Stelle hätte ich vielleicht auch den Verstand verloren.

Doch verrückt ist sie nicht. Nur sehr, sehr verzweifelt. Wenn ich Manu und Fran und Ma verlöre … Du sagst, ich verstehe dich nicht, Dora, doch ich verstehe dich … und wie ich dich verstehe!

Los, zur Wohnung, schnell. Der Polizist mit dem Schlüssel wird direkt dorthin fahren. Ich habe erst gar nicht versucht, Fran in der Questura zu lassen.

Wir kommen an, ohne Lärm zu machen, die Männer halten sich bereit. Die von Savarese haben sogar einen ihrer Mitarbeiter mitgeschickt, der, der immer zur Borgese ging. »Ich kenne die Wohnung, die Terrasse, den Wintergarten und die Treibhäuser ziemlich gut.« Pause. »Sie ist oft beruflich unterwegs, und ich gehe immer zu ihr. Obwohl sie eine Putzfrau hat. Doch die wird wohl kaum wissen, dass heute nicht der Tag ist, an dem ich sonst immer komme. Ich kenne mich in der Wohnung aus, und wenn sie mich sieht, dann erschrickt sie nicht.«

Sehr gute Idee.

»Ich bin ein Freund von Nando. Er hat sich die Sache ziemlich zu Herzen genommen.«

Nando: Wenn wir Manu gesund und heil wiederfinden, dann kann man ihm nicht genug danken.

Wir stehen vor der Wohnungstür.

»Ich klingle zuerst«, sagt der Gärtner. »Es ist üblich zu klingeln, auch wenn wir die Schlüssel haben.«

»Wenn ich nicht einem großen Irrtum aufgesessen bin, dann ist sie eine Mörderin.«

»Schießt sie durch Türen hindurch, wie man es im Fernsehen sieht?« Angst oder Hoffnung.

»Nein.«

»Dann klingle ich.«

Er hat nicht Unrecht. Wenn niemand aufmacht, gehen wir hinein. Andernfalls … das werden wir dann sehen.

Es macht niemand auf. »Hoffen wir, dass sie nicht die Kette vorgelegt hat.«

»Es gibt keine Kette. Die Signora hat höllische Angst, dass sie umkippt und dann niemand in die Wohnung kann. Das geht vielen so.«

Man sieht, dass er mit den Örtlichkeiten vertraut ist.

Das Schloss klickt, doch die Tür geht nicht auf. Wir drücken.

Da ist sie. Ein Körper liegt auf dem Boden und blockiert die Tür. Ja, wir werden alle Spuren verwischen, doch wenn wir ihn nicht wegschieben, kommen wir nicht hinein.

Der Kopf steckt in einer mit einem Klebeband gut verschlossenen Plastiktüte. In der einen Hand hat sie Kamelienblüten und in der anderen das berühmte Foto.

Eine anständige, wohlerzogene Person, auch noch im Tod.

Nur die Hand mit den Kamelien liegt nicht ganz parallel zum Körper.

Auch durch die Plastiktüte hindurch und trotz der durch den Erstickungstod aufgequollenen Gesichtszüge erkenne ich sie.

Auf den erkennungsdienstlichen Fotos und auf denen in den Unterlagen war sie nur eine Fremde.

Hier erkenne ich sie.

Bei Ninì. Ich verlasse die Wohnung. Erfüllt und befriedigt, hoffe, dass Fran nicht riechen wird, dass ich bei einer anderen Frau war. Da kommt sie herein. Eine zierliche, einfache Frau, die lächelt.

Ich schaue sie an. Ninì sagt flüchtig: »Eine Angestellte meiner Frisöse, sie kommt, um mir die Haare zu machen.«

Ja, Dora Margarita, du hattest Recht. Wenn ich gesehen hätte, wenn ich gehört hätte … dann hätte ich gewusst, dass du ehrbar warst.

Stattdessen wurde dein Leben zerstört.

Und es wurde nicht vom Zufall zerstört. Ich habe es zerstört.

»Was tust du denn da?« Francesca rüttelt mich. Ohne es zu merken, habe ich mich neben die Margarita gehockt und habe ihr eine Hand auf die Schulter gelegt. »Manu. Wir müssen sie finden.«

Manu.

Meine Leute schwärmen schon durch die Wohnung, die als einzige das ganze obere Stockwerk des Hauses einnimmt. Eine große Bibliothek. Ob sie die Bücher, die sie mir geschickt hat, wohl hierher hat? Auf dem Tisch eine Olivetti und ein Stapel Papier. Alles wirklich und doch so unwirklich.

Ein kleines Zimmer. Wenige persönliche Gegenstände. Hier hat sie bestimmt gewohnt, als wir ihre Spur verloren haben. Ihre Verkleidungen sind schön zusammengefaltet, als wolle sie, dass wir sie in Ordnung vorfinden.

Keine Manu.

Sie kann sie überallhin gebracht haben.

Wie ist ihre Tochter gestorben? Ertrunken in einem Becken.

Ich müsste alle Hügel um die Stadt absuchen lassen.

Becken.

Ich frage den Gärtner neben mir: »Gibt es hier ein Regenwasserbecken?«

»Ja, eines auf dem Balkon, es ist eigentlich für das Regenwasser gedacht, hängt aber auch an den Wasserleitungen des Hauses. Wir nutzen es selten, die Nachbarn darunter wollen das nicht.«

»Gehen wir.«

Wir gehen durch den Hängegarten. Er befindet sich hinter einem Gitter, das in der richtigen Jahreszeit sicher mit Rankpflanzen bedeckt ist.

Und nun höre ich ihre durch das Rauschen des Wassers und durch die Müdigkeit dumpf gewordene Stimme: »... fünfundsiebzig, sechsundsiebzig, siebenundsiebzig, achtundsiebzig …«

Manu, die zählen übt.

Das Becken ist hoch, fast zwei Meter, grau und aufgrund der Feuchtigkeit geädert. Auf dem Boden ein verrosteter Wasserhahn. Ich sehe, wie der Gärtner sich hinunterbeugt und ihn zudreht. Ich schaue über den Rand des Beckens.

Sie steht im Wasser, das ihr bis zu den Schultern reicht.

»Ich bin hier, Papa.«

Ich beuge mich über den Rand und schiebe ihr meine Hände unter die Achseln. Das Wasser ist eisig.

Ich hebe sie hoch.

Erst als ich sie Francesca in den Arm gedrückt habe, kann ich wieder sehen.

Ich höre Manus Stimme: »Ich bin nicht an den Wasserhahn gekommen. Und das Rohr ist so schwer gewesen, und das Wasser ist immer höher gekommen. Aber ich habe einen Legostein druntergeschoben.«

Ja, dieses Stück Plastik hat bewirkt, dass das Überlaufrohr ein wenig schräg stand und so ein Teil des Wassers, das aus dem weiter oben befindlichen Hahn wie ein Wasserfall herabrauschte, abfließen konnte. Genau wie bei den alten Brunnen, die Manu in den Bergen gesehen hat. Wenn das Rohr senkrecht in den Ablauf eingesetzt wird, läuft das Becken bis zum Rand voll, wenn das Rohr herausgenommen ist, kann das Wasser abfließen.

Manu hat diese Brunnen in den Bergen gesehen, sie hat gefragt und eine erschöpfende Antwort und ein Modell erhalten.

Ich drehe mich um.

Frans und mein Blick kreuzen sich.

»Ich wäre zu spät gekommen.«

KAPITEL 6

Diese Hand mit den Kamelien, diese Hand, die nicht schön gerade neben dem Körper lag, diese Hand, die in Richtung Terrasse zeigte: In meiner Erinnerung stelle ich dieses Bild scharf.

Hast du mich freigesprochen, Dora Margarita, hast du mich im Tod freigesprochen?

Oder hast du mir unsere Hölle gezeigt?